Zum Buch:

Knusperhäuschen-Kerzen, Öle mit wohltuender Wirkung, Golden Milk Latte und Ingwerplätzchen – als das *MeerGlück* öffnet, ist Jana voller Tatendrang. Kurz vor Weihnachten haben sie und ihre Freundin Pütti so viele Kunden, dass sie die Eröffnung des neuen Geschäfts keine Sekunde lang bereut. Doch nicht alle freuen sich über den kleinen Wohlfühlladen. Und nach einem Wasserrohrbruch steht die Zukunft vom *MeerGlück* auf dem Spiel. Jana schöpft Hoffnung, als Ayk Truels ihr einen Tisch in seiner Buchhandlung überlässt. So kann sie nicht nur den Verkauf fortführen, sondern genießt auch täglich Ayks Nähe.

Zur Autorin:

Tanja Janz wollte schon als Kind Bücher schreiben und malte ihre ersten Geschichten auf ein Blatt Papier. Heute ist sie Schriftstellerin und lebt mit ihrer Familie und zwei Katzen im Ruhrgebiet. Neben der Schreiberei und der Liebe zum heimischen Fußballverein schwärmt sie für St. Peter-Ording, den einzigartigen Ort an der Nordseeküste.

Lieferbare Titel:

Friesenwinterzauber
Leuchtturmträume
Dünentraumsommer
Das Muschelhaus am Deich
Dünenwinter und Lichterglanz
Strandrosensommer
Mit dir auf Düne sieben
Krabbe mit Rettungsring

Tanja Janz

Wintermeer und Dünenzauber

Roman

HarperCollins

5. Auflage 2021
Originalausgabe
Copyright © 2020 by HarperCollins
in der HarperCollins Germany GmbH, Hamburg

Dieses Werk wurde vermittelt durch die Literarische Agentur
Thomas Schlück GmbH, 30161 Hannover.

Umschlaggestaltung: bürosüd, München
Umschlagabbildung: mauritius images / Wolfgang Diederich /
imageBROKER, www.buerosued.de
Satz: GGP Media GmbH, Pößneck
Druck und Bindung: GGP Media GmbH, Pößneck
Printed in Germany
ISBN 978-3-95967-551-2
www.harpercollins.de

*Für Katja,
weil ich immer auf
dich zählen kann!*

Prolog

»Entschuldigung. Sie müssen mir unbedingt helfen. So was ist mir wirklich noch nie passiert. Eine bodenlose Unverschämtheit ist das!«

Felke ließ das Fernglas sinken, durch das sie zuvor über die im Sonnenschein glitzernden Wellen der Nordsee geschaut hatte. Neben ihr auf der Veranda des Pfahlbaus stand eine ältere Dame, deren empörter Blick sie fixierte. Sie trug ein maritimes Strandkleid. Auf ihrem Kopf saß ein Strohhut, der mit einem dunkelblauen Band und weißen Polka Dots umwickelt war.

»Guten Tag. Was ist denn passiert?«, erkundigte Felke sich. Als Rettungsschwimmerin beaufsichtigte sie nicht nur den Schwimmbereich im Meer, sondern bemühte sich nebenbei auch um ein friedliches Strandleben.

»Den Strandkorb hat man mir streitig gemacht, obwohl ich ihn für zehn Tage gebucht habe. Stellen Sie sich das mal vor!« Die Frau stützte sich mit einer Hand an das hölzerne Geländer des Pfahlbaus, in der anderen hielt sie ein Waffelhörnchen. Das Eis war teilweise geschmolzen und tropfte unbemerkt auf den Holzboden.

»Und meine Strandtasche ist auch gestohlen worden. Darin war auch der Buchungsbeleg. Ich bin ja höchstens fünf Minuten weg gewesen, um ein Eis zu kaufen. Und als ich wiederkam ...« Sie machte eine aufgebrachte Handbewegung, warf einen Blick auf das Eis und leckte das Rinnsal von der Waffel.

»Das werden wir klären.« Felke nickte der Frau freundlich zu und schaute über ihre Schulter zu ihrem Kollegen Gunnar, der in der Kammer der Station Listen ausfüllen wollte. »Gunnar, ich bin mal eben weg. Übernimmst du die Strandaufsicht?«

»Aye, aye, Käpt'n«, rief er und legte kurz eine Hand an die Schläfe.

Lächelnd setzte sich Felke ihre Sonnenbrille auf und stieg mit der alten Dame die Treppen vom Pfahlbau der DLRG-Wachstation hinab. Sie folgte ihr bis zu einem Strandkorb, in dem ein Mann und eine Frau saßen. Zu ihren Füßen lag ein Golden Retriever im Sand, der gierig Wasser aus einem Edelstahlnapf schlabberte.

»Das ist meiner«, sagte die alte Frau und zeigte anklagend auf den Strandkorb, bevor sie sich den Rest des Waffelhörnchens in den Mund schob.

»Aber das stimmt doch nicht! Hier muss ein Missverständnis vorliegen«, entgegnete die Frau und stellte die Füße, die sie gekreuzt hatte, nebeneinander auf den Sand. »Wir haben den Strandkorb gemietet. Schon vor zwei Wochen.«

»Das ist ja wohl die Höhe!« Die alte Frau schüttelte bestimmt den Kopf. »Sie denken sich das aus, weil *ich* nämlich den Strandkorb gemietet habe.«

»Das haben wir bestimmt gleich.« Felke nickte der Dame beschwichtigend zu.

»Wir können Ihnen gerne unsere Buchungsbestätigung

zeigen. Einen Moment«, schaltete sich der Mann ein. Er kramte in einem Rucksack herum und hielt wenig später einen Zettel in der Hand. »Hier, bitte schön.«

Felke setzte die Sonnenbrille ab, bevor sie das Blatt Papier überflog. Um einen Blick auf die Nummer werfen zu können, ging sie um den Strandkorb herum. »1402. Scheint alles in Ordnung zu sein.« Sie gab dem Mann den Beleg zurück.

»Aber das kann doch gar nicht sein!« Die alte Dame schaute sich hilflos um.

Beruhigend legte Felke ihr eine Hand auf die Schulter. »Keine Sorge. Ich kläre das. Warten Sie kurz hier.«

Sie ging durch den feinen Sand, überprüfte die Nummern auf den Strandkörben in der näheren Umgebung und schaute nach, ob sie belegt waren. In einigen Metern Entfernung wurde sie fündig. Sie winkte die alte Dame aufmunternd lächelnd zu sich.

»Ist das Ihre?« Felke deutete auf eine Tasche, die in einem verlassenen Strandkorb lag.

»Tatsächlich.« Die alte Dame schaute sie verwundert an. »Wie kann das sein?«

»Sie hatten einen Zahlendreher. Ihr Strandkorb hat die Nummer 1420, nicht 1402«, klärte Felke das Missverständnis auf.

Die Dame zog den Buchungsbeleg aus der Tasche hervor. »Stimmt. Hier steht 1420. Meine Güte, bin ich denn schon so tüdelig?« Sie fasste sich mit einer Hand an den Kopf. »Das ist mir jetzt aber unangenehm. Da habe ich das Paar zu Unrecht beschuldigt und Ihre Zeit auch grundlos in Anspruch genommen.«

»Keine Sorge. Auf einem großen Strand, mit so vielen Strandkörben, kann man sich leicht vertun. Da sind schon ganz andere Leute durcheinandergekommen. Was wirklich zählt, ist doch, dass wir Ihren Strandkorb gefunden haben.«

Nachdem Felke sich von der Frau verabschiedet hatte, schlug sie wieder den Rückweg zum Pfahlbau der DLRG ein. Dabei beobachtete sie routinemäßig das Strandgeschehen. Es herrschte Hochbetrieb an der Badestelle St. Peter-Bad. Die Leute genossen den herrlichen Spätsommertag mit einem Buch oder einer Zeitschrift in den Strandkörben oder bunten Strandmuscheln. Möwenschreie gellten durch die Luft. Jugendliche hatten sich zu einer Partie Beach-Volleyball zusammengefunden und baggerten den Ball über ein aufgespanntes Netz. Kinder schipperten in Gummibooten durch die Brandung, und weiter draußen schwebten farbenfrohe Kites über dem Meer. Felke atmete die salzige Brise tief ein und strich sich eine Strähne aus dem Gesicht, die sich aus ihrem Zopf gelöst hatte. Sie hatte großes Glück, in St. Peter-Ording geboren zu sein und am schönsten Strand der Welt arbeiten zu dürfen. Ein Leben in der Stadt wäre nichts für sie. Um glücklich zu sein, musste sie das Meer riechen können, sobald sie die Haustür öffnete. Der Sand leuchtete in der Sonne so weiß wie an einem Südseestrand. Und das ganz ohne Palmen und Türkisschimmer des Meeres.

»Problem gelöst. Ich habe den Strandkorb der Frau gefunden. Sie hat sich mit der Nummer vertan«, sagte Felke zu Gunnar, als sie wieder ihre Position auf der Wachstation einnahm.

»Gut.« Er nickte und seufzte leise. »Ich widme mich dann mal wieder dem Schreibkram.«

Felke grinste. »Viel Spaß!«

»Spaß … Ha, ha.« Ihr Kollege verdrehte die Augen und ging zurück ins Holzhaus.

Durch das Fernglas sah das Strandleben nicht minder friedlich aus. Felke beobachtete zwei Jungen in Badehosen, die zusammen in der Brandung standen und Eis am Stiel schleckten. Eine Portion Eiscreme könnte ich mir auch gut gönnen, dachte sie, später. Sie schwenkte mit dem Feldstecher an einem Pfahlbau vorbei, in dem ein Restaurant untergebracht war. Vor dem Zugang über eine Holztreppe herrschte reger Betrieb. Wie immer um die Mittagszeit. Felke nahm den Abschnitt dahinter ins Visier. Auch hier bot sich ihr das Bild eines unbeschwerten Sommertages am Meer. Sie wollte das Fernglas schon sinken lassen, um etwas Sonnencreme auf ihren Armen nachzulegen, da nahm sie plötzlich weiter hinten hektische Bewegungen an einem gelben Fleck wahr. Vielleicht war ein Badegast zu einer Boje geschwommen? Felke stellte die Sicht scharf ein. Nun erkannte sie, was sich weiter hinten auf dem Meer abspielte. Jemand war auf die Nordsee hinausgetrieben worden. Die Person schien in Schwierigkeiten zu sein und versuchte durch heftiges Winken, andere Badegäste auf sich aufmerksam zu machen.

»Gunnar! Badegast in Not«, rief Felke und zog sich schon hastig Schuhe, Shorts und T-Shirt aus.

»Ich rufe die 112 zur Verstärkung!«, rief er.

Felke griff nach dem Gurtretter, der neben dem Eingang

zum Holzhaus lag, und rannte ohne ein weiteres Wort los. So schnell sie konnte, sprintete sie über den Strand.

Inzwischen waren auch ein paar Badegäste auf die Notlage des Schwimmers aufmerksam geworden und gaben Felke Handzeichen. Sie rannte in die Brandung und stürzte sich kopfüber ins kühle Meer. Mit kräftigen Kraulbewegungen kämpfte sie sich durch die salzigen Wellen. Dabei versuchte sie den Schwimmer nicht aus den Augen zu verlieren. Doch irgendwann konnte sie ihn nicht mehr sehen, nur das gelbe Etwas, das auf den Wellen trieb, was sie aus der Nähe als Luftmatratze identifizieren konnte.

Felke spürte eine Welle der Panik aufsteigen, rang sie aber nieder. Wo war der in Not geratene Mensch nur? Bisher hatte sie noch jeden Badegast wieder sicher an Land gebracht. Sie holte tief Luft und tauchte.

Als waschechtes Küstenkind war sie quasi in der Nordsee groß geworden und darin geübt, die Augen im Salzwasser geöffnet zu halten. Felke hatte keine Angst vor dem Meer. Sie kannte sich bestens mit Tiden und Strömungen aus. Da! Ein paar Meter vor sich sah sie einen menschlichen Körper unter der Wasseroberfläche schweben.

Sie schwamm mit kraftvollen Zügen auf ihn zu und schob mit ein paar geübten Handgriffen die Arme über den Auftriebskörper und legte den Gurtretter an. Mit einer Hand hielt sie den Gurtretter im Bereich der Verbindungsleine an einer der Metallösen fest. Mit der anderen zog sie den Auftriebskörper um den Brustkorb der Person stramm. Felke hatte dieses Prozedere schon so oft durchgeführt, dass sie die nötigen Handgriffe routiniert und zügig vollführte.

Erst als der zu Rettende mit dem Gurtretter fixiert war und wieder an der Wasseroberfläche trieb, bemerkte sie, dass sie ein Mädchen aus dem Wasser zog. Es hatte langes dunkles Haar. Mehr konnte sie in der aufgewühlten Nordsee nicht erkennen.

»Ich bin da und bringe dich jetzt an Land«, sprach sie das Mädchen an, das kein Lebenszeichen von sich gab.

In dem mittelstarken Seegang schwamm Felke um das Kind herum, um es zum Strand ziehen zu können. Erst als das Mädchen mit einer Welle in ihre Richtung gespült wurde, schaute sie ihm ins Gesicht.

Ihr Atem stockte. Oh, nein! Sie kannte das Mädchen. Es war Paula. Eines der Kinder von der Gastronomenfamilie Fahrenkoog, die in St. Peter-Dorf ein beliebtes Fischrestaurant betrieb.

Felke ermahnte sich still, nicht die Nerven zu verlieren. Ruhe bewahren war angesagt. Sie war Rettungsschwimmerin, und ihre Aufgabe war es, in Not geratene Personen so schnell wie möglich an Land zu bringen. Felke umfasste Paula im Brust-Schulter-Schleppgriff und begann zu schwimmen. Das Mädchen trieb wie eine Puppe auf der Wasseroberfläche.

Schnell, sagte Felke sich, sie musste sich beeilen, schneller schwimmen. Sie musste Paula retten. Das war das Einzige, woran sie denken konnte.

Kurz bevor sie das Ufer mit dem Mädchen erreicht hatte, kam Gunnar ihr entgegengeschwommen. Er half ihr, Paula an den Strand zu bringen. Die bläuliche Lippenfärbung des Mädchens zeigte eindeutige Anzeichen einer Unterkühlung.

»Der Krankenwagen müsste jeden Moment eintreffen«, sagte Gunnar.

»Okay«, brachte Felke atemlos hervor. Ihre Lungen schmerzten vor Anstrengung. Einige Schaulustige hatten sich mit gebührendem Abstand eingefunden und beobachteten die Rettungsaktion. Schon kniete sich Felke neben das bewusstlose Mädchen, das vor ihr im Sand lag, und kontrollierte, ob es atmete. »Keine Atmung feststellbar.«

Felke legte beide Hände auf Paulas Brustbein und begann im Takt von *Stayin' alive* mit der Herzdruckmassage. Mit kräftigen rhythmischen Bewegungen drückte sie das Brustbein des Mädchens immer wieder nach unten. In der Ferne erklang ein Martinshorn.

1. Kapitel

Die Räder der Maschine setzten unsanft auf der Landebahn auf. »Herzlich willkommen in Hamburg«, erklang die nasale Stimme des Piloten aus dem Cockpit. »Bitte bleiben Sie noch angeschnallt sitzen, bis wir die endgültige Parkposition erreicht haben und die Anschnallzeichen erloschen sind. Vielen Dank.«

Jana warf einen Blick durch das kleine Fenster neben ihrem Sitzplatz und runzelte die Stirn. Durch die dichte Wolkendecke fiel kein einziger Sonnenstrahl. Hamburg empfing sie mit einem tristen Novembergrau, wie es im Buche stand. Richtiges Schietwetter, dachte sie. Das hatte sie nicht vermisst. Seufzend zog sie den Reißverschluss ihrer Sweatshirtjacke höher und zog ein Tuch aus ihrem Reisegepäck, das sie sich um den Hals band.

»Sieht ziemlich unselig da draußen aus, was?«, sagte ihre Sitznachbarin, die neugierig ihren Hals reckte, um einen besseren Blick aus dem Fenster zu bekommen. »Das schöne Wetter hätte ich gerne von Gran Canaria nach Hamburg mitgenommen. Ich spüre jetzt schon wieder meine Gelenke.«

»Mischen Sie am besten auf einen Esslöffel Johanniskrautöl, je drei Tropen Lavendel, Latschenkiefer und Kanuka zusammen. Damit reiben Sie sich dann die schmerzenden Gelenke ein. Das wird helfen«, erwiderte Jana, ohne nachzudenken.

Die alte Dame hob überrascht die Augenbrauen. »Ach, Sie kennen sich aus?«

Jana lächelte. »Ähm, ja... Entschuldigung. Ich habe diese Mischung meinen Kunden auf Cran Canaria immer empfohlen. Bei Gelenkschmerzen gebe ich die Empfehlung schon fast automatisch. Warten Sie, ich schreibe Ihnen die Zusammensetzung schnell auf.«

Nachdem sie einen Stift in ihrer Tasche gefunden hatte, notierte sie die Rezeptur.

»Lassen Sie von Ihrem Hausarzt aber lieber vorsorglich untersuchen, ob bei Ihnen ein Mangel an Vitaminen oder Mineralien vorliegt. Besonders Kalzium und Magnesium sind wichtig für die Bildung von Gelenkflüssigkeiten. Vielleicht fehlt Ihnen da etwas.« Sie gab ihrer Sitznachbarin den Zettel.

»Na, Donnerwetter!« Die Frau warf ihr einen freudigen Blick zu. »Da habe ich ja richtig Glück, dass ich Sie getroffen habe. Nächste Woche habe ich tatsächlich einen Termin bei meiner Hausärztin. Danke für die Tipps.«

Jana schnallte sich ab. Das Flugzeug war zum Stehen gekommen. »Da nicht für. Hauptsache, es hilft gegen die Schmerzen. Dann wollen wir mal.« Sie stand auf und schulterte ihre Umhängetasche, nachdem die Sitznachbarin den Gang betreten hatte.

Als sie das Flugzeug über die Passagierbrücke verlassen hatte, verabschiedete sie sich von der Frau, die sich noch mal bei ihr bedankte, am Gate und machte sich gut gelaunt auf den Weg zur Gepäckausgabe. Erst am Gepäckband, als sie auf ihren Koffer wartete, schaltete Jana ihr Smartphone ein.

Sie hatte eine neue Sprachnachricht von ihrer Freundin Pütti bekommen, die sie sofort abhörte.

»Hey, Jana. Ich werde mich leider verspäten, weil ich auf der A 23 im Stau stehe. Hier ist alles einspurig wegen einer Baustelle. Sorry. Ich melde mich, wenn ich am Flughafen bin, ja? Hoffentlich hattest du einen guten Flug.«

In der Flughafenhalle war es kühl. Jana fröstelte in ihrem dünnen Wollpulli und rieb sich die Arme. An die norddeutschen Temperaturen musste sie sich erst wieder gewöhnen. Vielleicht war Püttis Verspätung ein Wink des Himmels.

Das Telefon immer noch in der Hand, nahm sie eine Antwort für ihre beste Freundin auf. »Hi, Pütti. Ich bin gerade gelandet. Der Flug war okay, aber hättest du nicht besseres Wetter bestellen können? Ich hatte es gar nicht so kalt in Erinnerung. Sag einfach Bescheid, wenn du da bist. Ich gehe in der Zwischenzeit in eine der Flughafen-Boutiquen und kaufe mir eine dicke Jacke. Und vielleicht gleich noch einen Schal.« Sie lachte. »Bis gleich!«

In diesem Moment entdeckte Jana ihren silbernen Rollkoffer auf dem Band, hob ihn herunter und zog ihr Gepäck kurz darauf durch die automatisch öffnenden Glastüren. Im öffentlichen Bereich von Terminal 1 blieb sie vor dem Schaufenster einer Boutique stehen. Eine Modepuppe trug eine dunkelblaue Steppjacke mit Kapuze, die ihr sofort ins Auge fiel. Sie sah warm und kuschelig aus. Genau so eine Jacke wollte sie haben. Entschlossen ging Jana in das Geschäft und probierte die Steppjacke in einer Umkleidekabine an.

Sie drehte sich vor dem Spiegel hin und her. Die Jacke war schön auf Taille geschnitten und trug trotz des Steppstoffs nicht allzu sehr auf. Außerdem war die Kapuze mit weichem Teddystoff gefüttert, der bestimmt angenehm warmhielt.

Kleidung mit Teddyplüsch hatte sie in den letzten Jahren nicht gebraucht. Im grellen Ladenlicht wirkte ihr sonnengebräuntes Gesicht ungewöhnlich blass, und um ihre Augen zeigten sich dunkle Schatten.

Jana runzelte die Stirn. Die vergangenen Wochen waren scheinbar doch nicht spurlos an ihr vorbeigegangen, obwohl sie das Gefühl hatte, mit der Situation einigermaßen gut zurechtzukommen. Zugegeben, von langer Hand geplant war ihre Rückkehr von Gran Canaria in die norddeutsche Heimat nicht gewesen. Eher eine Nacht-und-Nebel-Aktion, die sich auf ein paar Tage ausgedehnt hatte. Aber was war im Leben schon planbar?

Noch vor zwei Monaten hätte sie im Traum nicht damit gerechnet, im November in Hamburg zu sein. Ihre Vorstellung der nahen Zukunft hatte eigentlich so ausgesehen: endlich mal wieder ausgedehnte Radtouren über die Insel machen, die Sonne genießen und den Moment schätzen, da es in ihrem Laden ruhiger geworden war. Doch daraus war nichts geworden. Und dann war alles auf einmal ganz schnell gegangen.

Jana straffte die Schultern, rief sich in Erinnerung, welche neuen Möglichkeiten vor ihr lagen, und fuhr sich mit einer Hand durch ihr schulterlanges gelocktes Haar. Jetzt war sie nach drei Jahren wieder zurück in Deutschland und würde als Erstes diese hübsche Steppjacke kaufen. Sie wird meine Rückkehr von der Kanarischen Insel besiegeln, dachte sie. Und der Schnitt gefiel ihr einfach zu gut.

Auf dem Weg zur Kasse entdeckte sie auf einem Tisch noch einen schlichten wollweißen Schal, den sie spontan auch mitnahm. »Könnten Sie die Etiketten bitte entfernen?«, fragte sie die Verkäuferin, während sie ihre Kreditkarte über den Tresen schob. Das Halstuch verstaute sie in ihrer Umhängetasche. »Ich möchte die Jacke und den Schal gleich anziehen.«

Nachdem sie den Laden kuschelig eingepackt in ihrer neuen Jacke und mit Schal um den Hals verlassen hatte, machte sie an einer kleinen italienischen Snackbar Halt, in der unter anderem auch Getränke zum Mitnehmen verkauft wurden. Nachdem sie ihren Rollkoffer abgestellt hatte, überflog sie das Angebot auf der Getränkekarte und bestellte: »Einen Milchkaffee, bitte.«

»Zum Hiertrinken oder to go?«, fragte der Mann hinter der Theke. Jana fielen sein weizenblondes Haar und die hellblauen Augen auf. Sie schmunzelte. Mit dem Aussehen hätte er besser in ein schwedisches Möbelhaus gepasst als in ein italienisches Café. »To go, bitte«, sagte sie und griff nach ihrem Handy, das mit einem Piepen den Eingang einer neuen Nachricht signalisierte. Sie kam von Pütti.

Bin da. Warte unten im Parkhaus vor Terminal 1 auf dich. Bis gleich!

Den Rollkoffer in der einen und den Milchkaffee in der anderen Hand, ging Jana schnellen Schrittes zum Parkhaus. Sie musste nicht lange nach ihrer Freundin suchen.

Pütti hatte sie bereits entdeckt und winkte ihr zu. »Ach, ist das schön, dass du endlich wieder da bist!« Lächelnd schloss Pütti sie in die Arme. »Tut mir leid, dass ich so spät dran bin. Aber bei den ganzen Baustellen ging nichts vor und nichts zurück.«

Jana hielt den Becher Kaffee weit von sich gestreckt, um Pütti nicht zu bekleckern, und erwiderte die Umarmung. »Das macht doch nichts. Hauptsache, du bist jetzt da.«

»Ja! Und ich kann noch gar nicht glauben, dass du wirklich hier bist.« Pütti strahlte sie an. »Nach so langer Zeit! Mensch, was bin ich froh, dass wir uns endlich sehen und nicht mehr nur telefonieren müssen!«

»Mir kommt es selbst noch ganz unwirklich vor«, gab Jana zu und musste lachen. »Vor allem finde ich es unglaublich, dass all meine Besitztümer in diesen Koffer gepasst haben. Stell dir das mal vor.« Sie deutete auf den silbernen Rollkoffer neben sich.

»Wirklich, nicht zu fassen, wenn ich daran denke, dass ich mindestens einen großen Koffer, eine Reisetasche und zusätzliches Handgepäck brauche, wenn ich mal für zwei Wochen in den Urlaub fahre.« Pütti schüttelte den Kopf und ging zum Heckbereich des Autos, um den Kofferraum zu öffnen. »Wie machst du das nur?«

»Ich habe in den letzten Jahren ja ziemlich minimalistisch auf Gran Canaria gelebt. Mein Appartement war komplett möbliert, als ich eingezogen bin. Und neben der Arbeit im Laden hatte ich gar keine Zeit, viel anzuschaffen.«

Jana verstaute ihr Gepäck im Auto und schloss die Heckklappe. »Nach Ladenschluss hatten auch alle anderen Geschäfte zu. Und in der Mittagspause habe ich es gerade so geschafft, das Nötigste zum Leben zu besorgen.«

Nachdem sie ins Auto gestiegen waren, befestigten sie die Anschnallgurte. »Ich weiß, wir haben ja oft telefoniert. Aber es ist einfach etwas anderes, meiner liebsten Freundin endlich gegenüberzustehen. Und alles konnte ich am Telefon nicht erzählen.«

»Na, das wird sich jetzt ja ändern. Und zum Glück hat unsere nordfriesische Lebensart ja auch wirklich nichts mit Minimalismus am Hut.« Pütti startete den Motor und fuhr los. Die Instandsetzungsarbeiten machten die Strecke zu einem Nadelöhr und stellten sie beide auf eine Geduldsprobe. Zeitweilig war die Fahrspur auf die Gegenfahrbahn verlegt worden, sodass sie bloß im Stop-and-go-Tempo vorwärtskommen.

»Puh! Das habe ich, seit ich meinen Job aufgegeben habe, wirklich nicht vermisst«, murmelte Pütti seufzend, als sie endlich die A 23 erreicht hatten.

»Kann ich mir gut vorstellen«, erwiderte Jana. »Aber der Job als Chef-Pâtissière in diesem Spitzenhotel war doch eigentlich genau das, was du immer wolltest, oder? Ich meine, von so etwas hast du doch geschwärmt, seit du sechzehn warst!«

Pütti nickte. »Das dachte ich ja auch. Aber du weißt ja, von Hamburg bis nach St. Peter-Ording sind es knapp 150 Kilometer. Die fährst du nicht mal eben in zwanzig Minuten.« Sie schaltete in den nächsten Gang und beschleunigte. »Am Anfang war ich wirklich optimistisch und dachte, das wird schon irgendwie gehen. Doch dann bin ich vor lauter Arbeit kaum mehr aus Hamburg herausgekommen. In der Zeit habe ich auch kaum angerufen, ich entschuldige mich jetzt noch mal ausdrücklich! Und Jonne habe ich nur an meinen wenigen freien Tagen sehen können – wenn ich denn mal frei hatte. Meistens musste er aber ausgerechnet dann im Autohaus seiner Eltern arbeiten. Wir haben uns bloß zum Frühstück und zum Abendbrot gesehen.«

Pütti blies sich eine Haarsträhne aus der Stirn. »Das war zu wenig, und wir waren mit der Fernbeziehung ziemlich schnell extrem unglücklich. Hätte ich daraus nicht die Konsequenzen gezogen und den Job geschmissen, wäre das Thema Familienplanung vermutlich passé gewesen. Vielleicht hätten wir uns am Ende sogar getrennt.«

Jana riss erstaunt die Augen auf. »Bist du etwa …?«

»Nein, nein«, wiegelte Pütti ab. »Ich bin nicht schwanger. Jonne hat mir auch noch keinen Antrag gemacht. Du weißt ja, da bin ich hoffnungslos altmodisch. Trotzdem möchte ich keine Fernbeziehung. Das ist mir in Hamburg klar geworden. Zumal ich ja von Anfang an wusste, dass Jonne einmal das Autohaus in Osterhever von seinen Eltern übernehmen wird. Seit letzten Monat ist er übrigens zweiter Geschäftsführer. Hatte ich dir das eigentlich erzählt?«

Jana schüttelte den Kopf. »Oder ich habe es in meinem Umzugsstress und Trennungswahn nicht mitbekommen.«

»Wie dem auch sei. Jedenfalls war es dadurch ausgeschlossen, dass er mal nach Hamburg ziehen würde. Für mich war der Traumjob dann doch nicht mehr so traumhaft, und die Beziehung mit Jonne ist mir einfach viel wichtiger, als zehn Stunden Buttercremetörtchen zu backen und am Wochenende Extraschichten zu schieben.«

»Das kann ich verstehen«, sagte Jana.

Dicke Regentropfen klatschten gegen die Windschutzscheibe, in die sich kleine Hagelkörner mischten.

»So ein Schietwetter.« Pütti schaltete die Scheibenwischer an.

Jana runzelte die Stirn und blickte durch das Fenster auf die Wolkendecke, auf die sie zuzusteuern schienen. »Dahinten sieht es ziemlich düster aus«, bemerkte sie.

»Oh, hör mal. Wie passend.« Pütti drehte das Radio lauter. Der Sender spielte das Lied *Raindrops keep falling on my head* von B.J. Thomas. »Haben meine Eltern immer gehört, als ich noch klein war.«

»Hm, meine auch.« Unwillkürlich dachte Jana an ihre Kindheit und Jugend in Norddeutschland. Nach dem Abitur hatte sie eine Ausbildung zur Hotelfachfrau gemacht und danach ein paar Jahre in einem großen Hotel in St. Peter-Ording gearbeitet. Als ihr dann der Job in einer Ferienanlage auf Gran Canaria angeboten worden war, hatte sie nicht lange gezögert und kurz entschlossen ihre Heimat verlassen.

Damals war ihr der Schritt nicht schwergefallen. Sie war allerdings auch deutlich jünger gewesen und hatte unbedingt rausgewollt aus St. Peter-Ording, um die Welt zu erobern. Mittlerweile sehnte sie sich nach Stabilität und Beschaulichkeit.

Sie konnte einem ruhigen Leben durchaus etwas Positives abgewinnen. Vielleicht lag es daran, dass sie nun dreißig war. Vielleicht lag es auch einfach an den Erfahrungen, die nun hinter ihr lagen.

In der Ferienanlage auf der Insel hatte sie gleich an ihrem ersten Arbeitstag Vito kennengelernt. Ein gutaussehender

Spanier, hatte sie bei der ersten Begegnung gedacht. Er war drei Jahre älter als sie und hatte an der Bar gearbeitet, sodass sie sich täglich gesehen hatten. Sie hatte sich Hals über Kopf in seine charmante Art und sein südländisches Temperament verliebt und geglaubt, endlich den Mann fürs Leben gefunden zu haben – wahrscheinlich typisch für eine Endzwanzigerin.

Bei der Erinnerung schüttelte sie unmerklich den Kopf. Die unbeschwerte Naivität war ihr zwischenzeitlich abhandengekommen. Manchmal wusste sie nicht, ob sie es schade finden sollte, nicht mehr mit derselben Leichtigkeit durchs Leben zu gehen. Andererseits konnte sie auch froh darüber sein, da ihr gesunder, aber nun eben vorsichtiger Optimismus sie davor schützte, ungebremst auf den harten Boden der Realität aufzuschlagen.

»Sorry, wenn ich dich mit meiner Beziehung so zugetextet habe«, unterbrach Pütti ihre Gedanken, als das Lied zu Ende war. »Dir ist wahrscheinlich gerade gar nicht nach solchen Gesprächen zumute. Und vielleicht willst du lieber über unsere Geschäftsgründung sprechen?«

Jana wandte sich ihr blinzelnd zu. »Ist schon gut. Mir macht es wirklich nichts aus. Ich freue mich doch für dich und bin mir sicher, dass das mit dir und Jonne halten wird. Ihr seid einfach das perfekte Paar. Das wusste ich schon damals in der Schule.«

Pütti warf ihr ein Grinsen zu. »Wer hätte gedacht, dass die Stufenfahrt in der 9. Klasse so einen Einfluss auf mein Leben haben würde! Dabei fand ich Jonne davor komplett uninteressant. Ich hatte ja vorher nie richtig mit ihm gesprochen. Ich weiß gar nicht, ob ich überhaupt von ihm Kenntnis genommen hatte.«

»Kein Wunder! Du hattest ja auch nur Augen für Holger aus der 11.«, erinnerte Jana sie amüsiert. »In den warst du doch bestimmt ein Jahr bis über beide Ohren verknallt. Und dann das Drama, als er mit Ines aus der 10. zusammengekommen ist …«

»Oh, nein! Erinnere mich bloß nicht daran!« Pütti musste lachen. »Mir ist schleierhaft, was ich an dem mal toll gefunden habe. Eigentlich war er doch ein ziemlich eingebildeter Fatzke, der von seinen Eltern immer mit den neuesten Markenklamotten ausgestattet worden ist und sich nicht wirklich für andere Dinge interessiert hat. Ich muss geistig umnachtet gewesen sein.«

»Er hatte eine coole Vespa. Und du fandest, dass er gut tanzen konnte«, zählte Jana auf. »Außerdem hast du immer gesagt, er hätte Ähnlichkeit mit Joshua Jackson.«

Pütti schüttelte sich. »Das war es dann aber auch schon gewesen.«

»Immerhin hat es gereicht, dass du für ihn geschwärmt hast. Lange geschwärmt hast …«

»Daran waren eindeutig die Hormone schuld.«

»Was ist eigentlich aus ihm geworden?«, fragte Jana.

»Oh, ich habe irgendwann mal gehört, dass er irgendwas mit Ferienhäusern macht. In Florida.«

»Aha. Das passt!« Jana lächelte zufrieden.

»Hat Vito sich überhaupt von dir verabschiedet, bevor du geflogen bist?«, schnitt Pütti das Thema an, das Jana mied, so gut sie konnte.

»Nein«, antwortete sie, und ihre gute Laune war verflogen. »So ein Idiot!«

»Nein, ist schon gut. Eigentlich bin ich ganz froh darüber, dass er es nicht getan hat. Hätte nur unnötig Salz in die Wunde gestreut.«

Pütti legte eine Hand auf ihre. »Sei froh, dass du ihn los bist«, sagte sie mitfühlend.

»Ach, weißt du, er hatte ja auch gute Seiten«, bemühte Jana sich um Diplomatie. Sie mochte keine schmutzige Wäsche waschen. Das würde das Geschehene nicht rückgängig machen und war bloß Energieverschwendung.

»So?« Pütti hob die Augenbrauen. »Komischerweise fällt mir gerade keine ein. Jedenfalls hast du nichts davon in unseren letzten Gesprächen erwähnt.«

»Immerhin hat er mich ermutigt, meinen Traum vom eigenen Geschäft zu verwirklichen. Ohne seinen Zuspruch hätte ich nie den Job in der Hotelanlage gekündigt und mein kleines Lädchen eröffnet.«

Sie konnte nicht verhindern, dass bei dem Gedanken an ihr ehemaliges Geschäft, das in einer kleinen Gasse an der Puerto-de-Mogán-Promenade gelegen hatte, eine gewisse Wehmut in ihr aufstieg. Sie hatte ihre tägliche Arbeit in dem malerischen Hafenort auf der Insel geliebt, durch den ein kleiner Kanal ins Meer fließt, der an das Flair von Venedig erinnert.

Nach Feierabend hatte Jana oft auf einer der Brücken über dem Kanal gestanden und die Aussicht auf den Hafen genossen. In ihrem Lädchen hatte sie neben Kerzen, Parfums, Badeperlen, Seifen und Raumdüften auch Heilsteine, ätherische Öle und Kräuter verkauft, die sie gerne individuell für ihre Kunden gemischt hatte. Seufzend rief Jana sich den Duft ihres Geschäfts in Erinnerung.

»Dir fehlt dein Laden«, stellte Pütti fest.

»Mir fehlt der Laden, ja, aber auch alles andere, was ich damit verbinde«, gab Jana zu. »Meine netten Geschäftsnachbarn zum Beispiel, die so hilfsbereit gewesen sind. Oder liebe Kunden, die mir in der Zeit sehr ans Herz gewachsen sind. Es kauften nämlich nicht nur Einheimische bei mir, sondern auch Feriengäste. Oft kamen die Touristen im nächsten Urlaub wieder und nahmen dann auch für ihre Verwandten oder Freunde Dinge aus meinem Laden mit. Daraus sind schöne Verbindungen entstanden, die nun auf einmal weg sind.«

Sie senkte den Blick. »Ich mag gar nicht daran denken, wie enttäuscht die Urlauber sein werden, wenn sie bei ihrer nächsten Reise feststellen, dass es meinen Laden nicht mehr gibt. Ich habe mich von vielen von ihnen mit den Worten *Bis nächstes Jahr* verabschiedet. Ganz selbstverständlich, als könnte nichts dazwischenkommen.«

»Du konntest ja nicht wissen, was passieren würde«, versuchte Pütti sie zu trösten. »Außerdem machst du doch bald mit mir zusammen andere Menschen in St. Peter glücklich.«

»Ich weiß, und ich freue mich riesig darauf! Trotzdem fühle ich mich ein bisschen, als hätte ich mich klammheimlich aus dem Staub gemacht. Verstehst du?«

Jana sah aus dem Seitenfenster, als sie am Ausfahrtschild von Itzehoe vorbeifuhren. »In einer Stunde sind wir schon in St. Peter-Ording.«

»Vorausgesetzt auf der Strecke taucht keine Baustelle mehr auf«, merkte Pütti an. »Möchtest du gleich zum Haus?«

»Nein, bitte fahre mich zu meinen Eltern. Ich habe ihnen versprochen, die erste Nacht zu Hause zu verbringen.«

Zu Hause, dachte Jana und spürte ein Gefühl von Geborgenheit und Wärme, das sich in ihrem Herzen ausbreitete.

2. Kapitel

Eine gute Stunde später hielt Pütti vor einem Reetdachhaus im gemütlichen Ortsteil Dorf von St. Peter-Ording. In dem ältesten Siedlungskern, rund um die St. Peter Kirche und den Marktplatz, standen schöne alte Häuser, die einst erbaut worden waren, als St. Peter-Ording noch ein armer Ort gewesen war. Das war lange, bevor die Touristen in Scharen nach St. Peter-Ording strömten und ihn zur stärksten wirtschaftlichen Kraft auf der Halbinsel Eiderstedt gemacht hatten. Das Haus von Janas Familie hatte ursprünglich den Eltern ihres Vaters gehört, davor deren Eltern, und so weiter. Es war ein Haus, das im wahrsten Sinne des Wortes Familiengeschichte in seinen Wänden trug.

»Da wären wir«, verkündete Pütti und stellte den Motor ab.

Jana stieg aus dem Auto und rümpfte die Nase. Leichter Nieselregen fiel auf ihr Gesicht, und ein böiger Wind fuhr durch ihre Locken. Es dämmerte bereits, und in der Luft lag eine Mischung aus salziger Nordseeluft und dem typischen Kamingeruch, den sie aus ihrer Kindheit kannte. »Standesgemäßer norddeutscher Empfang, würde ich sagen. Bei Sonnenschein wäre ich misstrauisch geworden.«

Pütti öffnete den Kofferraum und griff nach dem Gepäck. »Raue Herzlichkeit.«

Zum Abschied umarmte Jana ihre Freundin. »Danke noch mal fürs Abholen.«

»Habe ich gerne gemacht. Wir sehen uns bald, ja? Auch wenn wir schon so viel für die Geschäftseröffnung geplant haben, will ich gern bald alles Details mit dir festlegen. Aber nun komm erst mal gut an.« Pütti stieg wieder ins Auto, nachdem Jana ihr zugenickt hatte.

Jana winkte zum Abschied, nachdem sie versprochen hatte, bald die Eröffnung ihres gemeinsamen Ladens zu besprechen. Dann schulterte sie ihre Tasche und zog den Rollkoffer hinter sich her, der auf dem gepflasterten Weg zum Haus ihrer Eltern ihr Kommen geräuschvoll ankündigte. Sie wollte gerade den Klingelknopf drücken, da wurde die Tür schon geöffnet.

»Jana!«, rief ihre Mutter und strahlte. Sie drückte sie überschwänglich an sich. »Endlich bist du wieder zu Hause.«

Eine unbeschreibliche Wärme durchströmte sie. »Ich freue mich auch, Mutti!« Sie erwiderte die Umarmung.

»Komm schnell rein, ist ja ungemütlich draußen.«

Jana betrat die Diele. Aus der Küche strömte der Duft von frisch gebackenem Kuchen. Sie stellte ihren Koffer in einer Ecke ab. »Das riecht ja lecker.«

Sie beobachtete, wie ihre Mutter die Haustür schloss. Ihre Mutter war einen Kopf kleiner als Jana und hatte kinnlanges blondes Haar. Ihr wahres Alter sah man ihr nicht an. Oft wurde sie zehn Jahre jünger geschätzt. Trotz ihrer dreiundsechzig Jahre wirkte sie jugendlich, was ihre sportliche Kleidung noch unterstrich. Sie trug einen Pullover mit Norwegermuster und dazu einen blauen Jeansrock. Eine Kombination, die Jana auch für sich wählen würde.

»Frischer Apfelkuchen, muss nur noch die Sahne schlagen. Der Tisch ist schon gedeckt. Ich habe eigentlich etwas eher mit dir gerechnet.«

»Ich auch. Aber die berühmt-berüchtigten Baustellen in und um Hamburg ...« Plötzlich wurde sie leicht gegen die Rippen gestupst. Der Schweizer Sennenhund hatte sich unbemerkt herangeschlichen und drückte seinen Kopf an sie.

»Hallo Bodo.« Jana tätschelte ihm den Kopf, woraufhin Bodo sogleich begeistert mit dem Schwanz wedelte und sich in der Diele auf den Rücken legte, um gekrault zu werden. »Hast ja recht! So lange haben wir uns nicht gesehen, und ich bemerke dich nicht sofort. Unverschämtheit.« Sie ging in die Knie, um ihm wie gewünscht den Bauch zu streicheln.

Ihre Mutter stemmte die Hände in die Hüften. »Wahre Worte. Die Zeit vergeht, und das viel zu schnell, je älter man wird.«

»Du bist doch nicht alt, Mama«, widersprach Jana.

Ihre Mutter verdrehte die Augen. »Sag das mal meinem Körper. Der spricht eine ganz andere Sprache.«

»Was hast du denn für Beschwerden?« Jana löste ihren Schal vom Hals, stand wieder auf und zog die Jacke aus.

Ihre Mutter nahm ihr die Kleidung ab und hängte sie an die Garderobe. Dann fasste sie sich mit einer Hand an die Schläfe. »Ach, es sind immer diese Kopfschmerzen. Normalerweise würde ich auf die Wechseljahre tippen, aber da bin ich längst raus. Ich weiß auch nicht, was mit mir los ist. Das hatte ich früher nie.«

In der Zwischenzeit hatte sich Bodo lang vor Jana ausgestreckt. »Muskatellasalbeiöl und Lavendelquarz werden dir bestimmt helfen, deine Kopfschmerzen in den Griff zu bekommen. Das Öl riecht ein bisschen herb, aber zugleich auch zitronig. Ein angenehmer Duft. Den wirst du bestimmt mögen. Ich besorge dir das Öl und einen Lavendelquarz als Anhänger. Dann ist der Spuk ruckzuck vorbei.«

Janas Mutter schüttelte amüsiert den Kopf. »Jetzt bist du gerade wieder deiner Großmutter unheimlich ähnlich. Was habe ich die ganze Zeit deine Fröhlichkeit und deinen Optimismus vermisst!«

Jana lächelte und kniete sich erneut auf den Dielenboden, um Bodos große Ohren mit beiden Händen zu kraulen. Ihre Großmutter war weit über die Grenzen von St. Peter-Ording bekannt gewesen. Sie hatte den Menschen an der Nasenspitze ansehen können, was ihnen fehlte und ihnen guttat. Außerdem war sie genau wie Jana ein Geruchsmensch und davon überzeugt gewesen, dass zu jedem ein besonderer Duft gehörte. Als kleines Mädchen hatte Jana ihren Erklärungen über Pflanzen gespannt gelauscht und sich oft in der alten Friesenküche auf einen Holzstuhl gesetzt, um ihrer Großmutter beim Zerkleinern von Kräutern und beim Parfumherstellen zuzusehen. Jahrzehnte später war sie diejenige, die dieselben Handgriffe vollführte.

Janas besondere Gabe hatte sich im Laufe der Zeit auf der spanischen Insel herumgesprochen. Und irgendwann waren Leute mit ihren Wehwehchen und Sorgen sogar zuerst zu ihr gekommen, bevor sie einen Arzt aufsuchten. Nachdem sie die Schließung ihres Geschäfts bekanntgegeben hatte, waren ihre einheimischen Kunden dagegen Sturm gelaufen. Doch Jana war dabei geblieben. Als sie aber das letzte Mal die Ladentür abgeschlossen hatte, war es für sie bereits beschlossene Sache gewesen, dass sie so einen Laden in ihrer nordfriesischen Heimat eröffnen würde. »Ich werde Oma Hansas Tradition ja in St. Peter-Ording fortführen.«

»Schade, dass sie es nicht mehr erlebt. Sie wäre sehr stolz auf dich gewesen und hätte dir mit Rat und Tat zur Seite gestanden.« Sie legte den Kopf schräg. »Bodo scheint von deinen Streicheleinheiten gar nicht genug zu bekommen. Als würde er sonst keinerlei Zuwendung erfahren!«

»Und wer streichelt mich?«

Jana blickte hoch und entdeckte ihren Vater, der mit einem breiten Grinsen aus der Küche kam. Über dem karierten Flanellhemd und der Jeanshose trug er eine mit Mehlspuren übersäte Schürze, auf der in schwungvollen Buchstaben *Wat mutt, dat mutt!* aufgedruckt war. Als er vor ihr stehen blieb, streckte er ihr seine zur Faust geballte Hand entgegen. »Ich würde dich ja gerne zur Begrüßung umarmen, aber ich bin noch nicht dazu gekommen, mich umzuziehen. Sonst siehst du gleich aus wie einmal durchs Mehl gezogen.«

»Hallo Papa.« Lachend stieß Jana mit ihrer Faust gegen seine. »Gestreichelt werden von mir hier auch ausschließlich Lebewesen mit Schlappohren.«

Er griff sich an die Ohren und zwinkerte ihr zu. »Dann werde ich an meinen wohl noch etwas ziehen müssen.«

»So, jetzt haben wir aber genug gequatscht und gestreichelt. Der Apfelkuchen wartet darauf, verspeist zu werden!«, rief Janas Mutter gespielt empört und ging vor.

»Vier Gedecke? Kommt noch Besuch?«, fragte Jana, als sie an dem großen Esstisch im Wohnzimmer Platz nahm, in dessen Mitte der gedeckte Apfelkuchen auf einer Tortenplatte thronte.

Ihr Vater wiegte den Kopf hin und her. »Wie man's nimmt. Ich schlage mal die Sahne«, sagte er und verließ den Raum.

»Thies ist da. Mal wieder«, klärte ihre Mutter sie auf.

»Seit wann das denn?« Wenn ihr Bruder zu Hause war, konnte das nichts Gutes bedeuten.

»Seit Gesa ihn vor die Tür gesetzt hat?«

»Schon wieder? Ich dachte, den Punkt hätten sie längst überwunden.« Jana hatte so gehofft, die beiden würden endlich eine Lösung finden.

Ihre Mutter zuckte die Schultern. »Das dachte ich auch, bis Thies letzte Woche mit Sack und Pack vor der Tür stand.«

»Warum dieses Mal?«, fragte Jana. Aus der Küche ertönte das maschinelle Geräusch eines Handrührgeräts.

»Ach, immer das alte Lied. Gesa will heiraten und Kinder, dein Bruder aber nicht.«

Jana verzog das Gesicht. »Ich würde auch niemanden heiraten, der mich gleich rausschmeißt, wenn ich nicht sofort das Aufgebot beim Standesamt bestelle. Wo ist Thies eigentlich?«

»Oben. In seinem alten Zimmer.«

Jana stand auf. »Dann werde ich mal schnell Hallo sagen.«

Erfreut zwinkerte ihre Mutter ihr zu. »Mach das. Und bring ihn dann gleich mit runter. Ich mache noch mal neuen Kaffee. Oder willst du Tee?«

»Nein, Kaffee ist super.« Jana ging die Holzstufen der Treppe hoch. Der vorletzten Stufe im zweiten Stock wich sie mit einem großen Schritt aus, weil die Stiege früher jahrelang morsch gewesen war. Inzwischen war sie längst erneuert worden. Doch manche alten Angewohnheiten waren so fest in ihr verankert, dass sie sie nicht ablegen konnte.

Vor Thies' Zimmer blieb sie stehen. Zunächst lauschte sie, ob sie etwas hinter der Tür hören konnte. Ein leises tippendes Geräusch drang durch das Holz des Türblatts. Ihr großer Bruder saß vermutlich vor dem Computer. Als selbstständiger Grafikdesigner hatte er den Vorteil, von überall arbeiten zu können. Jana überlegte kurz, ob sie ihn weiterarbeiten lassen sollte. Doch dann entschied sie, trotzdem kurz mit ihm zu sprechen und Bescheid zu sagen, dass unten Kaffee und Kuchen auf ihn warteten. Sie klopfte an die Tür.

»Ist offen«, hörte sie die tiefe Stimme ihres Bruders.

Jana drückte die Klinke runter und betrat den ihr so vertrauten Raum. Thies hockte mit dem Rücken zu ihr an seinem alten Schreibtisch vor dem Fenster. Vor ihm stand ein aufgeklapptes Notebook, daneben lagen einige Papiere. Über dem Bett hing nach wie vor das Poster des deutschen Teams der Fußballweltmeisterschaft von 1990, das er damals als Siebenjähriger aufgehängt hatte, und auf der Fensterbank stand das einst winzige Bonsaibäumchen, das inzwischen zu einem kleinen Baum herangewachsen war. Ihre Eltern hatten in all den Jahren nichts in dem Zimmer verändert.

»Moin, Thies!«

Abrupt schwang ihr Bruder auf seinem Stuhl herum. »Hey, Schwesterchen!« Er stand sofort auf, kam auf sie zu und nahm sie in den Arm. »Cool, dass du wieder da bist.«

»Ja, genau wie du«, konterte sie belustigt.

Thies verdrehte die Augen. »Was soll ich dazu sagen?«

Jana musterte ihn. Er war mehr als einen Kopf größer als sie, sportlich und lässig gekleidet. Sein blondes Haar war etwas länger als bei ihrem letzten Treffen, und die Lachfalten um seine Augen traten etwas deutlicher hervor. »Unglücklich wirkst du nicht gerade«, stellte sie fest.

Er zuckte die Schulter. »Hier habe ich wenigstens meine Ruhe.«

»Heißt das, es ist endgültig aus zwischen dir und Gesa?«

Thies seufzte. »Frag das Gesa. Sie weiß, dass ich nicht an die Ehe glaube und das auch noch nie getan habe. Falls der Heiratsantrag und späterer Nachwuchs für sie die Bedingung für die Fortsetzung unserer Beziehung sein sollte, dann ist es wohl endgültig vorbei. Du weißt ja, ich mag Kinder, aber eigene zu haben ist dann doch etwas ganz anderes. Der Verantwortung fühle ich mich nicht gewachsen.«

»Es wäre wirklich schade, wenn es deswegen zwischen euch vorbei sein sollte. Ich mag Gesa, aber manche Verbindungen scheinen einfach nicht für die Ewigkeit gemacht zu sein. Ich dachte ja auch, Vito wäre für mich der Mann fürs Leben und meine Zukunft läge allein auf Gran Canaria. Und was ist?« Sie lächelte ihren Bruder an. »Jetzt stehe ich wieder hier in unserem alten Zuhause.«

»Zusammen mit mir«, ergänzte Thies und kratzte sich am Kopf. »Das muss das berühmte Geschwister-Gen sein. Schläfst du heute Nacht hier?«

»Jepp.« Jana nickte. »Ich soll dich übrigens runterholen. Kaffee und Kuchen sind fertig.«

»Noch ein Bissen und ich wäre geplatzt«, rief Jana gegen den böigen Wind an, der ihnen auf dem *Südstrand* entgegenpustete. Die Regenwolken hatten sich verzogen und einem klaren Himmel Platz gemacht, wo schon die ersten Sterne am Firmament glitzerten. »Ich bin so schweres Essen nicht mehr gewohnt.«

»Ich leider schon.« Thies strich sich mit einer Hand über den Bauch. »Durch meine Arbeit sitze ich viel zu viel. So einen Verdauungsspaziergang sollte ich regelmäßig machen. Aber meistens kann ich mich alleine nicht dazu aufraffen.«

»Das machen wir dann ab heute zusammen regelmäßig«, sagte Jana. Nach einer gefühlten Ewigkeit stand sie endlich wieder auf dem alten Deich. Hier oben wehte der Nordseewind noch rauer und ungestümer. Zufrieden ließ Jana den Blick über die mit Prielen durchzogenen Salzwiesen gleiten, aus denen Dunst aufstieg. In der Ferne erspähte sie die Pfahlbauten am Strand, die jeder Sturmflut trotzten und das Wahrzeichen von St. Peter-Ording waren. Weit und breit war keine Menschenseele zu sehen. Sie und Thies waren die einzigen Spaziergänger auf dem Deich.

»Gute Idee«, stimmte er ihr zu. »Was sagst du? Daumen hoch für St. Peter? Oder Daumen hoch für Gran Canaria?«

»Was für eine Frage! Natürlich beide Daumen hoch für St. Peter!«, antwortete Jana aus vollstem Herzen und merkte in dem Moment, wie sehr sie den romantischen Küstenort, in dem sie aufgewachsen war, doch liebte und vermisst hatte. »Diese unvergleichliche Weite und dieser wahnsinnig schöne Strand, das gibt es auf Gran Canaria nicht. Das gibt es nirgendwo auf der Welt. Nur hier, in St. Peter-Ording.«

Thies hob den Zeigefinger. »Mamas unvergleichlichen Apfelkuchen nicht zu vergessen. Den gibt es auch nur hier.«

Jana lachte. »Sowieso.«

»Wahrscheinlich steht sie schon wieder mit Papa zusammen in der Küche und bereitet das Abendbrot vor. Vorhin hat sie was von Kartoffelsalat mit Würstchen erzählt.«

»Meine Güte, wie lange habe ich keinen Kartoffelsalat gegessen!« Jana atmete die salzige Meeresluft tief ein. »Du wirst es nicht glauben, aber ich habe tatsächlich schon wieder Hunger.«

»Unsere gute Eiderstedter Luft macht eben Appetit.« Er warf ihr einen ernsten Blick zu. »Du scheinst kein Heimweh nach Gran Canaria zu haben.«

Jana schaute noch einmal Richtung Meer. Es freute sie, dass sie nun wieder, wann immer sie wollte, an diesen Ort gehen konnte. »Nein. Das liegt vermutlich daran, dass die Insel nie ganz mein Heim war.«

Dann wandte sie sich ab und klopfte ihrem großen Bruder auf die Schulter. »Lass uns mal zurückgehen und schauen, was unsere Eltern in der Küche zaubern.«

»Der Schrank und die Schubladen sind noch brechend voll mit deinen Klamotten.« Ihre Mutter öffnete eine Kleiderschranktür und gab den Blick auf etliche gefütterte Jacken, Hosen und Strickpullover frei. »Ich habe alles so gelassen, wie es war.«

Jana nahm eine Jacke vom Bügel und zog sie über. »Super! Warme Kleidung kann ich gut gebrauchen. Außer Sommersachen habe ich nichts im Koffer. Auf Gran Canaria hatte ich noch nicht einmal eine Heizung in meinem Appartement.« Gedankenverloren strich sie über den dunkelblauen Ärmel. »Gut, dass die Klamotten so zeitlos sind, da spare ich eine Menge Geld. Und die Jacke, die ich heute am Flughafen gekauft habe, behalte ich trotzdem, sie ist zu schön.«

»Vor allem ist an den Sachen nichts dran. Wäre viel zu schade gewesen, sie wegzugeben.« Ihre Mutter trat einen Schritt zurück und musterte Jana. »Passt immer noch wie angegossen. Zugenommen hast du nicht.«

»Bis jetzt nicht.« Jana spürte den liebevollen Blick ihrer Mutter und war erfüllt von Dankbarkeit darüber, eine so tolle Familie zu haben. »Das werde ich aber bald, wenn ich regelmäßig von dir und Papa bekocht werde.«

»Ach, was.« Ihre Mutter machte eine wegwerfende Handbewegung. »Du hast in nächster Zeit genug zu tun, dabei kannst du gar nicht zunehmen.« Sie griff in die Tasche ihres Jeansrocks und hielt Jana einen silbernen Ring entgegen, an dem zwei Schlüssel baumelten. »Hier, die wollte ich dir schon mal für morgen geben.«

»Oma Hansas Haustürschlüssel.« Jana nahm das Bund an sich und betrachtete sie. Ihr war fast ein wenig feierlich zumute.

»Der große ist für die Haustür und der kleine für den Dachboden. Nachdem die letzten Mieter ausgezogen waren, habe ich alles tipptopp renovieren lassen. Sogar das Bad ist neu. Mit Wanne und Dusche. Hättest du nicht gesagt, du kommst zurück, hätte ich das Haus ab Januar neu vermietet. Thies wollte ja nicht einziehen, weil ihm das Haus mit dem Grundstück zu groß ist. Ein Glück für dich!«

»Es hätte bestimmt nicht lange gedauert, bis es vermietet gewesen wäre. In so einer tollen Lage, direkt am Deich. Ich weiß, wie viele mich darum beneiden werden.«

»Ist doch die beste Lösung, dass wieder Familie in dem Haus wohnt. Omas Friesenküche ist übrigens auch noch drin. Die Vormieter fanden sie so toll, dass sie sie uns abkaufen wollten. Stell dir das mal vor. Aber die Küche ist unverkäuflich. Wir haben bloß ein paar der Delfter-Fliesen ausgetauscht. Außerdem haben wir eine Schlafcoach, einen Tisch mit Stühlen und einen Schrank ins Haus gestellt. Ist provisorisch, so kannst du dann nach und nach die Möbel gegen neue austauschen. Auf dem Dachboden müssten noch allerhand alte Sachen von Oma Hansa sein. Die letzten Mieter hatten dafür keinen Schlüssel. Kannst ja beizeiten mal schauen, ob du davon noch etwas brauchen kannst.«

Die Aussicht, auf dem Dachboden zu stöbern, ließ Janas Herz schneller schlagen. »Ist Omas Schaukelstuhl dabei?«

»Der müsste in der Tat da oben noch rumstehen«, bestätigte ihre Mutter.

»Toll!«, freute sich Jana. »Den mochte ich als Kind so gern. Vielleicht kann ich ihn noch benutzen.«

»Bestimmt kannst du das.« Ihre Mutter zwinkerte ihr zu. »Ich gehe dann mal wieder runter zu Papa. Gleich kommt ein *Tatort* im Fernsehen, und er wollte eine Flasche Wein aufmachen.«

»Na dann, viel Spaß.«

Als ihre Mutter den Raum verlassen hatte, zog Jana die Jacke wieder aus und legte sie auf ihr Bett, wo sich der halbe Inhalt ihres Koffers stapelte. Genau wie im Zimmer ihres Bruders hatten ihre Eltern auch in ihrem Jugendzimmer alles so belassen, wie es vor ihrer Zeit auf Gran Canaria gewesen war. Holzmöbel, ein großes Bett und ein Korbsessel verströmten Behaglichkeit. Auf der Fensterbank flackerte eine Kerze im Windlicht, und gegen die Fensterscheibe prasselten Regentropfen und Hagelkörner.

Jana nahm eine Strickjacke aus dem Kleiderschrank und zog sie über. Danach stellte sie die Heizung eine Stufe höher. Eine kleine Stereoanlage stand in dem Regal neben dem Fenster. Sie schaltete das Radio ein, aus dem leise ein Duett von Jennifer Warnes und Joe Cocker erklang. Neben einem Buch stand ein gerahmtes Foto.

Sie nahm es in die Hand und strich liebevoll über die Glasscheibe, hinter der sich die Aufnahme befand. Ungefähr elf Jahre musste sie damals alt gewesen sein. Sie saß auf Fokke, Oma Hansas Friesenpferd, das diese am Zügel führte. Ihre Großmutter war bis zum Schluss eine passionierte Reiterin gewesen. Und auch damit hatte sie Jana angesteckt. Bevor es sie nach Spanien verschlagen hatte, war Jana regelmäßig am Strand von St. Peter-Ording ausgeritten. Sie hatte zwar kein eigenes Pferd besessen, konnte aber, wann immer sie wollte, den Holsteiner ihrer Freundin Jessi bewegen, der auf einem Hof in der Nähe untergebracht war.

Durch die Arbeit in der spanischen Ferienanlage und später in ihrem Laden hatte sie keine Zeit mehr für die Reiterei gehabt. Eigentlich schade, dachte Jana jetzt und nahm sich vor, das Reiten wieder in Angriff zu nehmen, sobald sich alles eingespielt hatte.

Sie stellte das Foto zurück ins Regal und betrachtete es noch eine Weile. Oma Hansa war nun seit mehr als drei Jahren tot, doch es war kein Tag vergangen, an dem Jana nicht an sie gedacht hatte. Soweit sie sich zurückerinnern konnte, hatte ihre Oma immer eine große Rolle in ihrem Leben gespielt. Sie war immer da gewesen. Hatte sie vom Kindergarten abgeholt, ihr das Binden einer Schleife beigebracht und gezeigt, wie man ohne Stützräder Fahrrad fuhr. Auf Oma Hansa war stets Verlass gewesen.

Ihr plötzlicher Tod hatte eine Lücke in der Familie hinterlassen, die niemand schließen konnte. Sie fehlte. Umso wichtiger erschien es Jana, dass sie auf ihre eigene Art die Tradition ihrer Großmutter fortsetzte. Sie nahm den Schlüsselbund wieder in die Hand und setzte sich auf eine freie Stelle ihres Bettes. Oma Hansa hätte die Idee mit dem Laden bestimmt toll gefunden. Jana konnte förmlich ihre Stimme im Geiste hören: »Natürlich eröffnest du deinen eigenen Laden in St. Peter-Ording. Die Leute werden dir die Bude einrennen. Wirst sehen!«

»Und was ist, wenn es nicht so ist?«, hätte Jana sie gefragt. Denn trotz allem Optimismus schwang auch ein kleiner Zweifel mit. Falls ihre Geschäftsidee nicht funktionierte, hatte sie keinen Plan B. Aber auch darauf hätte Oma Hansa eine Antwort gehabt: »Vertraue dir selbst und wirf alle Bedenken über Bord. Schließlich bist du meine Enkelin, dir gelingt alles.«

Jana lächelte und seufzte leise. Morgen würde sie das alte Kapitänshaus hinter dem Deich beziehen. Die Schlüssel in ihrer Hand schienen ihr nicht nur die Türöffner für Oma Hansas Haus zu sein, sondern vielleicht sogar die Chance, ihrer wahren Bestimmung zu folgen, hier in St. Peter-Ording, wo sie hingehörte.

3. Kapitel

Jana legte den Kopf in den Nacken und blinzelte gegen das Novemberlicht. Eine Schneeflocke landete auf ihren Wimpern. Über Nacht war das Wetter umgeschlagen. Eine Kaltfront war von der Nordsee über das Festland gezogen und hatte eisige Temperaturen mitgebracht, hatte es im Radio geheißen. Der Regen war in Schnee übergegangen und hatte die Landschaft mit einer weißen Decke überzogen. »Nicht auszudenken, wenn Mutti meine alten Klamotten aussortiert hätte! Dann würde ich jetzt in Sandalen und kurzer Hose im Schnee stehen.«

Thies hievte ihren Rollkoffer und eine weitere Reisetasche aus dem Kofferraum des Autos. »Als ob unsere Eltern jemals etwas von uns wegschmeißen würden. In meinem Zimmer hängen immer noch die Fußballweltmeister von 1990.«

»Hab ich gesehen.« Sie öffnete die weiße Pforte zu Oma Hansas Garten und zog den Rollkoffer hinter sich her, dessen Räder eine Spur im Schnee hinterließen. Thies folgte ihr mit der geschulterten Reisetasche.

Der schmale Buchsbaumweg führte seit dreißig Jahren zu dem wunderschönen alten Kapitänshäuschen mit seiner hellgelben Tür. Passend dazu rankte gelber Winterjasmin am Mauerwerk, das aus roten Ziegelsteinen errichtet worden war. Im Vorgarten stand eine alte Gaslaterne, so wie sie früher in jeder Straße zu finden gewesen war. Die grauen Fensterläden waren geschlossen, und neben dem Eingang wuchs ein Fliederstrauch, den eine dünne Eisschicht bedeckte. Im Vorgarten wuchsen immergrüne Pflanzen, die selbst dem trübsten Wintertag etwas Farbe verliehen, das hatte Oma Hansa oft gesagt, und es stimmte.

Vor der gelben Haustür blieb Jana stehen.

»Dann mal rein in die gute Stube«, sagte Thies hinter ihr und rieb sich die Hände.

»Schon komisch. Das letzte Mal, als ich hier gewesen bin, hat Oma Hansa noch gelebt.« Sie steckte den größten der Schlüssel in das Schloss und drehte ihn herum.

»Das letzte Mal, als ich hier gewesen bin, habe ich zusammen mit Jonne für dich die Schlafcoach und anderes Möbelzeugs geschleppt.«

Lächelnd drehte Jana sich zu ihm um. »Weißt du, was ich an dir mag?«

Thies zuckte die Achseln. »Was?«

»Deine emotionale Art.« Jana drückte die Tür auf.

Hinter sich hörte sie Thies lachen. »Ich bin eben nordisch by nature.«

Sie betraten die Diele. »Ist das duster hier.« Jana tastete nach dem Lichtschalter neben der Tür. Das kalte Licht der Glühbirne blendete sie.

Wo einst Oma Hansas antike Möbel gestanden hatten, herrschte gähnende Leere. Jana schluckte. »Sieht ziemlich trostlos aus. Gar nicht mehr nach Oma.«

Thies stellte die Reisetasche auf den Boden ab. »Wie ich dich kenne, wirst du das in null Komma nix ändern.«

»Wo sind eigentlich Omas Möbel geblieben?«

»Die stehen in der Lagerhalle in Osterhever. Bei Jonne.«

»Wirklich?«, wunderte sich Jana. »Davon haben mir Mama und Papa gar nichts erzählt. Und Pütti auch nicht. Aber ich bin froh! Ich dachte schon, sie wären im Sperrmüll gelandet.«

»Als ob unsere Eltern etwas von Oma wegwerfen würden … wenn sie es noch nicht einmal schaffen, etwas in unseren ehemaligen Zimmern zu verändern.«

Jana deutete auf die Wand vor sich. »Hier muss unbedingt wieder die hübsche Friesenkommode mit den großen Schubladen stehen.«

Thies verschränkte die Arme vor der Brust. »Gehe ich recht in der Annahme, dass du mich gerade darum bittest, für dich den Möbelpacker zu spielen?«

»So war es gedacht.« Jana grinste ihn frech an. »Aber zuerst muss hier Licht rein. Und frische Luft.« Entschlossen ging sie ins Wohnzimmer und öffnete zwei Sprossentüren und die Fensterläden.

Über die schneebedeckte Terrasse ließ sie ihren Blick durch den Garten schweifen, neben dessen Holzzaun eine Koppel lag, auf der einige Pferde durch den Schnee tollten. Vor großen Rotbuchenhecken stand ein Gartenhäuschen, dahinter lag der Deich. Jana erinnerte sich, wie sie als kleines Mädchen mit Oma Hansa auf dem Seedamm gestanden hatte. Sie schlang ihre Arme um den Oberkörper.

Schon als Kind hatte sie den Blick über die verschneiten

Salzwiesen bis hin zum Meer über alles geliebt. Und Oma Hansa hatte ihre Gefühle immer verstanden, ohne dass sie sich hätte erklären müssen. Am liebsten hatte sie die ganze Familie in ihrem Haus gehabt. Sonntags hatte sie in ihrer Küche in großen Töpfen Essen für die ganze anwesende Verwandtschaft gekocht und dabei vor sich hin gesummt. Jana erinnerte sich genau an den Bratenduft, der durch das Kapitänshaus gezogen war. Wie schön gemütlich es damals gewesen war, wenn alle an dem großen Esstisch zusammen gegessen hatten und es am Nachmittag selbst gemachte Torten und Kekse gegeben hatte.

Thies hatte recht, sie würde das alte Kapitänshaus schon mit neuem Leben füllen, damit es bald wieder im gewohnten Glanz erstrahlen konnte. Gestärkt und voll Vorfreude ging Jana zurück ins Haus, wo ihr Bruder gerade den Kamin im Wohnzimmer inspizierte.

»Dafür wirst du einen Schlotreiniger brauchen.« Er zeigte ins Innere des Kamins, wo Teile eins Vogelnests lagen.

»Schornsteinfeger bringen doch Glück«, erwiderte Jana gut gelaunt. »Wann können wir die Kommode aus Osterhever holen?«

Bei der Kommode blieb es nicht. In der Lagerhalle entdeckte Jana weitere Möbelstücke ihrer Oma, die sie wieder an ihre ursprünglichen Plätze im Kapitänshaus stellen wollte. Jonne stellte ihnen netterweise einen Kleintransporter aus seinem Fuhrpark und zwei helfende Hände eines Auszubildenden zur Verfügung, um die Möbel in das Haus am Deich zurückzubringen.

Mit einer Hand strich Janas Mutter andächtig über den Sekretär, der im Wohnzimmer neben einem hohen Sprossenfenster seinen Platz hatte. Sie war vorbeigekommen, um mit Jana einkaufen zu fahren und ihr im Reetdachhaus unter die Arme zu greifen.

»Es wäre auch viel zu schade gewesen, wenn Omas Möbel in der Halle weiter vor sich hin eingestaubt wären. Aber als damals die neuen Mieter kamen, wussten wir nicht, wohin mit ihnen. In unserem Haus ist kein Platz …«

Sie sah Jana an. »Oh, aber das kleine Gartenhaus haben wir gar nicht ausgeräumt. Da sind bestimmt auch noch einige Sachen von Oma drin! Den Schlüssel habe ich dir mitgebracht.« Sie zog ihn aus ihrer Rocktasche und reichte ihn Jana.

»Ich schaue später gern nach, danke, Mutti! Und danke, dass du mit mir einkaufen gefahren bist. Ich freue mich total, dass ich jetzt alles hier habe.« Jana schnitt aus einem Mistelzweig gleich große Stücke und legte sie auf den großen Holztisch im Wohnzimmer. Mit Basteldraht befestigte sie die Äste an einem Kranz. Sie begann damit, das Kapitänshaus liebevoll herzurichten und ihm ihre ganz persönliche Wohlfühlnote zu verpassen.

Ihre Mutter setzte sich neben sie an den Tisch. »Wo kommt der Kranz denn hin, wenn er fertig ist?«

»An die gelbe Tür. Kannst du mir bitte helfen?« Jana wickelte grünen Basteldraht um die Zweige, die ihre Mutter festhielt.

Janas Mutter lächelte. »In dem Haus hier sind Onkel Theo und ich ja aufgewachsen. Jedes Jahr haben wir zusammen mit Oma Hansa einen Kranz aus Mistelzweigen gebunden, der dann an die Eingangstür gehängt wurde. Wusstest du das?«

»Nein. Aber ich kann mich daran erinnern, dass dort immer einer in der Weihnachtszeit hing.«

»Ganz früher hat dein Opa mit uns Strohsterne gebastelt, die wir an einer Tanne befestigt haben. Unser Weihnachtsbaum stand immer draußen im Garten. Dein Opa hat immer gesagt, Bäume gehören nicht ins Haus, sondern unter den freien Himmel«, erzählte ihre Mutter mit glänzenden Augen.

»Womit Opa recht hatte.« Jana nahm den fertigen Kranz in die Hand, um ihn zu begutachten.

»Sehr hübsch. Wollen wir ihn gleich an der Tür anbringen?«

»Klar, das machen wir!«

Nachdem sie den Mistelkranz an der gelben Tür befestigt hatten, war ihre Mutter wieder aufgebrochen, um ihren Friseurtermin nicht zu versäumen. Jana war später mit Pütti zum gemeinsamen Kochen verabredet, um ihren Einstand im Kapitänshaus zu feiern. Doch bis dahin blieb ihr noch Zeit. Sie wollte noch ein wenig kreativ sein und außerdem einen Blick ins Gartenhäuschen werfen. Nachdem sie in ihre warme Jacke geschlüpft war, schlenderte sie den schneebedeckten Weg und dann den Rasen entlang.

Unter dem Vordach der Laube wuchs Moos. Nachdem sie den Schlüssel umgedreht hatte, zog Jana die knarrende Tür auf, um zu sehen, was dort aufbewahrt wurde. Es schien, als hätte Oma Hansa die Tür einfach nur für den Winter verschlossen. Alles schien an seinem Platz zu sein, den Oma Hansa zugewiesen hatte. Zwischen einem Rasenmäher, etlichen Besen, Gartengeräten, Gießkannen und Wasserschläuchen entdeckte Jana einen halb verrosteten Stuhl, von dem die weiße Farbe blätterte. Leere Einmachgläser in verschiedenen Größen, ein Werkzeugkasten und alte Sandförmchen, mit denen sie und ihr Bruder als Kinder gespielt hatten, standen in einem Regal.

Daraus lässt sich bestimmt noch etwas machen, dachte Jana. Die verstaubten Weckgläser und Sandförmchen brachte sie ins Haus und spülte sie in der Küche ab. Dabei kam ihr die Idee. Den verrosteten Stuhl platzierte sie unter dem Küchenfenster neben dem Hauseingang. Dann füllte sie Wasser in die Herz- und Gugelhupfförmchen und stellte sie in den Gefrierschrank, dessen Super-Freezer-Taste sie drückte.

Ein großes Einmachglas umwickelte sie mit einem roten Samtband und stellte eine helle Kerze hinein. Aus den restlichen Mistelzweigen bastelte sie anschließend noch einen kleinen Kranz.

Mit einer kleinen Harke löste sie dann einen Teil des Mooses unter dem Vordach vom Gartenhäuschen und legte es wie einen Teppich auf die Sitzfläche des Stuhls. Darauf stellte sie das Einmachglas mit der Kerze und stützte den Mistelzweigkranz gegen die Rückenlehne.

Jana ging wieder ins Haus und schaute nach dem Wasser in den Sandkastenförmchen, das inzwischen gefroren war. Die Förmchen und ein Band in Händen, ging sie zurück zum Stuhl neben dem Eingang.

Vorsichtig löste sie das Eisherz und den gefrorenen Wassergugelhupf aus den Formen. Das Herz lehnte sie neben den Mistelkranz, und den kleinen Eiskuchen zog sie auf das Samtband, um ihn seitlich an den Stuhl zu hängen.

Als sie zurücktrat, um ihr Werk zu begutachten, hörte sie knirschende Schritte hinter sich. Jana drehte sich um und erspähte Pütti, die dick eingemummelt den schneebedeckten Weg zum Kapitänshaus entlanglief.

Erst jetzt merkte sie, dass sie fror. Jana hauchte in ihre Hände. Doch sie freute sich, weil das Herz und der Gugelhupf die Nacht bei den niedrigen Temperaturen gut überstehen würden.

»Oh, du warst kreativ, wie ich sehe.« Pütti deutete auf den Stuhl.

Jana stützte die Hände in die Hüften. »Wie gefällt es dir?«

»Sehr schick! So was stellen wir auch vor unseren Laden. Wobei eine Kleinigkeit noch fehlt.« Pütti holte ein Feuerzeug aus ihrer Umhängetasche und zündete die Kerze an. »Voilà!«

»Seit wann rauchst du denn?«, fragte Jana verwundert.

»Ich rauche doch nicht! Ach, du meinst wegen des Feuerzeugs? Nein, nein, das ist bloß ein Werbegeschenk vom Autohaus.« Pütti zeigte ihr den Aufdruck auf dem Feuerzeug.

»Ich dachte schon ...« Jana schaute auf die helle Flamme der Kerze, die im Wind flackerte. »Lass uns mal besser reingehen. Ist ganz schön kalt.«

In der Küche stellte Pütti eine Flasche Rotwein auf die Arbeitsfläche und zog ihre Jacke aus. »Zum Einstand. Aus dem Weinkeller meiner Schwiegereltern in spe und mit freundlichen Grüßen.«

»Danke.« Jana nahm die Flasche in die Hand. »Hui, sogar ein extra guter.«

Lächelnd legte Pütti ihre Tasche auf einen Stuhl und die Jacke über eine Lehne. »Sieht schon richtig wohnlich aus, wenn man bedenkt, dass du erst kurz hier wohnst.«

»Omas Küche war Gott sei Dank drin, und der Rest kommt nach und nach.«

»Wäre auch zu schade um die hübsche Friesenküche gewesen.« Pütti betrachtete die verschiedenen Blumenmotive auf den Kacheln. »Die sehen schick aus.«

Jana freute sich über die Würdigung der alten Ausstattung, auch wenn Pütti das typisch friesische Design natürlich kannte. »Original Delfter Fliesen aus Holland. Sogar handbemalt.«

»Ich mag diese Glockenblumen hier besonders. Nicht schlecht! Was kochen wir eigentlich?«

»Möhren-Curry-Suppe mit Krabben, und zum Nachtisch gibt es warmen Schokoladenpudding mit Vanillesauce«, zählte Jana auf und legte verschiedene Messer auf die Arbeitsfläche.

»Prima! Genau das Richtige an diesem kalten Abend«, fand Pütti.

»Wenn du willst, kannst du schon mal die Kartoffeln und Möhren waschen. Sie liegen in dem Korb neben der Tür. Ich bereite dann den Rest vor.«

»Ist gut.« Pütti schnappte sich den Korb und begann die Kartoffeln in einem Sieb unter fließendem Wasser abzuwaschen.

»Ein Glück, dass deine Eltern die Sachen von deiner Oma bei Jonne eingelagert hatten.«

»Das kannst du laut sagen!« Jana schälte Zwiebeln und schnitt sie in feine Würfel. »Es wäre eine Menge Arbeit gewesen, alles neu zu kaufen, und teuer obendrein. So ist es ein bisschen wie auf Gran Canaria. Da übernimmt man auch eine komplett möblierte und ausgestattete Wohnung.« Jana öffnete eine Schublade, nahm ein weiteres Schneidebrett heraus und reichte es ihrer Freundin.

»Lass uns doch mal den Wein probieren«, schlug Pütti vor.

Jana zog die Augenbrauen hoch. »Wenn ich wüsste, ob ich einen Korkenzieher habe.« Sie zog eine Schublade nach der nächsten auf. »Oma Hansa war keine Weintrinkerin. Sie mochte lieber selbst gemachten Sanddornlikör.«

»Wir brauchen nur Gläser. Einen Korkenzieher habe ich nämlich vorsichtshalber mitgebracht.« Pütti putzte sich die Hände an einem Küchentuch ab, bevor sie triumphierend einen Korkenzieher aus ihrer Tasche hervorholte. Mit einem lauten Ploppen zog sie kurz darauf den Korken aus der Flasche und goss den Rotwein in zwei Gläser, die Jana bereitgestellt hatte. »So macht das Kochen doch doppelt Spaß.«

Jana erhob das Glas. »Na dann, auf die Zukunft!«

»Auf eine schöne Zukunft in unserem gemeinsamen Laden.«

Die Freundinnen stießen an und widmeten sich wieder dem Kochen.

»Hätte ich damals auch nicht für möglich gehalten, dass wir mal zusammen einen Laden eröffnen«, sagte Jana, während sie Fett in einem Topf erhitzte.

»Ich hätte so vieles nicht für möglich gehalten! In der siebten Klasse war ich felsenfest davon überzeugt, einmal Ärztin zu werden und zusammen mit Thomas Friedrich die Praxis seiner Eltern zu übernehmen.«

»Was? Warst du etwa in Thomas verknallt?«

»War ich«, gab Pütti zu und lächelte verlegen.

»Ich glaub's ja nicht! Und das erfahre ich erst jetzt«, sagte Jana halb amüsiert, halb entrüstet. »Davon hast du mir nie ein Sterbenswörtchen erzählt.«

»Ach, komm! Du hast mir doch bestimmt auch nicht alles erzählt – obwohl ich deine älteste Sandkastenfreundin bin. Ich kann mich zwar an viele Namen von Pferden erinnern, um die du dich gekümmert hast, und daran, dass du eine Zeit lang Tobias ganz süß fandest. Aber einen wirklich großen Schwarm hast du mir gegenüber nie erwähnt. Also, welchen Namen hast du mir bis heute verschwiegen?«

Jana nahm einen großen Schluck Wein aus dem Glas. »Ayk Truels.«

»Ayk Truels?« Pütti hielt im Schneiden inne und blickte sie ungläubig an. »Meinst du etwa Bücherwurm Ayk? Den Jungen, der in den Pausen immer auf einer Bank unter dem Baum gesessen und gelesen hat?«

Jana fragte sich, ob ihre Wangen so rot waren, wie sie sich anfühlten. Aber vor Pütti muss mir die alte Schwärmerei nicht unangenehm sein, sagte sie sich. »Exakt. Für Ayk hatte ich damals eine heimliche Schwäche. Nun weißt du es.«

»Wann war das denn?«, wollte Pütti wissen.

Jana grübelte kurz, bevor sie aufstand und die Zwiebelwürfel ins Fett gab. »Das müsste in der neunten Klasse gewesen sein. Ich fand ihn interessant und irgendwie geheimnisvoll. Er war so anders als die anderen Jungs. Na ja ... Aber ich habe nie mit jemandem darüber geredet.«

»Ayk Truels«, wiederholte Pütti kopfschüttelnd und würfelte eine Möhre. »Dann passt es ja gut, dass unser Laden schräg gegenüber von *Bookbantje Truels*, Ayks Buchladen, liegt. Dann kannst du ihn weiter heimlich anhimmeln.«

Jana musste lachen. »Das war in der neunten Klasse!«

»Alte Liebe rostet nicht.« Pütti steckte sich ein Stück Möhre in den Mund.

»Erzähl doch keinen Blödsinn! Lass uns lieber über die Ladeneröffnung sprechen«, wechselte Jana das Thema. »Ich habe auch an einen Online-Shop gedacht, um meine spanischen Kunden weiterhin versorgen zu können. So werde ich wenigstens mein schlechtes Gewissen los.«

»Das ist eine sehr gute Idee«, fand Pütti. Sie schob Jana die Möhrenstücke rüber und widmete sich den Kartoffeln.

Jana bestäubte die Zwiebeln mit Currypulver. »Ich kann es immer noch nicht fassen, dass wir tatsächlich zusammen diesen Laden eröffnen werden! Wie lange habe ich davon geträumt, mal genau so ein Wohlfühllädchen zu haben? Und du wolltest doch schon immer für die Seele der Leute backen.«

Pütti warf ihr einen glücklichen Blick zu. »Und du wolltest mit deinen Düften die Wehwehchen der Leute einfach wegzaubern und Ärzte überflüssig machen.«

»Ich bin so froh, dass wir uns auch in der Zeit, während ich auf Gran Canaria war und du in Hamburg gearbeitet hast, nicht aus den Augen verloren und regelmäßig telefoniert haben. Hätten wir das nicht, wäre der Laden wohl immer noch bloß ein Traum.«

Pütti klatschte in die Hände. »Unser Laden wird der Hit in St. Peter werden. Morgen gucken wir uns die Räume noch mal zusammen an, du kennst sie ja bisher nur von Fotos. Die Regale werden auch bald geliefert.«

»Gut, dass wir das schon im Vorfeld in die Wege geleitet haben. So geht jetzt alles viel schneller.« Jana rührte die Möhren und Kartoffeln unter. »Ich bin so froh, dass du das entdeckt und mich am Telefon überzeugt hast! Die Lage ist wirklich ideal. An der Straße *Im Bad* kommt jeder vorbei. Ich kann mich noch daran erinnern, dass dort früher eine Boutique gewesen ist, in die bin ich gerne gegangen.« Jana nahm eine Schale voll frischer Krabben aus dem Kühlschrank.

»Das wird so schön, wirst sehen!«

»Ganz bestimmt sogar.«

»Wir werden nur liebe Kunden haben.«

»Und alle werden glücklich sein.« Jana lächelte ihre Freundin an. Mit niemand anderem hätte sie eine gemeinsame Geschäftseröffnung gewagt. Sie griff zum Weinglas. »Auf dich, liebe Pütti. Die beste Freundin, die ich mir für meinen Neuanfang wünschen kann.«

4. Kapitel

Am nächsten Tag besichtigten Jana und Pütti zusammen mit ihren Müttern das zukünftige Geschäft. Ihre Mütter kannten sich wie sie bereits aus Kindertagen, was dazu geführt hatte, dass Pütti und Jana von klein auf oft miteinander gespielt hatten. Mittlerweile genossen Jördis und Hilu ihren Vorruhestand, indem sie ihre Tage von morgens bis abends verplanten und dadurch vermutlich mehr zu tun hatten als früher.

Das kleine Ladenlokal im Ortsteil Bad hatten sie schon vor Janas Rückreise nach St. Peter-Ording gefunden. Vielmehr hatte Pütti es entdeckt und nach kurzer Rücksprache mit Jana angemietet.

»Schöne große Schaufenster. Hier kommt eine Menge Licht rein. Nicht wahr, Jördis?«, sagte Janas Mutter.

»Da hast du recht, Hilu. Für mich gibt es nichts Schlimmeres als dunkle Geschäfte«, pflichtete Püttis Mutter ihr bei. »Da hat man das Gefühl, als würde einen der Muff der letzten 50 Jahre umgeben. Meistens riecht es auch so.« Sie verzog das Gesicht und hielt sich die Nase zu.

Jana lachte auf. »Die Duftnote Muff habe ich nicht im Angebot. Keine Sorge! Wir werden die Leute mit unseren Düften anziehen und nicht abschrecken. Immerhin wird Pütti jeden Tag frisch backen, und von mir wird es wohlriechende Essenzen für Körper und Seele geben.«

»Habt ihr eigentlich schon einen Namen für euer Geschäft?«, wollte Hilu wissen.

Pütti warf Jana einen eindringlichen Blick zu und legte den Zeigefinger an die Lippen. »Psst!«

»Haben wir, aber der wird noch nicht verraten«, antwortete Jana daraufhin grinsend.

»Ihr macht es aber spannend. Wenigstens euren Müttern könntet ihr es doch sagen. Oder wenigstens einen Tipp geben«, versuchte Jördis sie zu überreden.

»Nein, nein. Wir sagen nichts, und Hinweise gibt es auch keine. Den Namen erfahrt ihr wie alle anderen, wenn das Schild am Laden hängt.« Pütti blieb standhaft. »Aber ich kann euch erzählen, wie ich mir die Einrichtung vorgestellt habe.«

Sie hakte beide ältere Frauen unter und ging mit ihnen in den hinteren Teil des Ladens. Jana hörte, wie sie ihnen beschrieb, wie die kleine Backstube und das angeschlossene Café aussehen sollten, in denen es bald ihre Leckereien für die Kunden geben würde.

Sie blieb an einem der großen Schaufenster zurück und beobachtete die Schneeflocken, die draußen wie kleine Federn durch die Luft schwebten. Dieses Jahr schien sie ein Bilderbuchwinter an der Nordsee zu erwarten. Sie mochte die kalte Jahreszeit und besonders die Wochen vor Weihnachten, wenn die Geschäfte festlich geschmückt waren und es hinter jedem Fenster heimelig wirkte.

Ihr Laden lag direkt am Hotspot von St. Peter-Ording, in unmittelbarer Nähe der Promenade und der Seebrücke. Im Sommer flanierten unzählige Touristen durch das Zentrum von St. Peter, was ihren Umsatz sicherlich ankurbeln würde. In Puerto de Mogán hatte Jana von der guten Lage profitiert, sie wusste, wie wichtig es war, dass die Menschen den Weg ins Geschäft finden konnten.

Sie erinnerte sich daran, wie sie damals zusammen mit Vito ihr Geschäft in dem malerischen Hafenort eingerichtet hatte. Fast alles hatten sie in Eigenregie erledigt. Jana hatte den Laden komplett gestrichen, Vito hatte sich um die passende Möblierung gekümmert und die Stücke selbst gebaut. Er war ein guter Handwerker und hatte die Regale und Schränke in seiner Freizeit gezimmert. Seine Hilfsbereitschaft war eine der Charaktereigenschaften gewesen, die sie sehr an ihm geschätzt hatte.

Ansonsten hatte Jana den Laden ganz alleine geführt, was manchmal eine enorme Herausforderung gewesen war. Als Solo-Selbstständige hatte sie sich den Luxus nicht gönnen können, zu Hause zu bleiben, wenn sie mal krank gewesen war. Sie hatte keine Vertretung für sich gehabt, die im Ernstfall hätte einspringen können. Deswegen hatte sie jeden Tag im Geschäft gestanden, auch wenn sie besser das Bett hätte hüten sollen.

Schon vor drei Jahren hatte sie sich geschworen, die Situation zu ändern, sobald sich die Gelegenheit ergab. Sie brauchte einen zuverlässigen Partner. Und Pütti war ideal dafür, daran hatte Jana nicht den geringsten Zweifel. Was Besseres, als sich zusammen mit ihrer besten Freundin in St. Peter-Ording selbstständig zu machen, hätte ihr gar nicht passieren können. Das hatte sie sofort gespürt, als Pütti und ihr beim Telefongespräch die Idee gekommen war.

Natürlich schwang trotz der guten Geschäftslage ein gewisses Risiko mit. Denn falls ihre Geschäftsidee nicht aufgehen sollte, hatten beide ein Problem. Doch damit wollte Jana sich erst beschäftigen, wenn es schiefgegangen war.

Sie ließ den Blick nach rechts schweifen. Auf der anderen Straßenseite thronte ein weißes Haus mit großen Sprossenfenstern und rotem Ziegeldach. Über dem Eingang hing ein Schild, auf dem mit gelben Buchstaben *Bookbantje Truels* stand.

Pütti hatte recht gehabt. Sie konnte tatsächlich von ihrem Laden aus direkt zu Ayks Buchhandlung rüberschauen. Jana dachte an ihr Geständnis über Ayk und musste lächeln, denn sie hatte Pütti dabei eine Kleinigkeit bewusst verschwiegen.

Damals war sie nämlich gar nicht so oft bei den Pferden gewesen, wie sie Pütti erzählt hatte. Das war bloß ein Vorwand gewesen, um heimlich in die Bücherei zu gehen und dort auf Ayk zu warten. Seinetwegen hatte sie sich sogar einen Büchereiausweis ausstellen lassen und war einmal in der Woche zu einem Buch-Treff gegangen, bei dem er sich jedoch nie hatte blicken lassen.

Jedes Mal hatte sie sich vorgenommen, mit ihm ins Gespräch zu kommen. In Gedanken hatte sie ihre Unterhaltung zig mal durchgespielt. Doch sobald Ayk in der Bücherei aufgekreuzt war, hatte der Mut sie verlassen, und sie hatte sich hinter einem Bücherregal versteckt, um nicht von ihm gesehen zu werden.

Was hätte sie auch Intelligentes zu ihm sagen sollen? »Hallo, auch hier?« oder »Leihst du dir ein Buch aus?« Nein, lieber wäre sie im Erdboden versunken. Nicht auszudenken, wenn er sie nach dem Inhalt von Büchern gefragt hätte, von denen sie noch nie gehört hatte. Zwar hatte sie durch den Buch-Treff deutlich mehr gelesen als vor ihrer Schwärmerei für Ayk, doch sie war sich sicher, es auf dem Gebiet nicht mit ihm aufnehmen zu können. Auch heute nicht.

Gewöhnlich hatte er sich nicht lange in der Bibliothek aufgehalten. Er war jedes Mal schnurstracks zur Ausleihe gegangen, hatte Bücher zurückgegeben und gleich neue eingepackt, die er vorab hatte zurücklegen lassen.

Jana mochte Leute, die für etwas brannten und ihre Leidenschaft zum Beruf machten. Ayk schien zu dieser Sorte Mensch zu gehören. Das hatten sie gemeinsam. Einen eigenen Buchladen zu führen, passte zu ihm. Doch wenn sie ehrlich war, wirklich viel wusste sie nicht über ihn. Bloß, dass er eine jüngere Schwester hatte und zu Schulzeiten mit seiner Familie in einem großen Landhaus am Rande von St. Peter-Ording gewohnt hatte. Sein Vater war Richter am Amtsgericht Husum gewesen und hatte in St. Peter-Ording einen tadellosen Ruf genossen. Obwohl sie zu den bessergestellten Familien gehört hatten, waren sie allseits beliebt gewesen. Jana hatte nie ein böses Wort über die Familie gehört.

»Dann können wir jetzt zum Baumarkt fahren«, sagte Pütti. »Jana?«

Sie schrak zusammen und wandte sich um. »Bitte?« Sie hatte für einen Moment vergessen, wo sie war. »Entschuldige, ich war gerade ganz woanders.«

»Hab ich gemerkt. Wir wollten doch Farbe kaufen«, erinnerte Pütti sie und zwinkerte ihr amüsiert zu. Zweifellos ahnte Pütti, wohin ihre Gedanken gewandert waren.

»Unsere Mütter wollen mitkommen und uns später beim Streichen helfen.«

»Oh, das ist eine tolle Idee«, fand Jana. »Wir können jede Hilfe brauchen.«

»Dann sind wir ruckizucki fertig«, bestätigte Hilu und klatschte tatkräftig in die Hände.

»Zu viert schaffen wir das an einem Tag«, meinte Jördis optimistisch. »Außerdem passen in zwei Autos mehr Farbeimer rein.«

Als Pütti die Ladentür öffnete, strömte kalte Luft hinein. »Dann lasst uns mal zum Bövergeest fahren und den Baumarkt plündern.«

Die Frauen verließen die Geschäftsräume und stiegen in die Autos, die sie auf dem Parkplatz vor der Dünen-Therme geparkt hatten. Als Pütti bei *Bookhantje Truels* vorbeifuhr, schaute Jana aus dem Seitenfenster. Durch die mit Büchern dekorierte Glasfront konnte sie kaum ins Innere des Ladens blicken.

Jana nahm sich vor, demnächst ein neues Buch zu kaufen und sich bei der Gelegenheit im Geschäft nach Ayk umzusehen. Sie hatte viel zu lange kein Buch mehr in Händen gehalten. Und Ayk würde sie ohnehin nicht erkennen – aber sie ihn.

Nach ihrer Einkaufstour im Baumarkt hatten sie die Farbeimer, Pinsel und weitere Malerutensilien in das Ladenlokal gebracht. Ohne zu zögern, hatten Jana und Pütti sich für einen Vanilleton entschieden, der dem Raum ein warmes Ambiente verleihen sollte.

Nachdem der Boden mit Zeitungspapier ausgelegt worden war, hatten sie sich mit Feuereifer in die Renovierung gestürzt und schon einen beachtlichen Teil der Malerarbeiten geschafft. Von der ungewohnten Arbeit spürte Jana jeden einzelnen Knochen. Als sie am Abend den Laden verließen, schmerzten besonders ihr Nacken und die rechte Schulter.

Zurück im Kapitänshaus, nahm sie ein heißes Bad, dem sie Eukalyptus, Latschenkiefer, Lavendel, Rosmarin und Wacholder hinzufügte. Das war sozusagen ihre Geheimwaffe gegen Muskelkater und Verspannungen. Es wirkte. Nach einer halben Stunde im warmen Badewasser und einem ausgiebigen Abendbrot fühlte sie sich deutlich entspannter.

Es war noch keine acht Uhr, als sie mit dem Geschirrspülen fertig war, und sie überlegte, was sie mit dem angebrochenen Abend tun sollte. Während sie versonnen durch das Haus schlenderte und sich überlegte, wo sie noch ein bisschen dekorieren wollte, fiel ihr Blick auf die Kommode in der Diele. Das Schlüsselbund schimmerte in der kleinen Porzellanschale, in die sie es gelegt hatte.

Ob Oma Hansas Schaukelstuhl wirklich noch auf dem Dachboden stand? Jana griff zum Schlüsselbund.

Nachdem sie die Treppe zum Dachboden hochgestiegen war und die Klappe geöffnet hatte, drehte sie an dem kühlen Schalter neben dem Einstieg. Der fahle Lichtschein einer Lampe flackerte auf und erhellte den Boden bloß notdürftig. Zu allem Überfluss hatte die Leuchte einen Wackelkontakt. Das flimmernde Licht erschwerte es Jana, sich einen Überblick zu verschaffen. Sie machte einen vorsichtigen Schritt auf dem Spitzboden und musste sogleich niesen.

In der Luft tanzten Staubpartikel, und es roch, als hätte sie einen Raum aus einer längst vergessenen Zeit betreten. Als Jana einen weiteren Schritt machte, knarrten die alten Dielen unter ihren Füßen.

Neben übereinandergestapelten Kisten und Koffern entdeckte sie eine alte Schirmlampe, die mit Spinnweben überzogen war. Auf einem Schrank standen Plateauschuhe, wie sie in den 1970er Jahren modern gewesen waren, und daneben hatte ein grünes Telefon mit Wählscheibe seinen Platz, um das das Kabel gewickelt worden war. Auf einem Holzstuhl lag ein Stapel vergilbter Zeitungen, und in einer Ecke entdeckte Jana ein Sideboard aus Kirschholz. Jana zog die Schiebetür auf und betrachtete den rechts im Gehäuse untergebrachten Fernseher mit Drehreglern. Das muss ein Relikt aus den 1960er Jahren sein, schätzte sie.

Dahinter fand sie, was sie ursprünglich gesucht hatte: Oma Hansas Schaukelstuhl. Er war zwar völlig verstaubt, schien aber ansonsten funktionstüchtig zu sein. Bei Gelegenheit wollte sie Thies bitten, ihr mit dem Schaukelstuhl zu helfen. Dass sie nämlich mit dem Stuhl auf der steilen Treppe ausrutschte, wollte sie nicht riskieren. Sie wollte ihre Träume verwirklichen, nicht im Krankenhaus landen.

Jana blickte zur Lampe an der Decke. Das Flackern hatte sich verstärkt. Besser sie setzte bei Tageslicht ihre Erkundungstour fort. Auf dem Weg zur Bodenklappe stolperte sie fast über einen alten Vogelkäfig, in dem sich eine Holzkiste befand. Jana schüttelte den Kopf. Was machte eine Holzkiste in einem Vogelkäfig? Neugierig geworden, löste sie das Gitter von der Unterschale und nahm die Kiste heraus.

Die Schatulle war durch ein Scharnier verschlossen. Nachdem Jana die Staubschicht auf der Oberfläche weggeblasen hatte, erkannte sie eine Gravur. *Hansa* stand in feinen Lettern auf dem Holzkästchen. Darin hatte ihre Oma bestimmt persönliche Dinge aufgehoben. Jana schüttelte den kleinen Kasten vorsichtig. Es schien etwas darin zu sein.

Sie klemmte sich das Holzkästchen unter den Arm, knipste das Licht aus und stieg vorsichtig die Treppen hinunter. Was sich wohl in der Box befand?

Behutsam stellte Jana sie auf den Küchentisch und nahm Platz. Wie konnte sie sie am besten öffnen? Mit Besteck wohl kaum … Aber im Gartenhäuschen hatte sie einen Werkzeugkasten gesehen.

In eine Daunenjacke eingemummelt und mit einer Taschenlampe ausgerüstet, stapfte sie über die schneebedeckte Wiese zur Laube. Sobald sie den Kasten gefunden hatte, beeilte sie sich, zurück ins Haus zu kommen.

»Na bitte!« Neben diversen Zangen und Schraubenziehern fand sie auch einen Mini-Inbusschlüssel. Damit könnte sie es versuchen. Und wenn sie vorsichtig genug war, würde sie das Kästchen hoffentlich nicht beschädigen.

Es musste etwas Wichtiges darin sein, sonst hätte Oma Hansa es sicher nicht verschlossen. Behutsam führte sie das Werkzeug in das Schloss ein und stocherte eine Weile darin herum – ohne Erfolg. Sie erhöhte den Druck und drehte den Inbusschlüssel im Schloss hin und her. Nichts passierte.

Geduld zählte nicht gerade zu ihren Stärken. Deshalb

erwog sie kurz sogar, einen Hammer zu Hilfe zu nehmen. Während sie jedoch erneut an dem Schloss rüttelte, sprang es plötzlich mit einem Klick auf. Es hatte funktioniert! Aufgeregt legte Jana den Inbusschlüssel beiseite und klappte den Deckel der kleinen Kiste hoch. Darin lag ein in Leder gebundenes Buch.

Vorsichtig nahm sie es aus dem Kasten und legte es vor sich auf den Tisch. Es sah wertvoll und vor allem wichtig aus. Ihr war ganz feierlich zumute. Mit klopfendem Herzen schlug sie es auf. Die Seiten waren in Oma Hansas Handschrift beschrieben. Es waren alte Aufzeichnungen über Heilsteine, Düfte und Kräuter sowie Tagebucheinträge.

Abrupt klappte Jana das Buch zu. Durfte sie so persönliche Aufzeichnungen ihrer Oma überhaupt lesen? War es nicht moralisch höchst verwerflich, dies zu tun? Sicherlich war es das. Omas Notizen über Heilsteine, Düfte und Kräuter wollte sie sich näher ansehen, doch ihre Memoiren waren persönlich und sollten dies auch über ihren Tod hinaus bleiben. Jana schlug die Notizen wieder auf und blätterte sie weiter durch.

Am Ende des Buchs entdeckte sie zwischen der letzten Seite und dem Ledereinband ein Kuvert. Als sie es vor sich in der Hand hielt, traute sie ihren Augen kaum. *Für meine Enkelin Jana*, stand groß und deutlich auf dem Umschlag. Ein Brief für sie?! Wie konnte das sein? Warum lag er in einer Kiste, und wieso hatte Oma Hansa ihr den nicht gegeben? Janas Herz schlug mit einem Mal schneller. Sie nahm wieder den Inbusschlüssel zur Hand und schlitzte damit den Umschlag auf.

Der Briefbogen fühlte sich ungewöhnlich schwer an, als sie ihn herauszog. Und während sie das Papier auffaltete, fiel ein Ring heraus. Jana nahm ihn in die Hand und hielt ihn gegen das Licht.

Es war ein schöner Silberring mit einem eingefassten Edelstein. Sie begutachtete den Stein näher, der einen goldenen, seidig schimmernden Glanz hatte. Es musste ein Quarz sein. Jana legte den Ring lächelnd auf die Tischplatte. Jetzt musste sie erfahren, was ihre Oma ihr geschrieben hatte. Am Datum erkannte Jana, dass Oma Hansa den Brief ein Jahr vor ihrem Tod geschrieben hatte.

Liebe Jana,

lange habe ich es vor mir hergeschoben, dir diesen Brief zu schreiben. Doch auch ich werde nicht jünger, und deswegen ist es längst an der Zeit, diese Zeilen an dich zu verfassen. Du bist nun schon eine Weile auf Gran Canaria, und ich weiß nicht, wann wir uns wiedersehen oder ob wir uns noch wiedersehen. Deine Mutter konnte mir nicht sagen, wann du das nächste Mal zu Besuch kommst. Nun denn ...

Den Tigeraugenring habe ich vor vielen Jahren von deinem Opa geschenkt bekommen. Unsere Liebe hatte damals einen sehr schwierigen Start, weil unsere Eltern gegen die Verbindung waren. Dein Uropa war Bürgermeister von Garding, und ich kam bloß aus einer einfachen Bauernfamilie. Das schickte sich damals nicht. Die sozialen Klassen blieben unter sich. Deswegen war es ein kleiner Skandal, als dein Opa und ich heirateten. Bis zur Hochzeit und auch danach war es ein sehr steiniger Weg für uns.

Einmal war es ganz schlimm, und ich dachte schon, nun wäre das Ende für mich und deinen Opa gekommen. Doch er hat immer an uns geglaubt und mir als Zeichen seiner Liebe diesen Tigeraugenring geschenkt. Er sollte mir in schweren Stunden Mut verleihen, damit ich nie an unserer Beziehung zweifelte.

Dein Opa ist schon eine ganze Weile nicht mehr unter uns, und nun sollst du diesen Ring von mir bekommen. Ich bin mir sicher, dass er es so gewollt hätte.

Der Ring soll dich auf deinem Lebensweg begleiten und eine Art Kompass für dich sein. Er soll dir die Kraft und den Mut geben, deinen Weg zu gehen, und dich immer darin bestärken, auf dein Herz zu vertrauen. Denn das Herz ist immer schlauer als der Kopf und lässt sich nicht so leicht austricksen.

Am liebsten möchte ich dir den Brief und den Ring persönlich geben, aber wer weiß, vielleicht schicke ich ihn auch zu dir auf die Insel. Für mich ist nur wichtig, dass du ihn bekommst.

Solltest du jemals Zweifel haben, dann denke an deine Oma. Gehe deinen Weg und höre auf dein Herz. Egal, was kommt. So wie ich es getan habe!

In Liebe
Deine Oma Hansa

Jana hatte einen Kloß im Hals und Tränen in den Augen. Von schwierigen Umständen der Eheschließung hatte sie nie gehört. Wie schlimm musste es für die beiden damals gewesen sein, dass die eigenen Familien sich gegen sie gestellt hatten.

Jana war froh und auch auf eine gewisse Art und Weise stolz auf ihre Großeltern, dass sie trotz aller Widerstände zusammengehalten und sich nicht hatten beirren lassen.

Auch wenn sie sich bemühte, dem Weg nicht zu folgen, den ihre Gedanken manchmal nahmen, in den vergangenen Wochen hatte Jana sich gefragt, ob sie die richtigen Entscheidungen getroffen hatte. Wenn sie an ihr Leben auf Gran Canaria zurückdachte, daran, wie glücklich sie gewesen war, wenn Vito sie nach Ladenschluss abgeholt hatte, wenn sie die weiche Luft der Kanaren gespürt und sich auf der Sonnenseite des Lebens gefühlt hatte … Wenn sie daran gedacht hatte, hatte sie sich schon gefragt, warum sie zurück nach St. Peter-Ording ging.

Sie war ganz in ihrer Arbeit in dem kleinen Lädchen aufgegangen. Im Grunde genommen hatte sie natürlich die meiste Zeit im Geschäft verbracht. Sie war ja höchstens zum Schlafen nach Hause gekommen, weil es immer so viel zu tun gegeben hatte. Zumindest hatte sie sich das eingeredet. Und sie hatte so viel gearbeitet, dass sie den Beziehungsproblemen mit Vito zu wenig Beachtung geschenkt hatte. Sie waren schleichend gekommen und hatten dann einen immer größeren Platz zwischen ihnen eingenommen. Besonders Vitos unbegründete Eifersucht und das daraus resultierende Kontrollverhalten hatten Jana dazu gebracht, noch mehr Zeit im Laden zu verbringen als ohnehin schon.

Sie war den Problemen aus dem Weg gegangen, und solange sie das getan hatte, hatten sie bloß halb so schwer gewogen. Und in der Zeit hatte Jana geduldig auf Besserung gehofft.

Das hatte sich schlagartig geändert, als sie zufällig herausgefunden hatte, dass Vito sich heimlich mit einer Spanierin traf, die auch mit ihm zusammen an der Hotelbar arbeitete. Jana war zunächst am Boden zerstört gewesen. Nach mehreren Telefonaten mit Pütti war ihr jedoch klargeworden, dass der richtige Zeitpunkt gekommen war, die spanische Ferieninsel wieder zu verlassen.

Hatte sie überstürzt gehandelt? Diese Frage holte sie trotz allem immer wieder ein. Und insgeheim hatte sie sie schon oft Oma Hansa gestellt. Dass sie nun die Antwort in Oma Hansas Brief las, berührte Jana zutiefst. Zu ihrer Oma hatte sie immer eine besondere Verbundenheit gespürt, und Oma Hansa hatte gewusst, dass sie ihren Ring brauchen könnte.

Jana nahm den Ring wieder in die Hand und streifte ihn über. Sie nahm sich vor, ihn wie einen kostbaren Schatz zu hüten. Sie würde Oma Hansa stolz machen und ihr Geschenk in Ehren halten.

5. Kapitel

Als der Wecker klingelte, lag Jana bereits mit offenen Augen im Bett und starrte an die Decke. Obwohl sie mit hundertprozentiger Sicherheit gewusst hatte, in dieser Nacht kein Auge zumachen zu können, hatte sie die Weckfunktion auf sieben Uhr gestellt. Seufzend drückte sie nun den Off-Schalter und blieb noch einen Moment liegen. Man hätte meinen können, sie wäre nach der körperlichen Arbeit der letzten Tage hundemüde, doch das war sie nicht. Im Gegenteil. Dank ihres Adrenalinspiegels war sie hellwach – um nicht zu sagen: ein wenig aufgedreht.

In Rekordzeit hatte sie zusammen mit Pütti, ihren Eltern, Thies und Jonne das Ladenlokal renoviert und möbliert. Außerdem hatten sie schon Einladungen zur Eröffnung an benachbarte Geschäfte verteilt und Flyer in der Dünen-Therme ausgelegt. Abends hatte Jana noch Seifen und Düfte hergestellt und ihr Schlafzimmer eingerichtet. Die Möbel hatte sie von dem Geld gekauft, das sie für den Verkauf ihres alten Ladens bekommen hatte. Es war sogar noch genug übrig geblieben, um zwei Monate die Kosten zu decken.

Falls es Startschwierigkeiten mit dem Laden geben sollte … Jana strich über den Ring an ihrem Finger und schüttelte den Kopf. Heute war nicht der Tag, um über eine Geschäftspleite nachzudenken.

Mit einem Ruck schwang sie sich aus dem Bett und lief ins Bad, um eine heiße Dusche zu nehmen. Um 8 Uhr wollte Pütti sie abholen, und um 10 Uhr eröffneten sie ihr kleines Wohlfühllädchen in St. Peter-Ording Bad.

Das Schild mit dem Namen *MeerGlück* prangte über dem Eingang. Ein Anker und eine Möwe schmiegten sich an den ersten und den letzten Buchstaben von *MeerGlück*. Neben dem Eingang stand eine Bank mit dicken Polstern und einer kuscheligen Decke für die ersten Kunden bereit. Daneben hatte Jana ein hüfthohes Windlicht mit einer nach Anis duftenden Stumpenkerze aufgestellt, die sie selbst hergestellt hatte. Das Schaufenster war weihnachtlich mit Sternen und Lichterketten dekoriert, und in der Mitte stand ein großer roter Nussknacker, zu dessen Füßen allerhand Nüsse lagen.

Pütti schaute zu ihrem Geschäftsschild empor. »Mehr Glück hätten wir wirklich nicht haben können.«

»Du meinst, dass alles so glattgelaufen ist?«, fragte Jana und lehnte eine alte Holzleiter neben den Eingang.

»Zum einen das und zum anderen aber auch, dass wir so wunderbare Helfer hatten und wir tatsächlich jetzt noch in der Vorweihnachtszeit eröffnen können. Das ist ein großes Glück und vermutlich auch der ideale Zeitpunkt für uns, um einen guten Geschäftsstart hinzulegen. Im Januar wäre es bestimmt nicht so günstig gewesen.«

Jana warf ihr ein Lächeln zu, griff in einen Korb, der vor ihr auf dem Boden stand, und wickelte eine Lichterkette um die oberste Stufe der Leiter. »Sag Jonne noch einmal lieben Dank von mir dafür, dass er sich für uns so ins Zeug gelegt und oft frei genommen hat. Das ist nicht selbstverständlich. Er ist wirklich ein großer Schatz.«

»Das ist er.« Pütti grinste schelmisch. »Aber mit mir als Freundin hat er auch nicht wirklich eine Wahl. Thies war übrigens auch toll.«

»Ich glaube, die Renovierung war genau das Richtige für meinen Bruder, um sich von seinem Stress mit Gesa abzulenken«, murmelte Jana und griff wieder in den Korb.

»Ist es zwischen den beiden noch nicht besser geworden?«

Jana schüttelte bedauernd den Kopf und band Tannenzweige seitlich an die Leiter. »Gesa will nach wie vor heiraten und Kinder kriegen. Thies nicht.«

»Ich kann Gesa verstehen«, erwiderte Pütti nachdenklich. »Bestimmt hätte ich auch Schwierigkeiten damit, wenn Jonne Heirat und Familie so klar ablehnen würde wie dein Bruder. Aber ich glaube nicht, dass ich mich deswegen von ihm trennen würde.«

»Hochzeit und Kinder scheinen nicht in unseren Genen zu liegen.« Jana fröstelte und griff nach dem Korb. »Lass uns mal reingehen, sonst bekomme ich noch Eisfüße. Die Leiter schmücke ich später weiter.« Sie lächelte ihre Freundin an. »Ich kann es noch immer nicht glauben. Unser gemeinsamer Laden«, sagte sie voller Vorfreude.

»Ich kann dich ja zwicken. Vielleicht glaubst du es dann!«
»Untersteh dich!«

Pütti drehte im Laden als Erstes die Heizung auf die höchste Stufe und verschwand dann in ihrer offenen Backstube. Jana zündete kleine Teelichter auf den drei Tischen am Fenster an, die Kunden dazu einluden, Platz zu nehmen und Püttis Köstlichkeiten zu probieren.

Danach rückte sie kleine Fläschchen mit ätherischen und Aroma-Ölen in Regalen zurecht und zündete weitere Duftkerzen an, die den herrlichen Geruch von Weihnachtspunsch verströmten. Neben Ölen und Kerzen hatte sie auch eine große Auswahl an Heilsteinen, Seifen und Düften in ihrem Sortiment, die sie auf Wunsch individuell zusammenstellen konnte.

Um kurz vor 10 holte Pütti das erste Blech köstlich duftender Ingwerplätzchen und eine Backform mit Kurkuma-Kuchen aus dem Ofen.

Jana legte eine Hand auf ihren Bauch. »Riecht das lecker! Ich bin heute gar nicht dazu gekommen zu frühstücken.«

Ohne zu zögern, schnitt Pütti ein Stück vom dampfenden Kurkuma-Kuchen ab und legte es auf einen Teller. »Ofenfrisch für dich. Ich mache dir einen Golden Milk Latte dazu.«

»Dann esse ich unseren Kunden ja alles weg.« Sie blickte zur Eingangstür, vor der bereits sechs Frauen warteten. Zwei davon waren ihre Mütter.

»Ach was.« Pütti schob den Teller zu ihr über den Tresen. »Ich habe genug für alle.«

»Es sind aber schon Kunden da.«

Pütti zuckte gelassen die Schultern. »Unsere Mütter haben doch angedroht, dass sie ihre Freundinnen zur Eröffnung mitbringen werden.«

»Und sie haben es in die Tat umgesetzt. Ich schließe lieber mal auf. Gegessen wird später.«

Jana öffnete die Ladentür und ließ die Leute herein.

»Moin, ihr zwei! Zu eurer Eröffnung«, sagte Janas Mutter. In ihrer Hand hielt sie eine aus Metall gefertigte Türglocke mit einem Seil. »Damit niemand unbemerkt ein und ausgehen kann.«

»Oh, ich dachte, das Glöckchen wäre nicht lieferbar!«

»Das musste ich doch sagen, damit es eine Überraschung wird«, sagte Hilu.

Jana hatte ihre Mutter im Vorfeld darum gebeten, eine Ladenglocke zu besorgen, die vom Stil zu ihrem Laden passte. »Die ist aber hübsch. Viel schöner als erwartet. Richtig antik. Danke!« Jana nahm das Glöckchen entgegen und zeigte es Pütti. »Schau mal.«

»Wunderhübsch! Sogar mit Federaufhängung! Die befestigen wir nachher an der Tür«, sagte sie und schob ein weiteres Backblech mit Keksen in den Ofen.

»Entschuldigung, darf ich Sie einen Moment stören?«

Eine ältere Dame mit auffällig großen Ohrringen, die mit bunten Steinen besetzt waren, war zu Jana und ihrer Mutter gekommen. Hilu klatschte erfreut in die Hände. »Lass dich mal von meiner Tochter beraten, Lilo. Ich schaue in der Zwischenzeit, was Pütti Leckeres gebacken hat.« Beschwingt schlenderte sie weiter.

»Was kann ich für Sie tun?« Jana bemerkte gleich, dass die Frau schief stand, was ein Hinweis auf eine Schonhaltung sein konnte. Aufmunternd lächelte sie ihr zu.

»Haben Sie eventuell einen Amazonit für mich?«

»Ja, den müsste ich dahaben. Als Handschmeichler oder lieber als Anhänger?« Jana ging zu einem Regal, in dem kleine geflochtene Körbchen voller Heilsteine standen. Sie überlegte, ob sie Lilo noch von früher her kannte, war sich aber nicht sicher.

»Gerne als Handschmeichler. Ich habe in letzter Zeit furchtbare Schlafprobleme und wollte den Stein unter mein Kopfkissen legen«, erklärte Lilo.

»Die Handschmeichler gibt es in verschiedenen Ausführungen.« Sie zeigte auf die türkisblauen Steine.

»Ah, ja, den hier hätte ich gerne.« Sie nahm einen mittelgroßen flachen Stein aus dem Körbchen und wog ihn in der Hand.

»Sehr gerne.« Jana stellte das Körbchen zurück ins Regal. »Damit der Stein seine Wirkung behält, sollten Sie ihn einmal in der Woche unter fließendem Wasser reinigen und entladen. Anschließend legen Sie ihn dann für zirka eine Stunde ins Sonnenlicht. So wird er wieder aufgeladen.« Sie ging voraus zur Kasse und wandte sich im Gehen um. »Und wer das nicht machen möchte, findet den Stein einfach nur schön.« Hinter dem Verkaufstresen blieb sie stehen und sah jetzt deutlich, dass ihre Kundin humpelte. »Haben Sie starke Schmerzen?«

»Ach«, winkte sie ab. »Das ist mein oller Hexenschuss. Der will sich von mir einfach nicht trennen, den habe ich chronisch.«

»Darf ich Ihnen eine Probe für Ihre Ischiasbeschwerden mitgeben? Vielleicht hilft das ja.«

Breit lächelte Lilo. »Das dürfen Sie gerne. Aber ich warne Sie vor. An meinem Hexenschuss haben sich schon diverse

Ärzte, Heilpraktiker und andere Medizinmänner die Zähne ausgebissen. Nichts hat bisher geholfen. Ich habe wegen der Schmerzen sogar für eine Weile auf Ibiza gelebt, stellen Sie sich das mal vor.«

Sie lachte auf. »Durch die Wärme ist es dort tatsächlich besser geworden. Aber das war auf Dauer nix für mich. Ich brauche Deiche, Schafe und einen richtigen Strand, um glücklich zu sein. Und ganz wichtig: richtiges Wetter!«

Jana nickte verständnisvoll. »Wir werden alle nicht jünger, und da braucht der Körper manchmal ein wenig Schwung.«

Ihre Augen funkelten, als Lilo sich an den großen Ohrring tippte. »Dabei bin ich immer in Bewegung. Mir gehört nämlich der Campingplatz *Strandperle* in Ording, direkt am Deich. Da gibt es rund um die Uhr was zu tun. Aus dem Schwung komme ich da eigentlich nie.«

»Den Campingplatz leiten Sie ganz alleine?«, fragte Jana verwundert.

»Nicht ganz allein. Meine Nichten und mein Lebensgefährte unterstützen mich dabei. Es ist aber immer genug zu tun. Selbst im Winter. Unsere Dauercamper können sich kaum mehr von St. Peter-Ording trennen.«

»Man kann es ihnen nicht verübeln.« Jana lächelte. »Ich gebe Ihnen mal ein paar Milliliter von meinem selbst kreierten Gelenk- und Muskel-Öl mit. Das können Sie in Ruhe ausprobieren.« Mit einer Pipette füllte sie etwas Öl aus der großen Flasche im Regal hinter der Kasse in eine kleine braune Apothekerflasche. »Das Öl ist rein pflanzlich. Es wirkt entschlackend und verbessert die Beweglichkeit. Außerdem sollten die Schmerzen dadurch gelindert werden.«

»Vielen Dank. Das hört sich gut an. Was ist da genau drin?« Interessiert begutachtete Lilo das kleine Fläschchen.

»Wacholder, Angelika, Wintergreen, Majoran und Rosmarin«, zählte Jana auf. »Dazu kommt dann noch Arnika-Öl. Am besten massieren Sie ein paar Tropfen morgens und abends auf der schmerzenden Stelle ein.«

»Herzlichen Dank. Was bekommen Sie?«

»Zwölf Euro, bitte.«

Sie gab Jana einen Zwanzig-Euro-Schein. »Heute ist es wieder ganz besonders schlimm. Ich glaube, ich muss mich gleich einen Moment hinsetzen.«

»Machen Sie das ruhig. Da vorne stehen extra Tische und Stühle.« Jana zeigte auf die Sitzgelegenheiten am Schaufenster. »Möchten Sie vielleicht einen leckeren warmen Golden Milk Latte trinken? Der schmeckt gut und soll außerdem bei Entzündungen helfen.« Sie reichte das Wechselgeld und die kleine Papiertüte, in die sie den Stein gesteckt hatte.

»Aber gerne. Den gönne ich mir doch glatt.«

»Setzen Sie sich ruhig. Ich sage Pütti Bescheid.«

Bald duftete es reich nach aromatisch würzigem Golden Milk Latte, nach der harmonieausgleichenden Ashwagandha Latte, nach Kuchen und Keksen, und es strömten immer mehr Kunden in das kleine Lädchen.

Am Abend schloss Jana um 19 Uhr die Ladentür ab. Anschließend ging sie zu Pütti und lehnte sich an ein Regal. »Puh! Ich habe gar nicht gemerkt, wie schnell die Zeit vergangen ist.«

»Ich auch nicht. Aber meine Füße und Hände umso mehr.« Pütti stützte sich auf die Arbeitsfläche. »Die Leute haben so viel Kuchen und Kekse gekauft! Als wäre heute schon Weihnachten! Es ist fast alles weg, und ich habe kaum noch Papiertüten und Pappteller. Wir bestellen besser gleich Nachschub.«

Jana stieß sich von dem Holzregal ab und ging zur Kasse, um einen Blick hineinzuwerfen. »Das sieht nach einem guten Umsatz für unseren ersten Tag aus. Die Zimtkerzen und die Honigseifen habe ich übrigens sehr gut verkauft. Wenn das so weitergeht, muss ich am Wochenende neu produzieren.«

Pütti lachte. »Es könnte schlimmer sein!«

»Ich bin gespannt, wie die nächsten Tage werden. Ob wir unsere Verkäufe halten können oder alle nur einmal neugierig in den Laden schauen wollten und dann kein Bedürfnis mehr danach haben.«

»Das wird sich zeigen. Ich glaube, wir können optimistisch bleiben.« Pütti zog ihre Backschürze aus. »Den Feierabend heute haben wir uns jedenfalls verdient.«

Pütti sollte recht behalten. Die drei Tische am Fenster waren dauerbelegt. Oft harrten ihre Kunden sogar so lange im Geschäft aus, bis ein Platz frei wurde. Erste positive Rückmeldungen ließen ebenfalls nicht lange auf sich warten. Lilo, die Freundin ihrer Mütter und Inhaberin des Campingplatzes *Strandperle*, rührte kräftig die Werbetrommel für das *Meer-Glück*. Sie schwor auf Janas Öl, da ihre Gelenkbeschwerden wie durch Zauberhand verschwunden seien, seit sie es benutzte.

»Wundern Sie sich nicht, wenn demnächst ein paar Leute mit Gelenkprobleme bei Ihnen vorbeikommen«, verkündete sie Jana bei ihrem nächsten Besuch, als sie eine große Ölflasche kaufte. »Ich schicke alle meine Freundinnen und Camper zu Ihnen!«

»Dann sollte ich das Öl wohl immer vorrätig haben!« Jana freute sich und begleitete Lilo zur Tür.

Schon jetzt hatte sie alle Hände voll damit zu tun, neue Kerzen, Seifen, Düfte und Öl-Mischungen herzustellen. Die Auftragslage war zwar noch nicht auf dem Niveau, das sie auf Gran Canaria gekannt hatte, aber das konnte sie nach ein paar Tagen auch nicht verlangen.

Wenn ich allerdings den Online-Shop umsetzen will, werde ich sicher mehr brauchen, dachte Jana. Eigentlich hatte Thies ihr dabei helfen wollen, doch er hatte einen Großauftrag einer Kieler Firma bekommen, die ihren gesamten Online-Verkauf neu aufbauen wollte. Mit der Planung und der Realisierung würde er einige Monate lang voll beschäftigt sein. Das hatte natürlich Vorrang, und Jana freute sich für ihren Bruder. Für den Online-Shop wollte sie jemand anderes finden.

Am späten Abend prüfte Jana den Kerzenbestand und machte sich auf einem Blatt Notizen, während sie mit dem Klemmbrett die kleinen Lagerreihen durchschritt. So kurz vor Weihnachten schienen die Leute Kerzen wie Glühbirnen zu kaufen, was Jana natürlich von Nutzen war und was sie außerdem gut verstand. Ihre Kunden suchten eben genau wie sie Behaglichkeit an kalten Winterabenden, und zu einer guten Tasse Tee gehörte auch Kerzenschein.

Zurück im Verkaufsbereich, legte sie das Klemmbrett auf dem Tresen ab. »Ist eigentlich Frau Fröbes vom Café *Strandliebe* inzwischen mal da gewesen?« Jana nahm sich ein Ingwerplätzchen vom Teller.

»Nicht dass ich wüsste. Falls ja, hat sie sich nicht zu erkennen gegeben.«

»Merkwürdig.« Sie biss in den Keks. »Dabei haben wir sie doch extra eingeladen. Wie die anderen Geschäftsnachbarn doch auch. Wir haben jetzt seit einer Woche geöffnet, und alle sind da gewesen, sogar Ayk Truels, auch wenn ich ihn verpasst habe, nur sie bisher nicht.«

Pütti zuckte mit den Achseln. »Da würde ich nicht zu viel hineininterpretieren. Vielleicht hat sie es bis jetzt nicht geschafft.«

»Also, ich weiß nicht ...«

In diesem Moment klingelte das Glöckchen an der Ladentür. Herein kam ein Mann, der Jana auf Anhieb bekannt vorkam. Wer ...?

»Moin!«, sagte er und vergrub seine Hände in den Vordertaschen seines Winterparkas.

Jana legte den Kopf schräg und lächelte. »Ove?«

»Erwischt!« Lachend trat er näher.

»Meine Güte, wie lange ist es her, dass wir uns zum letzten Mal gesehen haben?« Pütti ging auf ihren alten Schulfreund zu und umarmte ihn.

»Seit der Abi-Feier«, sagte er.

»Ach, wie schön, dich zu sehen!« Jana schloss ihn ebenfalls kurz in ihre Arme.

»Was machst du so? Bist du verheiratet, hast du Kinder?«, fragte Pütti drauflos.

Oves Gesicht verlor mit einem Mal seinen fröhlichen Ausdruck. »Ich bin verheiratet. Noch.«

»Oh. Das tut mir leid. War wohl die falsche Frage.« Pütti wirkte zerknirscht. »Möchtest du vielleicht Ingwerkekse und was Warmes trinken?«

Sofort erhellte sich seine Miene. »Da sag ich nicht Nein.«

»Zwei Minuten, versprochen!« Pütti eilte bereits in ihre Backstube.

»Ich habe letztens Thies getroffen, und er hat mir erzählt, dass ihr einen Laden aufmacht«, erzählte Ove. »Da dachte ich mir, ich komme vorbei und sage Hallo.«

»Toll, dass du da bist. Das mit deiner Frau tut mir übrigens sehr leid. Sicherlich willst du nicht darüber sprechen ...« Jana sah ihn mitfühlend an.

»Es ist alles so plötzlich passiert«, platzte es aus Ove heraus. »Dabei haben wir erst vor zwei Jahren ein Haus in Tating gekauft. Es lief alles gut. Jedenfalls dachte ich das. Sogar über Kinder haben wir gesprochen. Und dann, von einem Tag auf den nächsten, wollte sie die Scheidung.«

Das klingt doch merkwürdig, dachte Jana. »Bist du sicher, dass nichts zwischen euch vorgefallen ist?«

»Zwischen uns ist gar nichts vorgefallen. Dafür aber umso mehr mit einem Typ namens Martin aus dem Internet«, klagte Ove und ließ sich auf einen Stuhl fallen. »Der hat ihr völlig den Kopf verdreht. Vorgestern ist sie ausgezogen, und ich weiß nicht, wie mein Leben ohne sie weitergehen soll. Ich liebe sie doch.«

»Jetzt erst mal eins nach dem anderen.« Pütti stellte ein Tablett mit einem Teller Kekse und einer Tasse Ashwagandha Latte vor ihn auf den Tisch am Fenster. »Deine Frau hat dich definitiv nicht verdient, wenn sie dich für einen Internet-Typen einfach so verlässt.«

»Danke, das ist wirklich lieb.« Ove griff zu einem Ingwerplätzchen. »Dabei habe ich alles für sie getan …«

Vermutlich ist genau das Oves Problem, dachte Jana. Er war schon früher äußerst lieb und gutmütig gewesen. Mit dieser Art konnten nicht alle Frauen umgehen. Aber sie wollte nicht mit Steinen werfen. Immerhin saß sie dank Vito ebenfalls im Glashaus – auch wenn ihr Fall anders gelagert war, da nicht sie Vito, sondern er sie betrogen hatte. »Ich kann dir zwar deine Frau nicht wiederbringen, aber vielleicht habe ich trotzdem eine kleine Hilfe für dich«, versuchte Jana, Ove aufzuheitern.

Sie öffnete eine Schublade und entnahm daraus eine kleine Flasche. Aus einem Körbchen im Regal nahm sie einen Rosenquarz. »Hier.« Sie legte den Stein auf den Tisch und stellte das Öl daneben.

Fragend schaute Ove sie an. Er nahm den Stein in die Hand und besah ihn. »Sieht hübsch aus.«

Zweifellos hatte er keine Ahnung, was er davon halten sollte.

»Das ist ein Rosenquarz«, erklärte Jana lächelnd. »Es ist ein besonderer Stein, der heilende Kräfte hat. Bei Liebeskummer zum Beispiel hilft er beim Loslassen und vermindert dadurch dein Leid. Er hilft auch dabei, dass du wieder Vertrauen aufbauen und einen Neubeginn wagen kannst.«

Ove lächelte sie unsicher an. »Das meinst du ernst?«

»Selbstverständlich«, antwortete Jana nachdrücklich.

»Okay. Dann vielen Dank dafür.« Ove schien nicht überzeugt zu sein. Trotzdem nahm er das Öl und den Heilstein mit, als er eine Viertelstunde später das Geschäft verließ.

»Ich glaube, Ove hat gedacht, wir wollen ihn veräppeln«, meinte Pütti, nachdem ihr alter Schulfreund gegangen war.

»Kann schon sein. Ich würde mich vielleicht auch wundern, wenn mir jemand einen Stein und ein Öl gegen Liebeskummer in die Hand drücken würde, wenn ich noch nie mit so etwas in Berührung gekommen wäre. Um damit ernst genommen zu werden, muss ein Gegenüber wahrscheinlich schon erste Erfahrungen mit Steinen und Ölen gesammelt haben.«

»Könnte stimmen. Man muss es genießen und sich öffnen können, oder? Hast du das Öl eigentlich mal getestet?«, wollte Pütti wissen.

Überrascht sah Jana auf. »Wie? Getestet wie in einer wissenschaftlichen Versuchsreihe?«

Pütti lachte. »Nein. Ich dachte, vielleicht wegen der Sache mit Vito. Dann könntest du doch aus eigener Erfahrung sprechen. Du wirkst jedenfalls nicht auf mich, als hättest du wegen ihm noch Liebeskummer. Lag das an dem Stein?«

»Habe ich auch nicht«, bestätigte sie nachdenklich. Warum hatte sie selbst das Öl gar nicht gebraucht, als sie von Vitos Affäre erfahren hatte? Immerhin hatte sie die Nachricht, dass er sie betrog, wie ein Hammerschlag getroffen. Es war ihr definitiv nicht egal gewesen.

Rückblickend hatte sie sich jedoch von dem Schock relativ schnell erholt und rationale Entscheidungen getroffen, um einen Neuanfang zu wagen. Diesen wichtigen Wendepunkt erreichten viele vielleicht viel später, weil sie nicht bereit waren, den Ex-Partner loszulassen und sich eine Zukunft ohne ihn vorzustellen. Ove war dafür das beste Beispiel. Wahrscheinlich würde er seiner Frau sofort verzeihen, wenn sie nur reumütig beteuern würde, den größten Fehler ihres Lebens gemacht zu haben und dass Martin aus dem Internet eine Flitzpiepe vor dem Herrn war.

Jana konnte sich nicht daran erinnern, wegen Vito auch nur eine Träne vergossen zu haben. Selbst wenn er sie auf Knien angefleht hätte, ihm zu verzeihen – was er zum Glück nicht getan hatte –, Jana hätte Nein gesagt.

Ratlos sah sie Pütti an. Und während sie die Worte aussprach, wusste sie, dass es nichts als die reine Wahrheit war. »Der Liebeskummer wegen Vito scheint bei mir ausgefallen zu sein.«

6. Kapitel

Das Türglöckchen erklang, und eine Frau mittleren Alters betrat den Laden. Sie trug dick gefütterte Stiefel und eine Wollmütze mit Plüschbommel. Neugierig schaute sie sich um. Da Jana während Püttis Pause allein im Geschäft war, blieb sie hinter dem Verkaufstresen und beobachtete die Frau einfach. Vor einer Tafel, auf der mit Kreide eine Speise- und Getränkeliste geschrieben stand, blieb sie stehen.

»Moin!«, rief Jana freundlich, um sich nun doch bemerkbar zu machen. »Kann ich Ihnen helfen?«

»Wie? Oh, nein«, wehrte die Frau erschrocken ab. »Ich meine, nicht direkt. Mein Name ist Fröbes. Ich bin die Inhaberin vom Café *Strandliebe*.«

»Ach, schön, dass Sie vorbeikommen!« Jana ging auf sie zu. »Wir haben eigentlich am Tag unserer Eröffnung mit Ihnen gerechnet, aber Hauptsache, Sie sind jetzt da. Ich bin Jana.« Sie streckte der Frau eine Hand entgegen, doch deren Blick klebte immer noch an der Tafel.

»Sie bieten außergewöhnliche Getränke und Backwaren an«, murmelte sie übergangslos.

Jana ließ die Hand sinken. »Das gehört zu unserem Konzept. Unsere besondere Zusammenstellung ist von den Kunden bisher äußerst gut angenommen worden.«

»Ich hörte davon«, erwiderte sie schmallippig. »Seit Kurzem werde ich verstärkt auf Kurkuma-Kuchen und Ingwerplätzchen angesprochen, aber das führe ich eben nicht.«

»Nun ja, das sind wohl unsere Spezialitäten, und Sie haben sicherlich Ihre, nicht wahr? Möchten Sie vielleicht einen unserer Kekse probieren?«, bot Jana an.

Endlich sah Frau Fröbes ihr ins Gesicht. »Nein, danke. Ich habe nicht viel Zeit und muss gleich wieder zurück ins Café.«

»Gut, dann vielleicht ein anderes Mal? Und ich kann noch einmal wiederholen, auch im Namen meiner Geschäftspartnerin, wir freuen uns immer über Ihren Besuch.« Jana versuchte besonders freundlich zu Frau Fröbes zu sein, weil sie die abwehrende Haltung der Café-Betreiberin spürte. Zwar konnte sie sich nicht erklären, woher das rührte, denn sie standen mit ihren Geschäften doch in keiner Konkurrenzsituation. Aber Jana wusste aus Erfahrung, dass es das Beste war, solche negativen Energien mit Freundlichkeit zu ersticken. Meistens erledigten sich dadurch Probleme von alleine.

»Am Tag Ihrer Eröffnung musste ich im Café arbeiten«, sagte Frau Fröbes knapp.

»Wirklich schade. Es war richtig viel los.«

Sie räusperte sich. »Das ist mir nicht entgangen. Deswegen bin ich ja erst heute kurz vorbeigekommen. Menschenansammlungen meide ich nämlich grundsätzlich. So, und jetzt muss ich zurück in mein Café. Ich wünsche Ihnen einen schönen Tag.« Sie rang sich ein Lächeln ab, bevor sie sich zum Gehen wandte.

»Auf Wiedersehen und danke für Ihren Besuch!«, rief Jana ihr hinterher. Doch da war Frau Fröbes schon zur Tür hinausgeeilt.

»Eine seltsame Frau«, erzählte sie später, als Pütti zurück war. »Ich hatte fast das Gefühl, sie würde uns als Konkurrenz betrachten. Dabei sind wir doch gar kein richtiges Café und können mit unserem übersichtlichen Angebot in keinster Weise mit ihr konkurrieren.«

Pütti räumte Lebensmittel in den Kühlschrank, die sie in der Pause für ihre Backstube besorgt hatte. »Ich kann mir auch nicht vorstellen, dass sie in uns eine Konkurrenz sieht. Vermutlich ist es einfach ihre Art. Du weißt doch, manche Leute von der Küste sind emotionslos und einsilbig. Für die ist ein Moin schon Gesabbel.«

»Bestimmt hast du recht.« Trotzdem hatte Jana ein ungutes Gefühl. Mit ein bisschen mehr Freundlichkeit hätte Frau Fröbes sich keinen Zacken aus der Krone gebrochen. »Ich mache dann jetzt Pause, wenn das für dich okay ist.«

Jana ging über die Straße und zog ihre Strickhandschuhe über. Der Wind war eisig, und ihre Gesichtshaut spannte. Um Mund und Nase vor der Kälte zu schützen, zog sie ihre Mütze tiefer über die Ohren und den Schal höher. Auf der Höhe des Buchladens blieb sie kurz stehen und warf einen Blick hinein.

Ayk konnte sie nicht entdecken, dafür einige Kunden und eine Mitarbeiterin, die Bücher aus einer Kiste auf einen

Tisch stapelte. Trotz der unmittelbaren Nähe ihrer Geschäfte war es doch nicht so leicht, ihn zu treffen, wie Jana geglaubt hatte. Ein Lächeln glitt über ihr Gesicht. Denn früher war es ja genauso gewesen. Ayk zu treffen war kein Kinderspiel.

Als sie spürte, wie die Kälte an ihren Beinen emporkroch, setzte sie ihren Weg fort. Sie ließ die Geschäfte hinter sich und ging über den Platz der Erlebnispromenade. Hier pfiff der Wind stärker, sodass sie gegen ihn ankämpfen musste, um vorwärtszukommen. Ihr Ziel war der Strand. Bei stürmischem Wetter standen die Chance gut, hier Bernstein zu finden.

Jana bahnte sich ihren Weg über die fast menschenleere Seebrücke. Nicht viele waren so verrückt und gingen bei der Witterung an den Strand. Doch Jana liebte dieses Wetter. Die tosenden Wellen, der starke Wind und die Gischt, die man spürte, wenn man an der Wasserkante entlangging, diese Gewalten der Natur zu spüren, war für sie gleichbedeutend damit, sich lebendig zu fühlen. Für sie konnte es gar nicht windig genug sein.

Der Sandstrand war teilweise vereist, deshalb musste sie aufpassen, um nicht auszurutschen. Ihren Blick hatte sie auf den Spülsaum gerichtet, wo sie nach einer Weile tatsächlich ein honiggelbes Steinchen entdeckte. Freudig hob sie es auf. Obwohl sie ein waschechtes Nordseekind war, durchströmte sie jedes Mal ein großes Glücksgefühl, wenn sie einen Bernstein fand.

Um die Echtheit ihres Fundes zu überprüfen, klopfte sie sich damit leicht gegen einen Zahn. Der weiche Ton und das Gefühl des festen, aber nicht harten Steins bestätigten ihr, echten Bernstein gefunden zu haben. Zufrieden ließ sie den Stein in ihre Jackentasche fallen und setzte ihren Weg südwärts fort.

Das tosende Brausen des Windes und das Rauschen der Wellen waren wie Musik in ihren Ohren. Sie genoss die Weite des Strandes, die vereinzelten Möwenschreie und den salzigen Geschmack auf ihrer Zunge. Dabei fiel ihr auf, dass sich ihr Leben deutlich entschleunigt hatte, seit sie wieder in St. Peter-Ording lebte. Hier hatte sie genügend Zeit, um einen Strandspaziergang zu unternehmen und dabei die Seele baumeln zu lassen. Schlendern war wirklich Luxus! Auf Gran Canaria war sie so gut wie nie spontan an den Strand gegangen.

In all den Jahren als Selbstständige hatte sie keinen Tag frei gehabt. Selbst nach Ladenschluss hatte sie weitergearbeitet. Denn Bestellungen mussten aufgegeben, die Buchhaltung vorbereitet und neue Produkte für ihre Kundschaft hergestellt werden. Ob am Ende womöglich darin das Problem ihrer Beziehung gelegen hatte?

Hatte Vito sich in eine andere verliebt, weil er mit ihr keine Zeit verbringen konnte? Wahrscheinlich war sie nicht ganz unschuldig an der Situation gewesen. Beide Partner mussten in eine Beziehung Zeit investieren, damit sie funktionieren und wachsen konnte. War Vito letztendlich auf ihren Laden eifersüchtig gewesen? Und konnte es sein, dass sie nach der Trennung keinen Liebeskummer gehabt hatte, weil sie mit Vito keine emotionale Beziehung geführt hatte? Wenn sie ehrlich zu sich war, hatte sie eine größere Trauer dabei verspürt, ihren Laden ein letztes Mal abzuschließen, als in dem Moment, wo Vito mit gepackten Taschen aus ihrem Appartement ausgezogen war.

Nachdenklich ging Jana zurück ins *MeerGlück*.

Der Laden war gut besucht, als Jana zurückkehrte. Doch sie bediente die Kunden konzentriert und begegnete dem Ansturm gelassen. Der Strandspaziergang hatte ihr gutgetan, der kräftige Wind hatte scheinbar Ordnung in ihre Gedanken gepustet.

Jetzt fühlte sie eine angenehme innere Sicherheit. Den alten Laden zu schließen war genau richtig gewesen. In einem ruhigen Moment strich sie kurz über den Ring an ihrem Finger. Das hatte Oma Hansa ihr sagen wollen. Sie sollte ihrer Intuition vertrauen und darauf, die richtigen Entscheidungen zu treffen.

»Das Öl nehmen Sie am besten morgens und abends«, erklärte Jana einem Ehepaar, das auf Empfehlung von Lilo zu ihr gekommen war. »Nach ein paar Tagen müssten Sie eine deutliche Linderung spüren, wenn es wirkt.«

Mit einem Lächeln reichte sie ihnen die Papiertüte und begleitete sie dann noch bis zur Tür. Das Gelenk-Öl verkaufte sich inzwischen fast besser als die Honigkerzen. Als sie zurück war, zählte Jana die verbliebenen Flaschen im Regal. Von zwanzig waren nur noch vier übrig. Nach Feierabend würde sie heute Nachschub mischen. Sie machte sich eine Notiz auf ihrer To-do-Liste.

»Entschuldigung, können Sie mir helfen?«, fragte plötzlich eine warme männliche Stimme, deren Klang ihr seltsam vertraut vorkam.

Jana blickte auf und verlor sich augenblicklich in einem Paar tiefgrüner Augen, die zu jemandem gehörten, den sie so gut zu kennen geglaubt hatte.

»Oh, hallo«, brachte sie überrascht heraus. Sie hatte ihn gleich erkannt. Vor ihr stand Ayk Truels persönlich. Um einige Jahre älter seit ihrem letzten Treffen, was seiner Attraktivität aber keinen Abbruch tat. Zweifellos traf auf Ayk zu, was man über Männer und Wein sagte. Je älter sie wurden, umso besser waren sie. »Wir kennen uns. Von der Schule.«

»Ja? Ich weiß gerade nicht …« Ayk sah sie forschend an. »Nein, tut mir leid. Ich komme nicht drauf.«

Sie lächelte. »Ich bin Jana. Aus dem Literaturkurs kennen wir uns. Und Englisch hatten wir in der elften Klasse auch zusammen.«

»Ich glaub, ich weiß, wer du bist«, sagte er nach einer Weile. »Dein Bruder heißt doch Thies, oder?«

Verwundert hob sie die Augenbrauen. »Jaaa? Woher kennst du meinen Bruder?«

»Er hat mal meinen Computer wieder zum Laufen gebracht, nachdem ich dafür gesorgt hatte, dass nichts mehr ging.« Sein verschmitztes Lächeln zu sehen, sandte eine wohlige Wärme durch ihren Körper.

»Klingt nach meinem Bruder. Das hat er damals vermutlich für die ganze Stufe gemacht. Ich kann mich noch erinnern, dass ständig unser Telefon geklingelt hat und sogar Eltern von Mitschülern ihn um Hilfe gefragt haben.«

»So war das.« Ayks Augen funkelten, und Jana spürte förmlich, wie kleine Funken zwischen ihnen hin und her flogen. »Und das ist dein Laden?«, fragte er schließlich.

»Meiner und Püttis.« Sie zeigte zur Backstube, wo Pütti gerade konzentriert und ohne aufzuschauen Milch aufschäumte. »Ihr kennt euch auch aus der Schule.«

Er nickte, wandte den Blick jedoch nicht von Jana ab. »Stimmt. Ich erinnere mich.«

»Also, was kann ich für dich tun?«

Mit einer Hand strich er durch seinen Dreitagebart und trat noch ein Stückchen näher an sie heran. Er riecht unbeschreiblich gut, ging es Jana durch den Sinn. Sie versuchte zu ergründen, wonach. Sie konnte eine minzige Nuance ausmachen, sowie grünen Apfel und eine Note, bei der sie auf Sandelholz tippte. Aber da war noch etwas …

»Es ist ein sehr spezielles Anliegen, das sich vielleicht im ersten Moment ein wenig verrückt anhört«, sagte er. »Vielleicht ist es auch gar nicht machbar, aber einen Versuch ist es mir wert.«

»Klingt spannend. Um was geht es?« Janas Neugier war geweckt.

»Kannst du mir helfen, den Zauber des Meeres einzufangen?«, fragte er eindrücklich.

Jana schaute ihn eine Weile nur an. Sie wusste genau, was er wollte. Niemand, den sie kannte, hätte sich so poetisch ausgedrückt, wenn es um einen Meeresduft ginge. »Natürlich kann ich das. Welches Meer soll es denn sein?«, entgegnete sie fröhlich und kostete den Moment voll aus.

»Unseres. Die heimischen Nordseewellen, die täglich

an unseren Strand branden. Sie möchte ich gerne mit nach Hause nehmen. Ist das möglich?«

»Das bekomme ich hin«, versprach Jana.

»Wirklich?« Seine Augen strahlten.

»Auf jeden Fall. Soll der Duft in eine Kerze, in ein Öl, einen Raumduft – oder soll es ein Eau de Toilette sein?«

Er musste nicht lange überlegen. »Ein Raumduft wäre toll!«

»Alles klar. Ich werde ein paar Geruchsproben fertig machen, sodass du dir dann den passenden Duft aussuchen kannst.«

»Prima! Vielen Dank!« Freudig lächelte er sie an und wandte sich nicht ab, sondern ließ sich auch nicht davon irritieren, dass eine Kundin zu ihnen kam und demonstrativ eine hellblaue Kerze hob, die sie offenbar kaufen wollte.

»Da nicht für! Ich sage dir Bescheid, sobald ich die Proben fertig habe. Kann aber ein paar Tage dauern«, sagte Jana amüsiert.

»Nimm dir die Zeit, die du brauchst. Ich bin schon sehr gespannt. Danke noch mal und bis bald.« Ayk verabschiedete sich und verließ den Laden.

Bei dem Beratungsgespräch mit der Kundin musste Jana sich zusammennehmen, um gedanklich nicht immer wieder abzuschweifen. Wie damals spukte Ayk ihr immer wieder durch den Kopf. Sie konnte sich nicht dagegen wehren. Und doch war es anders. Dieses Mal war er zu ihr gekommen, und sie hatte mit ihm gesprochen. Ein Fortschritt! Nachdem sie der Kundin geholfen hatte, beugte Jana sich grinsend über den Tresen zu ihrer Freundin. »Rate mal, wer gerade da war.«

Pütti schüttelte den Kopf. »Keine Ahnung. Thies und Gesa?«

Jana verdrehte die Augen. »Im Leben nicht!«

»Sag schon!«

Prompt stieg ihr die Röte in die Wangen. »Ayk war da.«

»Buchwurm Ayk?«

»Genau der. Er hat einen Duft in Auftrag gegeben, der wie die Wellen der Nordsee riechen soll.«

»Aber die haben wir doch quasi vor der Haustür«, wunderte sich Pütti. »Verrückter Typ. Wahrscheinlich würdet ihr ganz gut zusammenpassen.«

»Ach was … Ich habe übrigens in der Pause einen Bernstein gefunden.«

Mahnend hob Pütti den Zeigefinger. »Lenk nicht ab! Ich sehe doch, wie deine Augen leuchten. Er gefällt dir noch immer.«

Pütti konnte sie nichts verheimlichen. »Und wenn schon … ich muss erst einmal alleine zurechtkommen. Die Trennung von Vito ist doch noch nicht so lange her. Da stürze ich mich nicht gleich in was Neues.« Außerdem wollte sie unabhängig von einem Mann sein und auch alleine glücklich sein können. Ihr Blick fiel auf den Ring an ihrem Finger. Das Tigerauge schien ihr zuzuzwinkern und erinnerte sie an Oma Hansas Worte.

Nein, Oma, manchmal soll man auch einfach mal vernünftig sein, dachte Jana.

7. Kapitel

Jana stand auf einer Leiter vor der Eingangstür vom *Meer-Glück*. Über ihrer Schulter lag eine Tannengirlande samt Lichterkette, die sie seit zehn Minuten vergeblich versuchte, über der Tür anzubringen. »Blödes Ding! Rutsch doch nicht immer wieder runter!«, fluchte sie.

»Vielleicht brauchst du längere Nägel«, riet ihr Pütti, die den unteren Teil der weihnachtlichen Girlande festhielt.

Nach einer Weile ließ Jana entnervt die Tannendeko auf die Leiter sinken. »Ich fürchte, da helfen auch keine längeren Nägel. Was ich brauche, ist Draht. Damit fixiere ich die Girlande. Und dann flattert beim nächsten Sturm auch nichts mehr.« Sie stieg von der Leiter und trug mit Püttis Hilfe die Tannengirlande zurück in den Laden.

»Kannst du mir bitte deinen Wagen leihen, damit ich den Draht besorgen kann?«

»Na klar.« Pütti griff in ihre Hosentasche und warf Jana schon den Autoschlüssel zu.

»Prima, danke. Soll ich dir auch was mitbringen?« Sie verstaute den Schlüssel in ihrer Umhängetasche.

Pütti schüttelte den Kopf. »Im Moment wüsste ich nichts.«

Das Ladentelefon klingelte. Da sie am nächsten stand, hob Jana ab. »*MeerGlück* in St. Peter-Ording, Jana am Apparat, hallo!«

»Moin! Hier ist Femke Andresen. Ich rufe wegen dem bestellten Gelenk-Öl für meine Mutter an. Ich schaffe es leider nicht vorbeizukommen. Bei mir im Laden ist gerade ziemlich viel los.«

Freundlich erwiderte sie: »Das macht doch nichts, Frau Andresen.«

»Ärgerlich ist es schon, weil meine Mutter es dringend bräuchte. Sie kann vor Schmerzen kaum alleine aus dem Sessel aufstehen. Und eine Spritze möchte sie sich vom Arzt partout nicht geben lassen. Was will man machen …?«

»Wissen Sie was, ich könnte Ihnen das Öl vorbeibringen«, schlug Jana spontan vor.

»Wirklich? Ich meine, das wäre wirklich sehr nett! Aber ich möchte Ihnen deswegen keine Umstände machen.«

»Sie machen mir überhaupt keine Umstände. Ich wollte eh gleich Einkäufe erledigen, da komme ich auf dem Weg kurz bei Ihnen vorbei.«

»Na, wenn das so ist, sage ich nicht Nein«, erwiderte Frau Andresen froh. »Sie finden mich in meinem Laden.«

Jana ließ sich die Adresse durchgeben. »Okay, ich bin in einer halben Stunde bei Ihnen.«

Dicke Flocken fielen vom Himmel. Auf den Straßen lag eine zentimeterhohe Schneedecke. Jana fuhr im Schneckentempo nach Ording. Trotz Winterreifen rutschte der Wagen auf der glatten Schneeschicht.

Im Schritttempo bog sie in die kleine Straße ein und fuhr

bis zum Ende. Dann parkte sie Püttis Wagen am Straßenrand, griff nach der Papiertüte mit dem Öl und stieg aus. Jana war sich nicht sicher, wohin sie genau gehen sollte. Sie wusste nur, dass der Laden von Frau Andresen ganz in der Nähe sein musste. An einem kleinen Weg entdeckte sie schließlich ein Schild.

Antik im Hof
Familie Cleves und Andresen
Antiquitäten seit 1955
Gästezimmer frei

Sehr gut, dachte sie, genau da will ich hin. Sie stapfte durch den Schnee den Weg entlang, und nach einer Biegung tauchte ein malerischer Haubarg auf. Jana ging an einer blau-weiß gestreiften Tür vorbei, neben der eine weiße Bank stand, bis zum Nachbargebäude, in dem sich der Antiquitätenladen von Femke Andresen befand. Die Tür war offen, deswegen trat Jana ein.

Sie hörte Stimmen, denen sie folgte, und entdeckte schließlich eine blonde Frau, die gerade einem Paar eine antike Vitrine zeigte. Das musste Frau Andresen sein. Jana wollte das Verkaufsgespräch nicht stören und beschloss zu warten. In der Zwischenzeit schaute sie sich den urigen Antiquitätenladen näher an.

Fasziniert betrachtete sie die restaurierten Möbel, wertvollen Gemälde und ein hübsches Porzellanservice mit Schiffsdekor. Sie liebte Gegenstände, die eine eigene Geschichte hatten, und hier konnte zweifelsfrei jede noch so kleine Dose eine Menge erzählen. Ihr Blick blieb schließlich an einem alten Lesepult aus Holz hängen, das neben einer Weihnachtspyramide aufgestellt war. Vorsichtig strich Jana über das glatte Holz. Es war wunderhübsch.

Die Frau verabschiedete sich inzwischen von dem Paar und kam nun auf Jana zu. »Moin!«, begrüßte sie sie freundlich. »Ich bin Femke Andresen. Die Inhaberin des Ladens.«

»Moin! Ich bin Jana vom *MeerGlück* und bringe Ihnen das Öl für Ihre Mutter.«

Femke Andresen nahm die Papiertüte entgegen. »Oh, prima! Vielen Dank für Ihre Mühe. Da wird sich meine Mutter sehr freuen. Sie hat nämlich von einer Freundin viel Gutes über das Öl gehört, wissen Sie. Deswegen wollte sie es unbedingt haben.«

»Das ist schön zu hören.« Jana schaute wieder auf das Lesepult. »Sie haben wirklich einen schönen Laden.«

»Danke schön.«

»Das Pult gefällt mir besonders gut.«

Frau Andresen stellte die Papiertüte auf einem Stuhl ab. »Das Lesepult ist in der Tat sehr ausgefallen. Es stammt aus dem 19. Jahrhundert und soll mal im Besitz von Theodor Storm gewesen sein.«

»Tatsächlich?«, fragte Jana beeindruckt. Ihr war mit einem Mal richtig feierlich zumute.

Femke Andresen nickte. »Ich habe keine Minute gezögert, als es mir angeboten wurde.«

»Ich finde es wunderschön. Was soll es denn kosten?«

Nach zehn Minuten hatte Jana sich mit ihr auf einen guten Preis geeinigt und verließ bald darauf das Geschäft mit ihrer neuen Errungenschaft. Das Pult war nicht allzu schwer, deswegen konnte sie es gut allein zum Auto transportieren. Sie wusste schon genau, wo sie es hinstellen wollte, und freute sich über die wunderbare Fügung.

»Du bist ja verrückt.« Kopfschüttelnd beobachtete Pütti, wie Jana das Lesepult in die richtige Position neben der Kasse rückte.

Jana legte den Kopf schief. »Das ist doch der perfekte Platz für das Schätzchen, oder?«

»Du glaubst doch nicht wirklich, dass es mal Theodor Storm gehört hat! Das war bestimmt reine Verkaufsstrategie.«

Jana zuckte die Achseln. »Wer weiß ... Ob mit oder ohne Theodor Storm, mir gefällt es.«

»Was soll denn auf dem Pult liegen? Unsere Preisliste?«

Jana musste lachen. »Pfft! Preisliste ... du Banause! Mir schwebt da eher ein schönes Buch mit weihnachtlichen Märchengeschichten vor.«

Pütti grinste und stützte ihr Kinn auf eine Hand. »So, so!«

»Was heißt denn so, so?«

»Das hört sich für mich nach einem Date mit Bücherwurm Ayk an.«

»Wieso denn Date?« Ärgerlich bemerkte Jana, dass plötzlich ihr Herz schneller schlug.

»Gehe ich recht in der Annahme, dass du das besagte Weihnachtsbuch bei ihm im Laden kaufen willst?«

»Ja, schon. Aber deswegen ist es doch noch lange kein Date, bloß weil ich etwas in seiner Buchhandlung kaufe. Ich weiß ja noch nicht mal, ob er überhaupt da ist, wenn ich rübergehe.«

»Schon gut«, beschwichtigte Pütti sie. »Hast du eigentlich die Duftproben für ihn fertig?«

»Bisher nur eine. Ich möchte ihm aber drei zur Auswahl anbieten.« Jana lief kurz zu Pütti, schnappte sich den nassen Lappen, mit dem Pütti gerade den Tresen abgewischt hatte, und reinigte geschickt die Holzplatte des Pults.

»Fertig. Und nun befestige ich die Tannengirlande über dem Eingang.« Triumphierend zog sie eine Rolle Alu-Draht aus ihrer Tasche und machte sich wenig später an die Arbeit.

In ihrer Pause ging Jana über die Straße zu *Bookbantje Truels*. Vor dem Eingang sorgte ein mit Lichterkerzen geschmückter Tannenbaum für die passende weihnachtliche Stimmung.

Als sie den Laden betrat, klopfte ihr Herz schneller als sonst. Sie fühlte sich fast ein wenig zurückversetzt in die damalige Zeit, als sie auf Ayk in der Bücherei gewartet hatte.

In der Buchhandlung konnte sie sich jedoch hinter keinem Regal verstecken, denn die waren deckenhoch an den Wänden angebracht und mit Büchern bestückt. Hinter der Theke kassierte eine Angestellte, und an einem der Büchertische beriet gerade eine weitere Mitarbeiterin eine Frau mit einem kleinen Jungen. Von der Decke strahlte ein Kronleuchter, der für angenehm warmes Licht sorgte.

Jana schaute sich um, doch von Ayk war nichts zu sehen. Wie schade! Vielleicht ist er heute tatsächlich nicht im Laden, dachte sie enttäuscht. Insgeheim hatte sie damit gerechnet, ihn auf jeden Fall in seiner Buchhandlung anzutreffen. Sie schüttelte amüsiert den Kopf, als ihr bewusst wurde, dass sie ihn an diesem Tag womöglich wieder einmal nicht sehen würde. Scheinbar konnte nur er sie finden, andersherum war das wohl schwierig.

Vor einem Tisch, auf dem Weihnachtslektüre sehr ansprechend präsentiert wurde, blieb sie stehen. Sie blätterte in einigen Büchern, las ein bisschen, fand jedoch nicht das Passende für ihr Pult. Sie wollte gerade wieder ein Buch zurück auf den Tisch legen und gehen, als sich jemand neben sie stellte.

»Hallo, Jana.«

Überrascht blickte sie auf. »Ayk! Ich habe die ganze Zeit nach dir geschaut, konnte dich aber nirgends finden.«

»Ich hatte gerade ein längeres Telefonat mit meinem Lieferanten im Büro.« Er lächelte sie an. »Suchst du was Bestimmtes?«

»Eigentlich wollte ich ein weihnachtliches Märchenbuch kaufen, aber ich konnte keins finden.«

»Weihnachtsbücher habe ich einige da. Lass mich mal überlegen, was passen könnte.« Er schaute zu einem Regal auf der gegenüberliegenden Seite und ging dann darauf zu. Wenig später zog er ein Buch heraus. »Wie wäre es mit *Weihnachten mit Astrid Lindgren*? Das ist das Best of Weihnachtsgeschichten von Pippi Langstrumpf, Michel aus Lönneberga und den Kindern aus Bullerbü.«

Erfreut griff Jana nach dem Buch. »Genau das, was ich gesucht habe. Ein echter Klassiker. Danke!«

»Das ist mein Job.« Als er sie nun anlächelte, sah sie ihm deutlich an, dass es ihm großen Spaß bereitete, das richtige Buch für sie gefunden zu haben. »Darf es sonst noch ein Buch sein?«

»Nein, eigentlich nicht. Oder, warte! Doch. Ich wollte tatsächlich noch ein Buch kaufen«, fiel ihr ein – weil sie die Buchhandlung noch nicht verlassen und sein Lächeln wiedersehen wollte, aber auch weil sie tatsächlich gerade kein Buch hatte, das sie vor dem Schlafengehen lesen konnte. »Am liebsten einen englischen Krimi.«

Ayk zwinkerte ihr zu. »Zufällig bin ich ein Experte in dem Genre. Ich habe nämlich auch eine Schwäche für englische Krimis. Am liebsten lese ich ganz alte Schinken, in denen die Leute noch kein Handy oder Internet haben.«

Verwundert kniff Jana die Augen zusammen. »Ich auch! Agatha Christie ist meine absolute Lieblingsschriftstellerin.«

Ayk schüttelte den Kopf. »Das gibt es doch nicht! Meine auch. Als Schüler habe ich mir ihre Bücher in der Bibliothek ausgeliehen. Manche sogar mehrmals. Ich glaube, ich habe alles gelesen, was sie jemals geschrieben hat.«

Jana senkte kurz den Blick. Dass sie ihn damals an der Ausleihe beobachtet hatte, musste er nicht erfahren. Und sie hatte nicht gewusst, welche Bücher er damals gelesen hatte. Sie hob den Blick wieder. »Agatha Christie habe ich erst mit Anfang zwanzig für mich entdeckt. Das war purer Zufall. Meine Mutter hatte ein Buch von ihr auf dem Küchentisch liegen, und ich hatte an dem Tag große Langeweile. Ich habe mir das Buch geschnappt, angefangen zu lesen und konnte nicht wieder aufhören.«

»Welches ist dein Lieblingsbuch von ihr?«, wollte er wissen.

Jana musste nicht lange überlegen. »*Das krumme Haus*. Definitiv! Super spannend und toll geschrieben!«

»Ein wirklich sehr gutes Buch«, stimmte er zu. »Hast du *Die vergessliche Mörderin* gelesen?«

»Bis jetzt noch nicht.«

»Dann solltest du das tun. Ich meine, ich habe sogar ein Exemplar da.« Er ging wieder zu einem Regal und kam bald darauf mit der Lektüre in der Hand zurück.

Voll Vorfreude betrachtete Jana das Buch und strich über den Buchdeckel. »Danke! Das nehme ich.«

»Kann ich sonst noch etwas für dich tun?«, fragte er.

»Nein, danke. Fürs Erste bin ich gut versorgt, aber bezahlen würde ich gern noch.« Sie drehte sich in Richtung Kasse um.

»Soll das Weihnachtsbuch als Geschenk eingepackt werden?«, fragte Ayk, nachdem er den Betrag kassiert hatte.

»Danke, nicht nötig. Das nehme ich so mit. Ist für den Laden. Stell dir vor, ich habe vorhin in einem Antiquitätenladen ein Lesepult gekauft, das früher einmal Theodor Storm gehört haben soll.«

»Das ist ja ein Ding!«, sagte er beeindruckt.

Jana nickte. »Ich war auch ganz erstaunt.«

»Darf ich es mir mal ansehen?«

»Jederzeit.« Bei der Aussicht, Ayk das Pult zu zeigen, wurde ihr ganz warm im Bauch.

»Gut, dann begleite ich dich zurück zum Laden.«

Er wollte es tatsächlich jetzt sofort sehen! Damit hatte Jana nicht gerechnet, doch sie wollte ihm den Wunsch nicht abschlagen. Im Gegenteil, sie genoss es, mit ihm zu reden. »Und ich lade dich auf einen Ingwer-Orangentee ein«, versprach sie.

»Abgemacht.«

Pütti staunte nicht schlecht, als Jana kurz darauf in Begleitung von Ayk im Laden auftauchte. »Hallo Ayk. Brauchst du auch ein Bewegungsöl?« Pütti zwinkerte ihm zu.

Er lachte. »Eigentlich wollte ich mir das neue Lesepult anschauen. Aber gut zu wissen, dass es bei euch Bewegungsöl gibt. Die nächste schwere Bücherkiste kommt bestimmt.«

»Machst du Ayk bitte einen Ingwer-Orangentee?«, schaltete Jana sich ein und hoffte, Pütti mit ihrem mahnenden Blick zum Schweigen zu bringen.

»Mit Zitrone und Honig?«, fragte Pütti dennoch ungerührt.

»Gerne.« Ayk war vor dem Pult stehen geblieben und inspizierte aufmerksam die Vorderseite.

Von Ayk unbemerkt, zeigte Pütti Jana den erhobenen Daumen und zwinkerte ihr zu. »Kommt sofort!«

»Ein wirklich schönes Pult.« Ayk betrachtete das Möbelstück eingehend. »So etwas würde mir auch gut für meine Buchhandlung gefallen.«

Das Klingeln des Glöckchens kündigte neue Kundschaft

an. Ein Mann und eine Frau kamen in den Laden und blieben bei den Kerzen stehen.

»Entschuldige bitte«, sagte Jana an Ayk gewandt und ging freundlich auf die Kundin zu, die einen eleganten Mantel mit einem schicken Wollschal trug. »Moin! Kann ich Ihnen helfen?«

»Ja, wir möchten Duftkerzen für unseren Adventskranz kaufen«, sagte die Frau.

»Wissen Sie schon, in welcher Duftrichtung?«, erkundigte sich Jana.

Die Frau schaute zu ihrem Mann, der bloß mit den Schultern zuckte. Er trug wie die Frau feine Winterkleidung und einen auffälligen Siegelring an der linken Hand. »Eine genaue Vorstellung haben wir nicht«, erwiderte sie. »Es sollte aber ein Weihnachtsduft sein.«

»Hm.« Jana ließ ihren Blick über den Tisch gleiten und griff schließlich nach einem Teelicht. »Wie wäre es mit dieser Duftrichtung?«

Der Mann roch an der Kerze, bevor er sie seiner Frau reichte. »Riecht gut«, sagte er nur knapp.

»Der Duft heißt Weihnachtszauber und riecht nach leckeren buttrig-süßen Vanilleplätzchen, oder?«

»Bekommt man gleich Appetit. Haben Sie die auch in größer?«, erkundigte sich die Frau und gab Jana das Teelicht zurück.

»Natürlich. Diese Stumpenkerzen dürften genau die richtige Größe für Ihren Adventskranz haben.« Jana zeigte auf ein paar größere Kerzen, die sie auf einem Tablett aufgereiht hatte.

Erfreut ging die Frau darauf zu. »Die passen gut. Davon nehmen wir vier Stück.«

»Sehr gerne.« Jana führte das Paar zur Kasse, wo sie die Kerzen in eine Papiertüte einpackte. »Das macht dann 10 Euro, bitte.«

Nachdem der Mann bezahlt hatte, nahm die Frau die Papiertüte mit den Kerzen an sich.

»Viel Spaß damit«, wünschte Jana ihnen zum Abschied.

»Danke schön.« Sie wollte sich umwenden, fasste sich jedoch plötzlich in den Nacken und begann, behutsam drehende Bewegungen mit dem Kopf zu machen.

»Tut Ihnen etwas weh?«, fragte Jana.

»Ständig. Mein Nacken bringt mich noch um«, brachte die Frau schmerzerfüllt hervor und verdrehte die Augen.

»Wenn Sie möchten, gebe ich Ihnen gerne eine Probe von meinem Muskel-Öl mit. Das wird Ihre Schmerzen vielleicht lindern.« Jana wollte schon ein Fläschchen aus dem Regal nehmen, doch die Frau hob abwehrend die Hände.

Sie lächelte milde. »Nicht nötig. An meinen Schmerzen wird Ihr Öl auch nichts ändern können, da helfen nur Spritzen vom Arzt. Aber trotzdem vielen Dank.«

Das Paar verabschiedete sich und verließ den Laden.

Jana ging zu Ayk, der nun bei Pütti an der Theke stand und seinen Tee trank.

»Das war wohl eben ein Korb«, sagte Jana frustriert. »Auch wenn ich das natürlich schon öfter erlebt habe, war ihr Blick wirklich einschüchternd. Sie hat mich belächelt wie ein kleines Kind, das an den Weihnachtsmann glaubt.«

Mitfühlend sah Pütti sie an. »Ärgere dich nicht. Du hast

doch gehört, da helfen nur Spritzen. Dann soll sie sich die geben lassen. Jeder bekommt das, was er verdient.«

»Wenigstens eine Probe hätte sie doch mitnehmen können«, beharrte Jana. »Ich fühle mich gerade wie eine Quacksalberin.«

»Das musst du nicht«, sagte Ayk aufmunternd und legte ihr seine Hand auf die Schulter.

Jana lief ein wohliger Schauer den Rücken hinunter.

»Sie weiß nicht, was ihr entgeht«, fügte Ayk tröstend hinzu und schaute ihr dabei tief in die Augen.

Janas Knie fühlten sich mit einem Mal wie warmer Kerzenwachs an. Sie konnte ihren Blick nicht von diesem Mann abwenden.

8. Kapitel

»Ich kann immer noch nicht recht glauben, dass du wirklich wieder da bist.« Janas Mutter hakte sich bei ihr unter und drückte ihren Arm. »Du weißt gar nicht, wie sehr ich dich vermisst habe.«

»Ich habe dich auch vermisst, Mama.« Jana strich mit einer Hand über den Arm ihrer Mutter. »Jetzt bin ich ja wieder da, und das bleibe ich auch.«

Sie waren von St. Peter-Ording nach Tönning gefahren, obwohl es an diesem Tag kalt und diesig war und scheinbar gar nicht richtig hell werden wollte. Die Temperaturen waren weiter gefallen, sodass sich auf dem Wasser im Tönninger Hafen Eisschollen gebildet hatten.

Sie standen vor dem historischen Packhaus, dem Wahrzeichen des Ortes, das sich jedes Jahr in der Adventszeit zum längsten Adventskalender der Welt verwandelte, und bestaunten die weihnachtliche Dekoration und Beleuchtung. Die Fenster, Luken und Lagertüren des ehemaligen Speichers waren mit den Zahlen von 1 bis 24 einem Adventskalender nachempfunden. An jedem der vier Adventswochenenden fand ein besonderer Weihnachtmarkt statt.

»Schön, dass wir einen kleinen Ausflug zusammen machen können. Heute ist es ruhig. Samstag und Sonntag wirst du hier mittlerweile fast totgetrampelt.«

Liebevoll sah Jana ihre Mutter an. »Ich finde es auch richtig schön. Mit Pütti als Partnerin ist eine verlängerte Mittagspause für mich zum Glück kein Problem. Ich habe ans Regal mit den Ölfläschchen Schilder geklebt, auf denen die Zusammensetzung und Wirkungsweise stehen, damit sie sie verkaufen kann. Falls es trotzdem Fragen geben sollte, kann sie mich immer auf dem Handy erreichen.«

»Gut gemacht, große Tochter!« Amüsiert lächelte ihre Mutter ihr zu. Sie schlenderten durch den Hafen, betrachteten Schiffe und genossen die gemeinsame Zeit.

»Früher sind Papa und ich jedes Jahr im Advent mit Thies und dir hier gewesen. Weißt du noch?«

»Natürlich weiß ich das noch! Ich habe die schönen Lichter geliebt und die vielen kleinen Büdchen«, erinnerte sich Jana zurück.

Ihre Mutter hielt in der Bewegung inne und blickte sie von der Seite an. »Wie deine Augen leuchten. Das ist mir schon vorhin während der Autofahrt aufgefallen. Diesen besonderen Glanz haben sie eigentlich immer, wenn du verliebt bist«, sagte sie wissend.

»Was du dir immer einbildest, Mama«, entgegnete Jana und schaute zur Seite. Ihre Mutter kannte sie so gut wie niemand sonst auf der Welt. Schon als Teenager hatte sie ihr an der Nasenspitze angesehen, wenn sie für einen Jungen geschwärmt hatte. Und ob Jana es wollte oder nicht, es stimmte ja auch dieses Mal. Sie hatte sich in Ayks meeresgrüne Augen verguckt, in seine liebenswürdige Art und sein verschmitztes Lächeln. Dagegen war sie wehrlos.

»Ich habe die Hoffnung auf Enkelkinder noch nicht aufgegeben«, ließ ihre Mutter sie wissen.

»Vielleicht ändert Thies ja noch seine Meinung.« Den Wink mit dem Zaunpfahl ignorierte Jana. »Schau mal dort drüben, das beleuchtete Boot. Das war doch früher auch schon hier, oder?«, lenkte sie das Gespräch zurück auf Kindheitserinnerungen. »Ist Oma Hansa mit uns nicht einmal darauf gefahren?«

»Oh ja, das stimmt. Sie kannte den Besitzer. Er hat extra für uns eine Rundfahrt mit dem Schiff organisiert. Das war eine tolle Sache!«

Jana war froh, dass sie ihre Mutter erfolgreich von dem Liebesthema abgebracht hatte. »Oma Hansa kannte wirklich viele Leute.«

»Sie hat auch vielen Menschen geholfen, sie von Schmerzen befreit. Einige haben sich dafür bis zu ihrem Tod erkenntlich gezeigt, weißt du.« Janas Mutter lächelte. »Wann musst du denn wieder zurück im Laden sein?«

Jana schaute auf die Anzeige ihres Handys. »In einer halben Stunde.«

»Dann sollten wir langsam Richtung Auto gehen.«

Als Jana die Tür vom *MeerGlück* öffnete, schien der kleine Wohlfühlladen vor Kunden fast aus allen Nähten zu platzen. »Was ist denn hier los?«, murmelte sie überrascht.

»Endlich bist du wieder da!«, empfing sie Pütti mit dankbarem Unterton. »Ich weiß nicht, wo mir der Kopf steht. Der Andrang muss an der Vorweihnachtszeit liegen.«

Schnell hatte Jana sich ihre Jacke, Mütze und den Schal ausgezogen. »Na, dann wollen wir unsere Kunden mal glücklich machen.«

Sie bediente zunächst drei Frauen, die Duftkerzen und Seifen verschenken wollten. Danach beriet sie eine junge Frau, die in der Schule Konzentrationsschwierigkeiten hatte, und empfahl ihr ein Öl mit Zitrone und Rosmarin, während Pütti sie mit Keksen, Kuchen, Tee und Kurkuma Latte versorgte. Nach zwei Stunden hatte sich der Laden geleert, und sie konnten durchatmen.

»Puh! Ich kann nicht mehr.« Pütti wischte sich mit einem Papiertuch über die Stirn. »Noch so ein Schwung Kunden, und meine Soul-Cakes und Cookies sind aus.«

»So verkommt wenigstens nichts. Ich gehe mal kurz raus. Die Tannengirlande hat sich an einer Seite gelöst.« Jana schnappte sich den Draht und eine Zange.

Als sie nach draußen trat, entdeckte sie Frau Fröbes, die Inhaberin des Cafés *Strandliebe*, wie sie mit argwöhnischer Miene von der gegenüberliegenden Straßenseite zu ihr rüberschaute. Obwohl die Frau ihr nach wie vor unsympathisch war, hob Jana die Hand zum Gruß. Ohne sie eines weiteren Blickes zu würdigen, machte Frau Fröbes daraufhin auf dem Absatz kehrt und verschwand in ihrem Café. Jana schüttelte den Kopf. Komische Person! Sie widmete sich der Tannengirlande und verdrahtete einen Teil mit einem Nagel.

»Moin!«, grüßte sie jemand hinter ihr.

Jana drehte sich erfreut um. Es war Lilo, die Freundin ihre Mutter. »Moin! Schön, Sie wiederzusehen. Bilde ich es mir ein, oder stehen Sie heute gerader als beim letzten Mal?«

Lilo hob einen Daumen. »Viel gerader. Deswegen bin ich auch hier. Ich brauche unbedingt mehr von dem Wunder-Öl.«

»Dann nichts wie rein.« Jana und Lilo gingen hinein.

»Es freut mich sehr, dass Ihnen das Öl so gut hilft«, fuhr Jana fort, während sie den Draht und die Zange in eine Schublade legte.

»Das Öl ist ein richtiger Knaller! Auch wenn einige Leute was anderes behaupten.«

»Was behaupten diese Leute denn?«, fragte Jana, hellhörig geworden.

»Und vor allem *wer* sagt was?«, fragte Pütti und gesellte sich zu ihnen.

Lilo winkte ab. »Ich wollte es eigentlich gar nicht erzählen, und es sind ja auch bloß Gerüchte … aber ich habe mich vorhin so geärgert. Den Laden betrete ich nie wieder!«, echauffierte sie sich.

Jana und Pütti wechselten einen fragenden Blick. »Du lieber Himmel, das hört sich ja schlimm an. Von welchem Laden sprechen Sie denn?«

»Von der *Strandliebe*«, platzte es aus Lilo heraus.

»Bitte?«, sagten Jana und Pütti im Chor.

»Dort werden seit Neuestem die aberwitzigsten Gerüchte über das *MeerGlück* gestreut.« Lilo schüttelte den Kopf. »Von der Chefin höchstpersönlich.«

»Das kann ich mir gar nicht erklären«, wandte Jana ein. »Sie ist erst vor ein paar Tagen da gewesen. Zwar nur kurz, aber sie hat vorbeigeschaut.«

»Dafür, dass sie nur kurz da war, scheint sie aber genau

Bescheid zu wissen. Angeblich sind die Backwaren nicht frisch, und die *Wundermittel* sind bloß Lug und Betrug. Nichts weiter als Placebos. Die Wirkung pure Einbildung.«

»Das ist ja ungeheuerlich!« Pütti ballte eine Hand zur Faust. »Sie hat noch nie einen Keks oder ein Stück Kuchen von mir gegessen!«

»Weder hat sie hier etwas gegessen noch ein Öl ausprobiert. Das sind alles haltlose Behauptungen.« Jana konnte die Dreistigkeit nicht fassen. Warum erzählte Frau Fröbes solche Lügen herum?

Beschwichtigend hob Lilo die Hand. »Mir ist bewusst, dass das bloß Gerüchte sind. Dafür, dass das Öl wirkt, bin ich ja wohl der beste Beweis.« Sie stellte sich noch ein Stück gerader hin. »Aber sie fürchtet wohl einfach die Konkurrenz und versucht deswegen, die Leute zu verunsichern.«

»Das ist aber geschäftsschädigend hoch drei und könnte uns in die Pleite treiben«, ärgerte Pütti sich.

»Das glaube ich nicht. Dafür müsste es viel dicker kommen.« Sie lächelte Jana und Pütti aufmunternd an. »Jetzt gucken Sie mal nicht so bedröppelt. So leicht lassen die Leute sich nicht verunsichern. Außerdem setzt sich Qualität immer durch.«

»Meinen Sie?«, fragte Jana hoffnungsvoll.

»Ganz bestimmt. Hier im Norden muss man stur seinen Weg gehen und darf nicht bei ein bisschen Gegenwind gleich umkippen.«

»Meinst du, sie kann uns schaden? Ernsthaft schaden?«, fragte Jana ihre Freundin, nachdem Lilo mit ihrem Einkauf den Laden verlassen hatte.

»Vermutlich nicht, wenn wir so weitermachen wie bisher. Bis jetzt hat sich kein Kunde bei mir beschwert. Bei dir etwa?«

Jana schüttelte den Kopf. »Es gab bis jetzt noch keine Reklamation.«

»Wir sollten uns davon nicht einschüchtern lassen«, fand Pütti.

»Gut, dass vorhin niemand im Laden gewesen ist, als Mamas Freundin uns von den Gerüchten erzählt hat ...«

Das Klingeln des Türglöckchens ließ Jana innehalten. Eine Frau in einem schwarzen Steppmantel mit Kapuze betrat das Geschäft und kam auf sie zu.

»Moin!«, begrüßte Jana sie freundlich und nahm sich vor, so nett und hilfsbereit zu sein, wie sie konnte. Sie würde Frau Fröbes' unfaires Spiel mit den besten Absichten schlagen.

»Guten Tag, mein Name ist Thom.« Die Frau zeigte Jana einen Ausweis. »Ich komme vom Ordnungsamt. Wir haben einen anonymen Hinweis erhalten, dass Sie die gängigen Hygienevorschriften in Ihrem Laden nicht einhalten.«

»Bitte?« Jana fiel aus allen Wolken.

»Darf ich mal einen Blick in Ihre Backstube werfen?«

»Aber natürlich«, sagte Pütti und führte Frau Thom sofort in die Backstube.

Jana sah ihrer Freundin an, dass sie innerlich kochte. Ihr ging es nicht anders. Was für eine bodenlose Unverschämtheit!

»Scheint alles in Ordnung zu sein«, bemerkte Frau Thom nach einer Weile. »Wir müssen jedem Hinweis nachgehen«, fügte sie fast entschuldigend hinzu.

»Das verstehen wir doch«, sagte Jana. »Warten Sie, ich bringe Sie zur Tür.«

Als Jana die Tür geschlossen hatte und sich zu Pütti umwandte, hatte diese bereits ihre Jacke angezogen. »Was hast du vor?«, fragte Jana alarmiert.

Pütti verschränkte die Arme vor der Brust. »Ich gehe dem Café *Strandliebe* einen Besuch abstatten. Für mich ist der Spaß jetzt vorbei.«

»Hältst du das für eine gute Idee?«

»Pfft«, machte Pütti verächtlich. »Es ist doch wohl glasklar, wer dem Ordnungsamt den anonymen Hinweis gegeben hat. Oder?«

»Das schon, aber wir können es nicht beweisen«, gab Jana zu bedenken. »Willst du eine offene Konfrontation? Das könnte einer Kriegserklärung gleichkommen.«

»Das ist mir egal. Du kannst gerne hierbleiben. Ich lasse mir diese Gemeinheiten jedenfalls nicht länger gefallen.« Pütti kochte regelrecht vor Wut. Und Jana wusste, dass es besser war, wenn sie sie jetzt nicht alleine losziehen ließ.

»Warte, ich komme mit.« Hastig schlüpfte sie in ihre Jacke und eilte der Freundin hinterher. Sie schloss noch schnell das Geschäft ab, bevor sie Pütti hinterherlaufen musste.

Ohne zu zögern, zog Pütti die Tür zum Café auf und steuerte zielstrebig auf Frau Fröbes zu, die gerade an einem Kaffeeautomaten zwei Tassen Cappuccino zubereitete.

»Guten Tag, Frau Fröbes«, sprach Pütti die Inhaberin direkt an. Sie war laut genug, dass alle Gäste sie hören konnten.

Frau Fröbes sah auf und kniff die Augen zusammen. »Guten Tag«, grüßte sie mit reserviertem Unterton. »Sie wünschen?«

»Ich wünsche, dass Sie augenblicklich mit Ihrer Gerüchteküche aufhören und uns nicht das Ordnungsamt auf den Hals hetzen«, kam Pütti gleich zur Sache.

»Das ist ja unglaublich! Ihre Unterstellungen muss ich mir nicht in meinem eigenen Laden anhören!«, empörte sich Frau Fröbes prompt.

»Sie streiten also ab, behauptet zu haben, unsere Backwaren wären nicht frisch und unsere Öle bloß Placebos?«, schaltete sich Jana ein.

»Selbstverständlich! Wie käme ich denn dazu, solche Geschichten in die Welt zu setzen?«

»Es gibt aber Zeugen«, platzte Pütti heraus.

Jana spürte die neugierigen Blicke der Gäste. Was immer noch gesagt werden würde, würde zweifellos die Runde machen im Ort.

»Die Zeugen möchte ich ja mal sehen! Die kann es nämlich gar nicht geben, weil ich nichts gesagt habe«, zischte Frau Fröbes. »Und jetzt raus hier, ich habe Besseres zu tun, als mir Ihre abenteuerlichen Verdächtigungen anzuhören.«

9. Kapitel

Golden strahlte es von den Zweigen der Tanne. Anhänger, Sterne, Engel und Kugeln schmückten den Baum, den Jana und Pütti ans Schaufenster geschoben und dafür Tische und Stühle nach hinten versetzt hatten. Lichterketten und Kerzen leuchteten um die Wette und verliehen dem Laden einen gemütlichen Schein.

Zufrieden stand Jana auf einer Leiter und setzte dem Tannenbaum eine Spitze in Form eines Sterns auf. »Fertig!« Sie kletterte die Leiter hinab und stellte sich neben Pütti, die ihr gemeinsames Werk betrachtete.

»Sieht er nicht wunderschön aus? Richtig festlich!«

»Wirklich!« Feierlich nickte Jana. »Weihnachtlicher geht es kaum.«

Ihr kam eine Idee. »Ich glaube, ich verpacke noch Kartons in Goldpapier mit hübschen Bändern und lege sie darunter. Was hältst du davon?«

»Das ist eine tolle Idee!« Sie lächelte, runzelte aber kurz darauf die Stirn und sah ärgerlich aus dem Fenster.

»Mensch, Pütti!« Beruhigend legte Jana ihrer Freundin eine Hand auf die Schulter. »Mach das nicht! Wir haben uns doch etwas vorgenommen!«

»Ich weiß.« Pütti verdrehte die Augen. »Statt unsere Energie in Ärger zu stecken, nutzen wir sie für unser Advent-

Special«, wiederholte sie ihre Vereinbarung. »Ich versuche es. Wirklich. Das kannst du mir glauben. Aber es ist verflixt noch mal schwer, nicht an diese dreisten Lügen zu denken. Mich wurmt es einfach. Ich werde jedes Mal daran erinnert, wenn ich das Café sehe. Und wie soll ich es nicht sehen? Ist ja unsere direkte Nachbarschaft.«

Seit ihrer Auseinandersetzung im Café *Strandliebe* war einige Zeit vergangen. Und während Jana inzwischen förmlich vor Kreativität sprühte, mit Feuereifer den Laden schmückte und nach ihrem Geschäftsmotto *Weihnachtsdeko für Körper und Seele* das Sortiment erweitert hatte, verfiel Pütti immer wieder in Grübeleien.

»In dem Fall ist Ignorieren und Einfach-Weitermachen die beste Möglichkeit, Frau Fröbes' Anschuldigungen den Nährboden zu entziehen. Zumal ihre wirren Aussagen rein gar nichts bewirkt haben. Ich zeige dir mal was.« Jana nahm ein Notizbuch aus einer Regalschublade und schlug es auf. »Unsere Umsätze sind in der letzten Woche sogar deutlich gestiegen. Man könnte fast meinen, wir hätten eine Werbeaktion gestartet.«

Nachdenklich überflog Pütti die Zahlen. »Tatsächlich. Die Öle, Düfte und Heilsteine haben ja mächtig zugelegt. Von den Verkäufen der Kerzen mal ganz zu schweigen. Die gehen weg wie warme Semmeln!«

»Und wie! Ich komme abends kaum mit der Produktion nach.« Grinsend sah Jana sie an. »Falls die gute Frau Fröbes uns schaden wollte, ist der Schuss nach hinten losgegangen. Wahrscheinlich kommen durch die Gerüchteküche bloß noch mehr Leute in unseren Laden, weil sie neugierig sind und wissen wollen, ob an den Geschichten was dran ist.«

»Vermutlich nicht nur deswegen. Deine Gesundheitstipps sind bei unseren Kunden außerordentlich beliebt. So was spricht sich rum!« Pütti wirkte erleichtert.

»Wie auch immer. Von mir aus kann Frau Fröbes weiter in ihrer Gerüchteküche kochen. Läuft es so weiter, haben wir bald Zahlen, wie ich sie von Gran Canaria kenne.« Jana lächelte zufrieden und dachte zurück an die gute alte Mariella, die auf dem wöchentlichen Markt Blumen verkauft hatte. Eines Tages war sie in ihrem Laden aufgetaucht und hatte über Verdauungsprobleme geklagt. Jana hatte ihr Kurkuma, Pfefferminze, Carmint, Floh- und Leinsamen in Tütchen abgefüllt und mitgegeben.

»Besser als jedes Medikament«, hatte Mariella ihr eine Woche später die Wirksamkeit der pflanzlichen Hausmittel bestätigt und gleich ihre halbe Familie vorbeigeschickt. Und die war groß!

»Übrigens«, kündigte Jana an, »habe ich vor, unser Sortiment demnächst mit Kräutern und Gewürzen zu erweitern. Wie findest du die Idee?«

»Klingt gut! Da fällt mir ein, hast du eigentlich schon die Öle für Ayk fertig? Er ist vorhin hier gewesen, als du den Baum geholt hast, und hat nachgefragt.«

»So gut wie.« Jana warf einen Blick auf die Wanduhr. Es war kurz nach drei. Statt ein neues Treffen mit Ayk vorzubereiten, hatte sie sich ganz in die Adventsvorbereitungen gestürzt und war ihm nicht mehr begegnet. Natürlich genoss sie seine Nähe, das Knistern und seine tiefen Blicke. Aber sie verbot sich, dem zu viel Aufmerksamkeit zu schenken. Schließlich wollte sie unabhängig bleiben. Und sie würden sich wiedersehen, darauf freute sie sich auch … Andererseits hatte sie versprochen, ihm die Düfte bald zu zeigen. Und als unzuverlässig wollte sie keinesfalls gelten. Jana gab sich einen Ruck. »Ich gehe am besten eben schnell rüber und sage ihm Bescheid. Falls der Web-Designer in der Zwischenzeit kommt, biete ihm doch schon mal einen Tee an, ja? Ich beeile mich.«

»Web-Designer?«, fragte Pütti.

Jana nickte und zog sich ihre Winterjacke über. »Ein Kollege von meinem Bruder. Thies hat mich vorhin angerufen, als ich den Tannenbaum ausgesucht habe. Er hat diesen Tamme Stukenbrock gefragt, und er will unseren Online-Shop bauen. Thies kommt ja selbst im Moment nicht dazu, deshalb hat er Ersatz besorgt. Ist doch super, oder?«

Die Türglocke klingelte, und zwei Frauen betraten den Laden. Sie blieben an einem Tisch mit Kerzen stehen und probierten verschiedene Düfte aus.

»Dann weißt du jetzt Bescheid.« Jana winkte Pütti kurz zu. »Ich springe dann mal eben bei *Bookbantje Truels* vorbei.«

»Schöne Grüße an Ayk.« Sie hob bedeutungsvoll die Augenbrauen und zwinkerte ihr zu.

Jana verdrehte die Augen. »Bis gleich.«

Als Jana die Tür des Buchladens aufdrückte, begann ihr Herz zu klopfen. Wie würde ihr Treffen mit Ayk sein? Würde es wieder diese verheißungsvolle Spannung zwischen ihnen geben, oder würde sich das verflüchtigt haben wie die Eisblume, die sie am Morgen an ihrem Küchenfenster gesehen hatte?

Erwartungsvoll betrat sie den Laden. Drei Jugendliche kamen ihr entgegen, gefolgt von einem Mann und einer Frau. Alle trugen mit Büchern gefüllte Jutebeutel. Das Weihnachtsgeschäft war zweifellos auch für Ayk die intensivste Zeit in der Buchhandlung. Überall standen Leute, stöberten in den Regalen, begutachteten die Auslagen auf den Büchertischen oder ließen sich von den Angestellten beraten. Vor der Kasse hatte sich eine beachtliche Schlange gebildet, und im Hintergrund erklang Frank Sinatras *White Christmas*.

Jana versuchte in dem Menschengewirr Ayk zu entdecken, blieb jedoch erfolglos. Vielleicht hielt er sich in der ersten Etage bei den Kinder- und Jugendbüchern auf. Entschlossen ging sie die Treppe nach oben. Auch in der Abteilung für junge Leser war der Andrang groß. Familien mit Kindern, Omas und Opas mit ihren Enkeln und ein paar jugendliche Leser durchforsteten das Sortiment. Aber von Ayk war auch hier weit und breit nichts zu sehen.

Jana wollte schon gehen, als sie eine junge Frau entdeckte, die Bücher aus Kisten in Regale einräumte. Ich verstecke mich nicht mehr wie früher, dachte Jana lächelnd und ging auf die Frau zu. »Entschuldigung. Ich bin auf der Suche nach Herrn Truels …«

»Da sind Sie leider zu spät dran«, erwiderte die Frau freundlich. »Er ist vor ungefähr einer halben Stunde gegangen.«

»So?«, wunderte sich Jana. Es war gerade erst früher Nachmittag, und im Buchladen herrschte Hochbetrieb. Für einen Geschäftsinhaber war es höchst ungewöhnlich, während der Stoßzeit nach Hause zu gehen. Bestimmt musste Ayk bloß eine spontane Erledigung machen, einen Tannenbaum oder Adventskranz kaufen. »Wann kommt er denn wieder?«

»Morgen erst. So gegen 10 Uhr.«

»Morgen erst ...« Jana spürte, wie enttäuscht sie war. Sie hatte fest damit gerechnet, Ayk anzutreffen – und sich darauf gefreut. Gleichzeitig ärgerte es sie, dass sie so emotional reagierte. Es war ja lächerlich. Ayk war nicht aus der Welt, bloß gerade nicht da. Außerdem waren sie ja nicht verabredet oder dergleichen.

Die Frau legte die letzten Bücher aus der Kiste auf einen Stapel vor dem Regal. »Ich kann ihm gerne etwas ausrichten, wenn Sie möchten.«

»Hm.« Jana überlegte einen Moment. Sie musste nur noch ein paar Essenzen der Meeresdüfte aufeinander abstimmen, das würde sie bis zum nächsten Tag schaffen. »Sagen Sie ihm doch bitte, dass er seine Bestellung ab morgen im *Meer-Glück* abholen kann.«

Auf dem Rückweg zum *MeerGlück* blieb sie auf dem Bürgersteig stehen. Die letzten Strahlen der Wintersonne brachen durch die graue Wolkendecke und strichen leicht über ihr Gesicht. Jana schloss für einen Moment die Augen und genoss die Wärme auf ihrer Haut. Während sie tief einatmete, wurde sie sich der weißen Pracht um sich herum bewusst und genoss den Anblick. Auf den Dächern und Büschen hatte sich eine Schneedecke gebildet, die jetzt verheißungsvoll in der Sonne glitzerte.

Ihr Handy klingelte. Sie fasste in ihre Jackentasche und zog es heraus. »Hallo, Mama.«

»Jana! Wir brauchen deine Hilfe.« Die Stimme ihrer Mutter klang aufgebracht. »Also, so was Dummes …«

»Was ist denn passiert?«, fragte Jana alarmiert.

»Dein Vater mit seinen Schnapsideen und dein Bruder – das ist passiert. Die zwei darf man keine fünf Minuten alleine lassen, sonst kommen die auf die aberwitzigsten Ideen!«

»Was für Ideen denn?«

»Deinem Vater ist plötzlich eingefallen, dass der alte Röhrenfernseher unbedingt aus dem Keller muss. Zuerst wollte er das Ding alleine die Treppen hochschleppen. Man glaubt es kaum! Wiegt ja auch nur siebzig bis achtzig Kilo.« Sie schnappte hörbar nach Luft. »Als ich vom Einkaufen kam, hat Thies mit ihm den Kasten ins Erdgeschoss gehievt. Und das Ende vom Lied? Jetzt liegt dein Vater auf dem Sofa flach und kann sich vor Schmerzen nicht mehr bewegen. Und wundert sich noch darüber. Früher hat das ja alles geklappt … Das war aber vor fünfundzwanzig Jahren.«

Jana fasste sich mit einer Hand an den Kopf. »Oh nein.«

»Oh ja … Ich wollte dich fragen, ob du uns ein Fläschchen von deinem Bewegungsöl vorbeibringen kannst? Ich traue mich nicht, deinen Vater hier alleinzulassen. Wer weiß, was passiert, wenn man ihn wieder aus den Augen lässt …«

»Natürlich. Kann aber eine Weile dauern. Ich bin gerade auf dem Weg zum Laden, und ich habe noch einen Termin mit dem Web-Designer.« Eilig überquerte sie die Straße. Der Schnee knirschte unter ihren Füßen.

»Nur keine Hektik. Auf der Couch liegt dein Vater gut.«

»Nachher komme ich aber gleich vorbei«, versprach Jana. »Dann bis später, Mama.«

»Bis später!«

Sie steckte das Handy zurück in die Tasche und strich gedankenverloren über Oma Hansas Ring, den sie heute trug. Eigentlich hatte sie ihrer Mutter längst von dem Brief und dem Ring erzählen wollen. Doch irgendwie hatte es sich noch nicht ergeben.

Jana hob noch einmal den Blick. Die Wolken hatten sich wieder vor die Sonne geschoben, und ein eisiger Wind, der von der Nordsee kam, schlug ihr entgegen. Als sie das *Meer-Glück* erreichte, hielt sie einigen Kundinnen die Tür auf, die gerade herauskamen. Dann putzte sie schnell ihre Stiefel an der Fußmatte ab und ging hinein.

»Da kommt sie!« Pütti, die sich eine Schürze umgebunden hatte, stand neben einem Mann, der sich jetzt zu ihr umwandte. Er hatte den Reißverschluss seiner schwarzen Winterjacke aufgezogen, sodass darunter sein brauner Pullover zum Vorschein kam. In seinem kurzen braunen Haar schimmerten die ersten grauen Partien, was ihm gut stand. Eine dampfende Tasse Tee in der Hand, blickte er sie erwartungsvoll aus dunkel schimmernden Augen an.

Jana ging auf ihn zu. »Moin! Ich bin Jana.«

Er stellte seine Tasse Tee auf dem Tresen ab. »Moin! Ich bin Tamme. Thies' Kumpel«, sagte er und reichte ihr seine starke Hand. »Super, dass es so schnell geklappt hat«, freut Jana sich, entledigte sich ihrer Jacke und warf sie über einen Stuhl. »Ich dachte schon, den Online-Shop kann ich mir für die nächste Zeit abschminken.«

»Ach, das ist gar kein Problem. Ich habe schon etliche Online-Shops gebaut. Das geht ganz fix, wenn ich weiß, welche Shop-Funktionen wichtig sind.« Er nahm aus seiner Jackentasche ein Taschentuch, drehte sich zur Seite und schnäuzte sich. »Entschuldigung, ich bin ein bisschen erkältet«, erklärte er nasal.

»Das ist kaum zu übersehen.« Pütti stellte einen Karton Papiertücher auf den Ladentisch. »Macht aber nix. Wir haben genügend Taschentücher da.« Schon wandte sie sich ab, um eine Kundin zu bedienen.

»Danke.« Er zog sogleich ein Tuch aus der Pappbox und nieste hinein.

Jana holte ihren Ordner aus dem unteren Regal hinter der Theke hervor und blätterte darin. »Ich habe eine Liste mit meinem Bruder zusammengestellt. Einen Moment.« Sie nahm ein Blatt Papier heraus und gab es ihm. »Wie lange würde es dauern, bis der Shop fertig ist?«

Tamme überflog die aufgelisteten Kriterien und Optionen. »Schätzungsweise eine Woche, wenn nichts dazwischenkommt. Ich müsste mir das aber vorher noch mal im Detail ansehen. Danach weiß ich es ganz genau.« Er schenkte Jana ein zuversichtliches Lächeln.

»Schon klar.«

»Wie teuer wird der Spaß eigentlich für uns?«, fragte Pütti, als sie sich ihnen wieder zuwandte.

Tamme winkte ab. »Gar nichts. Ist ein Freundschaftsdienst. Thies hat noch was bei mir gut.«

»Oh, na dann!«, sagte Jana erfreut.

»Umsonst ist nie zu teuer«, fand Pütti und fügte grinsend hinzu: »Frag deinen Bruder mal beizeiten, wer noch alles was bei ihm guthat.«

»Werde ich machen!« Lachend verschränkte Jana die Arme vor der Brust.

Nachdem Tamme die Liste eingesteckt hatte, trank er seinen Tee aus. »Ich gehe dann besser mal, bevor ich euch noch anstecke. Vielleicht sollte ich mich einfach mal ins Bett legen.«

»Das ist eine gute Idee. Meistens hilft das ja bei Erkältungen.« Pütti hielt ihm den Pappkarton hin. »Für den Weg bis zum Bett.«

Jana wollte ihm auch noch etwas mitgeben. »Einen Moment«, rief sie. »Ich habe da auch was.« Sie ging zu dem Regal, in dem sie kleine braune Apothekerfläschchen aufgereiht hatte, und zog eine heraus. »Hier. Das ist Schnupfen-Öl.« Sie drückte Tamme die Flasche in die Hand.

Er schaute sie überrascht an. »Danke. Ich wäre eh noch zur Apotheke gegangen, um Nasenspray zu kaufen.«

»Kein Nasenspray! Das ist pure Chemie.« Jana schüttelte den Kopf. »Das Schnupfen-Öl ist wirklich ein kleines Zaubermittel. Ich benutze ausschließlich ätherische Öle wie Majoran, Eukalyptus, Lemongras, Kamille, in Schwarzkümmel aufgelöste Angelika und dazu noch Aloe-Vera-Öl.«

»Das soll helfen?«, fragte er skeptisch. »Versteh mich nicht falsch, aber das hört sich für mich eher nach einem Küchenrezept an als nach einem Mittel gegen Schnupfen.«

»Vertrau mir. Trage das Öl dreimal täglich auf deine Nasenflügel und Wangenknochen auf. Danach schön einmassieren, und ich verspreche dir, dass ganz bald das Schlimmste überstanden ist.«

»Danke noch mal.« Tamme wirkte zwar noch nicht vollends überzeugt, aber er fragte: »Du hast nicht auch zufällig etwas gegen die Schlafstörungen meiner Mutter?«

Er war offensichtlich überrascht, als Jana ihm wenige Augenblicke später ein Fläschchen Murmeltier-Öl über die Theke reichte und erklärte, wie seine Mutter es am besten anwenden sollte.

»Zwei bis drei Tropfen auftragen reicht, und es ist natürlich auch rein pflanzlich.«

»Das ist ja ein Ding. Danke!« Tamme versprach, sich bald wegen des Online-Shops zu melden, und verließ den Laden.

»Dem hast du ja ganz schön den Kopf verdreht«, meinte Pütti eine halbe Stunde später in einem ruhigen Moment, als sie gemeinsam den nächsten Ansturm bewältigt hatten.

»Wie?«

»Hast du nicht gesehen, wie er dich angeschaut hat?«

Jana tippte sich gegen die Stirn. »Du spinnst doch!«

»Wenn du mich fragst: Das dein nächster Verehrer.«

»Und wenn du mich fragst, dann siehst du Gespenster oder brauchst mindestens eine Brille.« Jana steckte ein Fläschchen in ihre Umhängetasche und zog ihre Jacke an. »Genau wie meine Mutter mit ihrem Enkelwunsch.«

Verblüfft sah Pütti sie an. »Wo willst du denn hin?«

»Zu meiner Mutter. Kannst du mich in der Zwischenzeit vertreten? Und mir vielleicht deinen Wagen leihen?«

»Ich komme hier schon klar ohne dich.« Pütti griff in ihre Hosentasche und warf ihr den Autoschlüssel zu. »Solange du dich vor Ladenschluss wieder blicken lässt …«

»Ich beeile mich«, versprach Jana und machte sich auf den Weg zu ihren Eltern.

»Das ist ja ein wahres Monstrum. Hatte ich gar nicht so wuchtig in Erinnerung.« Jana guckte aus dem Fenster. Der alte Röhrenfernseher stand wie ein Mahnmal unter dem Vordach der Terrasse. An dem Bildschirm pappte Schnee, den der Wind gegen das Gerät geweht hatte.

»Du warst ja auch noch klein, als wir den in Betrieb hatten«, kommentierte ihr Vater vom Sofa aus. »War nie was dran. Läuft bis heute.«

»Ich hätte nie gedacht, dass der Fernseher noch existiert«, wunderte Jana sich.

»Wer weiß, wofür man ihn noch hätte brauchen können«, ahmte ihre Mutter den Tonfall ihres Mannes nach und machte eine genervte Kopfbewegung in Richtung Couch. »Und wie wir ihn gebraucht haben! Als Staubfänger.«

»Immerhin«, sagte Jana grinsend.

Ihre Mutter musste auch lächeln. »Dein Vater ist ein Sammler, wie er im Buche steht.«

»Bei der nächsten Sperrmüllabholung kommt die Flimmerkiste endgültig weg«, schaltete sich Thies ein, der mit verschränkten Armen am Türrahmen lehnte.

Jana zog das Fläschchen mit Öl aus ihrer Tasche und stellte es auf den Wohnzimmertisch. »Hoffentlich hilft es.«

»Da bin ich zuversichtlich.« Ihr Vater rang sich ein Lächeln ab.

Thies räusperte sich. »Ich gehe mal wieder hoch.«

»Tamme ist übrigens heute da gewesen. Danke noch mal für die Vermittlung!«, rief Jana ihm nach. »Du hast was bei mir gut.«

»Wie so viele«, hörte sie ihn auf der Treppe sagen.

»Jana, musst du schon wieder los, oder trinkst du mit mir eine Tasse Kaffee?«, fragte ihre Mutter.

»Ich habe Pütti versprochen, vor Geschäftsschluss wieder im Laden zu sein.« Nach einem kurzen Blick auf die Uhr, nahm Jana das Angebot an. »Das ist noch lange hin. Pütti behält selbst beim größten Ansturm den Überblick.«

»Dann kann ich ja in Ruhe meine Sendung schauen.« Ihr Vater schaltete den Flachbildschirm mit der Fernbedienung ein.

Jana und ihre Mutter gingen nach nebenan in die Küche.

»Kann ich helfen?«, bot Jana an.

Ihre Mutter goss Wasser in die Kaffeemaschine. »Gern. Hol doch mal einen Filter aus dem Schränkchen!«

»Hier.« Schon hatte Jana das weiße Holzschränkchen geöffnet und den Filter herausgenommen. Es war ein schönes Gefühl, sich in der Küche ihrer Eltern immer noch bestens auszukennen.

Als sie ihrer Mutter die Filtertüte reichte, fasste diese nach ihrer Hand. Ihre Augen weiteten sich. »Was für ein schöner

Ring!« Sie betrachtete das Schmuckstück interessiert. »So einen hatte deine Oma auch mal.«

»Den habe ich zufällig auf dem Dachboden gefunden. In einem Kuvert. Mit einem Brief.«

»Einem Brief?« Erstaunt zog ihre Mutter die Augenbrauen hoch.

»Ja. Von Oma.«

Während Jana ihrer Mutter die Geschichte erzählte, nickte diese wissend. »Davon habe ich gewusst. Allerdings gehörten diese Schwierigkeiten schon der Vergangenheit an, als ich auf die Welt gekommen bin. Meine ältere Schwester jedoch, die hat davon als kleines Mädchen noch etwas mitbekommen.« Sie lehnte sich an die Kissen der Küchenbank.

»Wirklich? Davon hat mir Tante Bruni nie was erzählt!«, wunderte sich Jana.

Ihre Mutter ließ Zucker vom Löffel zurück in das Schälchen rieseln. »Der Zwist hat sich erst kurz vor meiner Geburt gelegt. Als das zweite Kind unterwegs war, mussten die Eltern meines Vaters ja einsehen, dass es nicht bloß eine Liebelei war. Ich glaube, dass am Ende alle erleichtert waren, als das Drama vorbei war. Da gab es dann keinen Grund mehr, in Wunden der Vergangenheit zu stochern.«

Jana schüttelte den Kopf. »Das sind für mich Geschichten aus einer ganz anderen Welt. Ich kann mir kaum vorstellen, dass heute Eltern versuchen, die Eheschließung ihres Kindes zu verbieten.«

»Ein Glück!« Ihre Mutter erhob sich und füllte gemahlenen Kaffee in den Filter, bevor sie nun die Kaffeemaschine einschaltete. »Ich bin sehr stolz auf meine Eltern, dass sie trotz aller Widrigkeiten nie ihre Liebe in Zweifel gezogen haben.«

Jana lächelte. »Wie bei dir und Papa.«

Ihre Mutter musste schmunzeln. »Frag den Pflegefall mal, ob er eine Tasse Kaffee haben will.«

Am Abend schloss Jana die Fensterläden des Kapitänshauses. Ein Sturm pfiff um das alte Gebäude und hatte in kürzester Zeit einige Zentimeter Neuschnee gebracht. Im Kamin flackerte ein behagliches Feuer, und das Teelicht ihres Stövchens hielt den Gyokuro-Kirishima-Tee mit wildgesammelter Lapacho-Rinde warm, den Jana sich gekocht hatte. Der große Esstisch war mit Ölen, Wachs, kleinen Fläschchen und allerhand Zubehör übersät.

Genussvoll führte Jana eine Flasche an ihre Nase und roch daran. Ja. Genau so sollte es werden.

Sie schraubte einen Verschluss auf das Fläschchen und stellte es neben zwei weitere. Auf ein Etikett schrieb sie die Zahl Drei und klebte es auf die Flasche.

Zufrieden lehnte sie sich auf ihrem Stuhl zurück und trank einen Schluck aus ihrer Teetasse. Endlich war sie mit Ayks Düften fertig.

Sie runzelte die Stirn. Hoffentlich gefiel ihm einer davon. Als ihr Blick auf Oma Hansas Ring fiel, der auf der Tischplatte lag, musste sie lächeln. Weg mit den Zweifeln! Natürlich würde Ayk einen der Düfte mögen.

10. Kapitel

»Wie geht es eigentlich Papa? Hat er noch schlimme Schmerzen?«

Janas Mutter lachte auf. »Schmerzen? Ich wünschte, er hätte welche! Heute früh ist er gleich in den Keller gegangen. Zum Ausmisten! Offenbar fühlt er sich schon wieder topfit. Und ich hoffe nur, dass er nicht noch einen zweiten Flimmerkasten in irgendeiner Ecke findet.«

»Schön, dass ihm das Öl geholfen hat. Er tat mir richtig leid, wie er so auf dem Sofa gelegen hat.« Jana beobachtete ihre Mutter von der Seite. Obwohl sie kaum je die gute Laune zu verlieren schien, hatte ihre Mutter es nicht immer leicht gehabt. Neben ihrem Job hatte sie sich um die Familie gekümmert und viele Jahre Janas Opa gepflegt, der nach einem Schlaganfall halbseitig gelähmt gewesen war. Und dann hatte sie auch noch den Zweitwagen ausgeliehen, wann immer sie ihn brauchte, den ihre Mutter sonst benutzte. »Nächstes Jahr kaufe ich mir übrigens ein eigenes Auto«, versprach Jana.

Sie waren auf dem Rückweg nach St. Peter-Ording. Jana hatte braune Apothekerfläschchen in verschiedenen Größen, Paraffin und Stearin zum Herstellen von Kerzen, Dochte und Glasgefäße beim Großhändler gekauft. Auf halber Strecke hatte Pütti angerufen und sie gebeten, noch Kurkuma und Kokosmilch zu besorgen. Deswegen hatten Jana und ihre Mutter noch einen Abstecher zu einem Bio-Laden unternommen. Inzwischen war es schon Nachmittag.

»Wegen mir musst du das nicht machen.« Ihre Mutter hielt an einer roten Ampel. »Ich kutschiere dich gerne durch die Gegend. Und du weißt ja, was Papa gesagt hat. Du kannst den Golf so lange fahren, wie du ihn brauchst. Solange er zu Hause werkelt, brauchen wir auch nur ein Auto.«

»Schon. Das ist wirklich lieb von euch, und dafür bin ich auch sehr dankbar. Trotzdem. Das ist nicht dasselbe. Ich möchte unabhängiger sein und nicht bis zum Frühling warten, bis ich mit dem Fahrrad überall hinfahren kann. Jonne kann mir bestimmt ein kleines Auto zu einem günstigen Preis besorgen.«

»Dann achte darauf, dass der Wagen einen großen Kofferraum hat.« Die Ampel sprang auf Grün, und ihre Mutter trat aufs Gaspedal. »In unseren hier geht jedenfalls keine Kerze mehr rein. Oder du kaufst gleich noch einen passenden Anhänger dazu.«

Jana musste lachen. »Wenn jemand Fremdes dich hören könnte, der würde denken, deine Tochter wäre unter die Großunternehmer gegangen!«

»Was nicht ist, kann noch werden. Thies hat gemeint, du willst deine Sachen auch im Internet verkaufen?« Sie passierten das gelbe Ortsschild von St. Peter-Ording.

»Stimmt. Sobald der Online-Shop fertig ist. Den baut ein Kumpel von Thies.«

»Ach so? Das wusste ich ja gar nicht.« Janas Mutter runzelte die Stirn. »Ich habe nicht den leisesten Schimmer von diesem ganzen Online-Gedöns, bin aber trotzdem neugierig.«

Jana musste grinsen. Ihre Mutter war so ziemlich der einzige Mensch, den sie kannte, der kein Handy besaß. Selbst ihr Vater hatte eins – wenngleich es von der Sorte war, dessen Akku eine Woche hielt.

»Du bist die Erste, die den Online-Shop begutachten darf«, versprach sie.

»Und da kann dann wirklich jeder einkaufen? Egal, wo er wohnt auf der Welt?« Sie bog rechts in die Straße *Im Bad* ein.

»Genau. Ich verschicke die bestellte Ware. Sogar weltweit, wenn es sein muss. Dann können auch meine alten Kunden von Gran Canaria wieder bei mir einkaufen, weißt du? Zwar nur online, aber immerhin. Und beraten kann ich sie auch virtuell.«

»Du brauchst definitiv einen Anhänger. Und zwar am besten einen großen … und vielleicht einen größeren Lagerraum.« Ihre Mutter parkte vor der Dünen-Therme, in der Nähe vom *MeerGlück*.

»Das werde ich mir in Ruhe durch den Kopf gehen lassen, wenn es so weit ist.« Jana schnallte sich ab. »Jetzt hole ich erst einmal die Sackkarre aus dem Laden, damit Pütti unsere Kunden wieder mit Kurkuma Latte versorgen kann.«

Während ihre Mutter im Auto wartete, machte Jana sich auf den Weg zum Geschäft. An der Ecke von *Maleens Knoll* und *Im Bad* warf sie einen Blick über die Straße zu *Bookbantje Truels*. Durch die Glasfront konnte sie sehen, dass sich wie am vorherigen Tag viele Kunden im Buchladen aufhielten. Jana überlegte, wann sie ihm wohl die Öle vorbeibringen könnte. Bei dem regen Betrieb kam er vermutlich gar nicht dazu, im *MeerGlück* vorbeizuschauen.

»Die Kurkuma ist fast aus, und ich habe den letzten Latte mit Mandelmilch improvisiert«, empfing Pütti sie geschäftig. »Dabei schmeckt Kokosmilch viel besser«, raunte sie ihr mit Blick zu den drei Tischen zu, an denen die Gäste es sich schmecken ließen.

»Hat bestimmt keiner gemerkt«, meinte Jana leise und verschwand nach hinten in den kleinen Lagerraum, um die Karre zu holen. Als sie zurück war, stand Pütti hinter der Theke und kassierte.

»Der Kuchen und die Getränke waren sehr lecker. Wir kommen auf jeden Fall wieder«, sagte die Kundin, die ihr graues Haar ultrakurz trug, und steckte das Wechselgeld in ihr Portemonnaie. Sie hakte sich bei ihrer männlichen Begleitung ein und verließ zufrieden den Laden.

Jana warf ihrer Freundin einen triumphierenden Blick zu und sagte leise: »Siehst du, keiner hat was gemerkt.«

»Ein Glück!« Pütti drückte die Schublade der Kasse zu. »Da fällt mir ein: Ayk war vorhin hier. Wegen der Öle«, sagte sie, als Jana mit der Sackkarre an ihr vorbeigehen wollte.

Jana blieb stehen. »Hat er gesagt, ob er wiederkommt?«

»Nein. Er meinte nur: Schade, dass sie nicht da ist. Dann ist er wieder gegangen.«

»Wir haben ein schlechtes Timing.« Jana verzog das Gesicht. Sie ärgerte, dass sie nicht da gewesen war, als Ayk vorbeigeschaut hatte. »Ein zweites Mal kommt er heute bestimmt nicht rüber. Bei *Bookbantje Truels* steppt der Bär.«

»Bring ihm doch das Öl nachher vorbei«, schlug Pütti vor und blickte zur Ladentür, zu der gerade vier Kunden hereinkamen. Sie schnappte sich einen Lappen und ein Tablett.

»Ich räume schnell mal ab. Kommst du mit den Einkäufen zurecht?«

»Natürlich. Mach nur.«

»Ob das gut geht?«, fragte Janas Mutter. Auf der Sackkarre stapelten sich die Kartons. »Sieht sehr instabil aus, wenn du mich fragst.«

»Das wird schon irgendwie funktionieren«, antwortete Jana zuversichtlich.

»Irgendwie ...«

»Außerdem sind es bloß ein paar Meter bis zum Laden. Das bekomme ich schon hin.«

Ihre Mutter zuckte die Schultern. »Wenn du meinst ...«

»Aber sicher. Danke noch mal fürs Fahren! Und grüß Papa!«

Nachdem sie sich verabschiedet hatten, schob Jana die Karre den Bürgersteig entlang. Nach ein paar Metern merkte sie, dass die Bedenken ihrer Mutter nicht ganz unbegründet gewesen waren. Der Transport war wirklich eine äußerst kippelige Angelegenheit. Die Kartons rutschten zur Seite weg. Jana musste immer wieder stehen bleiben, um sie wieder zurechtzuschieben.

Auf dem Gehweg war zwar der Schnee geräumt worden, aber die Steinchen des Streusplitts verhakten sich in den Rollen der Sackkarre. Ich sehe bestimmt aus wie der erste Mensch bei der Aktion, schoss Jana durch den Kopf. Hoffentlich sieht mich niemand, der mich kennt.

Als zwei obere Kartons sich selbstständig machten, war Jana kurz davor, Pütti anzurufen und um Hilfe zu bitten. In dem Moment hörte sie seine Stimme.

»Hallo! Jana!«

Sie drehte ihren Kopf in die Richtung, aus der die Stimme gekommen war, und wusste schon, wessen Gesicht sie erblicken würde. Auf der anderen Straßenseite stand Ayk Truels vor dem Buchladen und winkte ihr zu. *Na, toll!* Jana wollte zurückwinken, nahm aber gerade rechtzeitig den Arm wieder runter, um zu verhindern, dass einer der Kartons vom Stapel rutschte.

»Warte! Ich komme rüber«, rief Ayk ihr zu und beeilte sich, über die Straße zu ihr zu kommen.

»Hallo.« Jana rang sich ein Lächeln ab, obwohl ihr die Situation unsäglich peinlich war. Auf Ayk musste sie unglaublich ungeschickt wirken. Das hatte sie sich anders vorgestellt.

»Komm, ich nehme dir das ab. Durch unsere Bücherlieferungen bin ich geübt.«

»Okay.« Jana trat einen Schritt zurück und überließ ihm die Sackkarre.

»Mit der Zeit habe ich dafür eine gewisse Routine entwickelt.« Ayk stapelte die Kartons neu aufeinander. »Siehst du? Jetzt stehen sie fest aufeinander.« Er ruckelte zum Beweis an dem Kartonstapel.

Jana kratzte sich am Hinterkopf. Ayk gelang es, nicht herablassend zu klingen. Und wenn sie sein Lächeln sah, wusste sie, dass er ihr nur aufrichtig helfen wollte. »Gut zu wissen«, erwiderte sie. »Ich bin komplett talentfrei, was solche Dinge anbelangt.«

»Dann trifft es sich umso besser, dass ich dich zufällig gesehen habe.« Sicher und zügig schob er die Karre über den Fußweg.

»Du hast mich wahrscheinlich vor einer großen Blamage bewahrt«, bekräftigte sie. »Wenn die Kartons sich selbstständig gemacht hätten und die Fläschchen und Gewürze in Rollsplitt und Matsch gelandet wären, könnten wir nichts davon verkaufen. Danke!«

»Da nicht für«, sagte er kopfschüttelnd. »Ich war übrigens vorhin schon mal bei euch im Laden.«

Jana lächelte. »Ich weiß. Pütti hat es mir vorhin erzählt. Deine Düfte habe ich im Geschäft. Du kannst sie gleich mitnehmen.«

Er zog eine Augenbraue hoch. »Ich bin schon gespannt.« Vor dem Laden angekommen, stellte Ayk die Sackkarre ab. »Die Räder sind ziemlich dreckig.«

»Stimmt. Pütti und ich tragen die Kartons später rein.«

Ayk griff bereits nach dem obersten. »Ach, was! Ich helfe dir eben beim Reintragen. Was weg ist, ist weg.«

Als alle Kisten in dem kleinen Lagerraum verstaut waren, stellte Jana die drei Fläschchen mit den verschiedenen Meerdüften auf den Tresen. Mit einem Mal war sie nervös. »Ich habe versucht, die St. Peter-Nordseebrise so gut es geht einzufangen. Ich hoffe, es ist mir gelungen.«

Ayk schaute auf die braunen Flaschen, die jeweils eine Nummer auf dem Etikett trugen. »Hast du einen Favoriten?«

Sie warf ihm ein Lächeln zu und nickte. »Hab ich.«

»Und du, Pütti?«

Pütti legte einen Teigschaber weg, wischte sich die Hände

an einem Lappen ab und trat zu ihnen. »Ehrlich gesagt habe ich noch nicht daran geschnuppert.«

»Dann lasst uns doch zusammen die Düfte testen, und jeder schreibt die Zahl seines Favoriten auf einen Zettel«, schlug Ayk vor. »Ich kenne mich, Entscheidungen treffen fällt mir manchmal schwer. Besonders wenn ich sie für andere treffen muss. Der Duft ist nämlich ein Geschenk, und da bin ich für jede Hilfe dankbar.«

»Von mir aus gerne«, sagte Jana. Sie fragte sich, für wen der Duft gedacht war. Bestimmt für keinen Mann. Meistens begeisterten sich eher Frauen für Raumdüfte. Ob Ayk in einer festen Beziehung war? Von einer Freundin hatte sie nichts mitbekommen ... Und auf keinen Fall würde sie ihn einfach danach fragen. Vielleicht war das Geschenk für seine Mutter oder für eine Angestellte ... Es musste ja nicht unbedingt einen romantischen Hintergrund geben. Aber, wenn doch ...?

Pütti riss drei Papierzettel von einem Block ab, verteilte sie und legte je einen Kugelschreiber darauf. »Hoffentlich haben wir nicht am Ende jeder eine andere Zahl auf dem Zettel stehen.«

Jana schraubte vom ersten Fläschchen den Verschluss ab, roch kurz daran und reichte es weiter. Das wiederholte sie anschließend mit den übrigen Duftproben.

»Ich habe einen Duftliebling«, verkündete Pütti und schrieb eine Nummer auf ihr Papierstück, ohne es den anderen zu zeigen.

»Meine Zahl steht auch fest.« Jana legte den Stift auf den Tresen und drückte sich die beschriebene Seite des Zettels an die Brust.

Ayk zögerte und wiegte den Kopf hin und her. »Also, ich habe eine Tendenz, bin mir aber nicht ganz sicher.« Er roch noch einmal an allen drei Fläschchen. Dieses Mal schloss er die Augen dabei und ließ die verschiedenen Düfte auf sich wirken. Schließlich öffnete er die Augen wieder und atmete tief durch. »Ich habe mich entschieden.« Nun schrieb er ebenfalls eine Zahl auf.

»Das ist richtig spannend!« Pütti klatschte in die Hände.

»Dann zeigen wir uns jetzt unsere Zahlen«, erklärte Jana amüsiert. »Auf drei! Eins, zwei … und drei!«

Gleichzeitig drehten sie ihre Zettel um.

»Das gibt's ja nicht!«

Pütti schüttelte verblüfft den Kopf. »Wir haben alle denselben Geschmack.«

»Oder wir wissen einfach, wie das Meer in St. Peter riecht«, schlussfolgerte Ayk. Er wirkte sehr erleichtert. »Ihr wart mir eine große Hilfe! Jetzt bin ich sicher, dass ich mich richtig entschieden habe.« Seine Augen glänzten.

»Haben wir doch gerne gemacht.« Grinsend vollführte Pütti einen kleinen Knicks, bevor sie sich umwandte und sich wieder ihrem Kuchenteig widmete.

»Ich fülle dir 50 Milliliter von der Nummer 3 in einen Glasbehälter und gebe dir fünf Stäbchen mit. Der Duft müsste ungefähr 60 Tage halten.«

»Großartig.« Wenig später nahm Ayk die Papiertüte entgegen, in die Jana den Raumduft und die Stäbchen gepackt hatte. Als sie sein Lächeln auffing, wurde Jana ganz warm ums Herz. Ayk schien sich wirklich über den Duft zu freuen.

Sie wandte den Blick erst von ihm ab, als plötzlich das Telefon klingelte. Pütti signalisierte schnell, dass sie den Anruf annehmen würde.

Wieder sah Jana in seine dunkel schimmernden Augen. »Sag mir bitte Bescheid, wie der Duft angekommen ist.«

»Aber natürlich.« Er zwinkerte ihr zu.

»Jana? Für dich ist jemand am Telefon.«

»Entschuldige …«

Ayk hob die Hände. »Ich muss eh wieder zurück in den Buchladen. Das Weihnachtsgeschäft ruft. Bis bald!«

»Bis bald«, erwiderte Jana und hoffte, dass es wirklich nicht allzu lange dauern würde, bis sie sich wiedersahen.

Er lächelte sie noch einmal an und verließ dann das *Meer-Glück*.

Seufzend wandte Jana sich um und griff nach dem Hörer, den Pütti ihr entgegenhielt. »Moin! Jana am Apparat.«

»Moin! Hier ist Tamme Stukenbrock«, meldete er sich gut gelaunt.

»Oh, hallo! Du hörst dich viel besser an.« Jana warf Pütti einen fragenden Blick zu, diese antwortete jedoch nur mit einem Grinsen.

»Mir geht es auch schon besser. Der Schnupfen ist fast weg, und ich soll dir von meiner Mutter liebe Grüße ausrichten. Sie konnte letzte Nacht viel besser schlafen. Wir sind beide sehr begeistert von der Wirkung der Öle!«

»Das ist ja fantastisch«, freute sich Jana. »Danke für die schöne Rückmeldung.«

»Sehr gerne. Der Hauptgrund meines Anrufs ist allerdings der Online-Shop. Ich habe mir das alles mal genau angeguckt und mir einige Gedanken dazu gemacht. Vielleicht können wir das in Ruhe durchsprechen?«

»Natürlich, gerne.«

»Fein. Wie wäre es heute Abend? Gegen acht im *Deichkind*?«

Jana zögerte einen Moment. Das hörte sich fast an, als habe Tamme auch an ihr persönlich Interesse ... Hätte er nicht einfach im *MeerGlück* vorbeikommen können? »Heute Abend?«, fragte sie nach.

»Oder morgen?«, entgegnete er. »Bei einem leckeren Essen nach Feierabend lassen sich geschäftliche Dinge doch am besten besprechen. Ich lade dich ein.« Er lachte leise. »Außerdem muss ich dringend mehr über die Zusammensetzung der Öle erfahren. Ist für mich ja ein bisschen wie der Zaubertrank von Miraculix.«

Jetzt musste Jana lachen. »Na gut. Dann heute um acht im *Deichkind*. Bis später!«

»Ein Date mit Tamme?«, fragte Pütti grinsend, als Jana das Telefon auf die Station gestellt hatte.

»Kein Date«, widersprach Jana kopfschüttelnd. »Bloß eine geschäftliche Besprechung.«

»So heißt das jetzt also?« Pütti wirkte kein bisschen überzeugt und lachte spöttisch.

Amüsiert warf Jana einen feuchten Lappen nach ihr, der auf der Theke gelegen hatte, woraufhin ihre Freundin sich lachend wegduckte.

Jana steckte sich den Tigeraugenring an den Finger und fuhr sich mit der Hand durchs Haar. Prüfend begutachtete sie ihr Ebenbild im Spiegel. Sie hatte nicht zu dick aufgetragen und sich für eine dunkle Jeans zu einem dunkelblauen Strickpullover mit Rollkragen entschieden. Die Wimpern hatte sie getuscht und einen zarten rosa Lippenstift aufgelegt. Sie fand, dass sie für ein Geschäftsessen angemessen aussah. Nicht zu schick, aber auch nicht zu lässig. Zufrieden lächelte sie.

Nein, es war kein Date und Tamme bestimmt kein Verehrer. Immerhin hatte er das Geschäftliche betont. Aber das hatte Pütti sich natürlich nicht ausreden lassen wollen.

»Du wirst schon noch sehen, dass ich am Ende recht behalte«, hatte sie prophezeit. Jana hatte keine Ahnung, warum Pütti sie unbedingt mit einem neuen Mann sehen wollte. Sie kam doch auch sehr gut ohne zurecht. Andererseits fand sie es süß, dass ihre Freundin so aufmerksam war und sie mit ihren Scherzen immer wieder aufheiterte.

Jana zog ihre dick gefütterte Jacke an und warf ihre Umhängetasche über die Schulter. An der Straße vor dem Vorgarten parkte der Wagen ihrer Eltern, den sie sich für den Abend ausgeliehen hatte. Sie stieg ein und fuhr Richtung Ortsteil *Bad*.

Die Temperaturen lagen unter dem Gefrierpunkt und würden bei klarem Nachthimmel weiter sinken. Während Jana parkte, dachte sie daran, dass sie bei der Rückfahrt bestimmt die Sterne am Winterhimmel sehen konnte. Sie hatte die Nachtstimmung im Winter schon immer geliebt, früher hatte sie manchmal versonnen aus dem Fenster geschaut und auf Sternschnuppen gehofft.

Das *Deichkind* befand sich im Hotel *StrandGut Resort*. Unweit von der Erlebnis-Promenade und der über tausend Meter langen Seebrücke von St. Peter-Ording entfernt. An diesem Hotspot kam so gut wie kein Tourist oder Kurgast in St. Peter-Ording vorbei.

Als sie die Tür aufdrückte, schlug Jana angenehme Wärme entgegen. Das loungig eingerichtete Restaurant war gut besucht. Sie warf einen Blick auf ihre Armbanduhr. Zehn Minuten zu früh. Das war sie immer, wenn sie eine Verabredung hatte.

Jana wollte schon auf die Bar zusteuern, um dort auf Tamme zu warten, als sie ihn an einem Tisch an der großen Glasfront entdeckte. Lächelnd ging sie auf ihn zu.

Tagsüber bot sich von dem Platz aus ein atemberaubender Blick über die Salzwiesen bis zum Meer. Gute Wahl, dachte Jana.

Tamme entdeckte sie, erhob sich kurz und winkte ihr zu. Und natürlich lag keine Rose oder etwas ähnlich Verfängliches auf dem Tisch. Innerlich ärgerte es Jana, dass sie überhaupt nach so etwas Ausschau gehalten hatte. Aber Püttis Kommentare wirkten nach, wenngleich sie sie als Blödsinn abgetan hatte.

Tamme war genauso lässig-elegant gekleidet wie sie. Er trug ein sportliches Hemd zu einer Jeans und darüber einen dunklen Pullunder. Ohne rote Nase und geschwollene

Augen war er zweifellos ein attraktiver Mann, der bestimmt keine Schwierigkeiten hatte, Frauen kennenzulernen – wenn er nicht sogar in festen Händen war.

»Moin!« Höflich half er ihr aus der Jacke.

»Vielen Dank.« Jana nahm lächelnd Platz.

»Schön, dass es so spontan geklappt hat.«

»Finde ich auch.«

Ein Servicemitarbeiter brachte ihnen die Karte und nahm die Getränkebestellung auf. Jana entschied sich für einen *Space Cookie*, das war ein Chai Latte aus Kakaoschale, Kardamom und Ingwer, der mit aufgeschäumter Milch serviert wurde. Tamme blieb friesisch schlicht bei einem Grog.

»Der wird bestenfalls die letzten Viren abtöten.«

Jana holte Luft, um zu protestieren. Dass ein Grog gegen eine Erkältung half, war ein Irrglaube, der sich hartnäckig hielt. Denn Alkohol schwächte die Abwehrkräfte und entzog dem Körper zusätzlich Wasser, das man ja dringend brauchte, damit die Schleimhäute feucht blieben. Wurden sie zu trocken, konnten sich Viren weiterhin vermehren. Deswegen war ein Tee oder ein Wasser definitiv die gesündere Variante, als einen Grog gegen eine Erkältung zu trinken. Doch sie hielt sich mit einer Belehrung zurück und sagte stattdessen: »Du siehst wirklich schon viel besser aus.«

Er beugte sich vertraulich vor. »Und das habe ich dir zu verdanken.«

»Nicht mir. Meinem Öl.« Lächelnd griff sie nach der Speisekarte und überflog sie.

»Weißt du schon, was du nimmst?«, fragte er nach einer Weile.

»Die Pasta in Rahmsauce mit grünem Spargel, Hirtenkäse und Pinienkernen hört sich lecker an. Und was nimmst du?«

»Jedes Mal, wenn ich hier esse, nehme ich mir fest vor, was anderes zu bestellen. Aber ich lande immer bei demselben Gericht. Um mit dieser Tradition nicht zu brechen, wird es auch dieses Mal der Friesische Fischteller mit Zwiebelsauce, Apfel und Schwarzbrot sein.« Er klappte die Speisekarte zu.

Jana lächelte. »Obwohl ich in St. Peter geboren bin, habe ich bis heute keine besondere Vorliebe für Fisch«, gab sie zu. »Eher für Nudeln.«

»Dann bist du in Wirklichkeit eine nordfriesische Italienerin«, scherzte Tamme gut gelaunt.

»Bei Gelegenheit werde ich meine Eltern zu meinen Vorfahren befragen«, entgegnete sie amüsiert.

Während des Abendessens verstand sie sich ausgezeichnet mit Tamme. Und das Gespräch verlief wesentlich entspannter, als sie erwartet hatte. Es stellte sich heraus, dass Tamme nicht nur ein gutes Konzept für den Online-Shop mit passender technischer Lösung erarbeitet hatte, sondern darüber hinaus auch wirklich charmant und unterhaltsam war. Er schien sich auch ernsthaft für ihre Öle zu interessieren und lauschte ihren Ausführungen über die Wirkungen von Düften und Kräutern sehr aufmerksam. Nach dem Essen beglich er die Rechnung, und kurz darauf verließen sie gemeinsam das Restaurant. Auf der mit Lichterketten geschmückten Terrasse blieben sie stehen.

»Das war wirklich ein schöner Abend«, sagte Tamme und sah sie an.

Jana wandte den Blick von den schneebedeckten Hausdächern an der Promenade ab und rieb sich die Arme. »Fand ich auch. Und das Essen hat sehr gut geschmeckt. Danke noch mal für die Einladung.«

»Habe ich gerne gemacht. Vielen Dank auch, dass ich dich mit Fragen zu deinen Ölen löchern durfte. Ich hoffe, ich behalte alles im Kopf, denn ich musste meiner Mutter versprechen, ihr alles zu erzählen.« Er lachte.

»Komm doch einfach am Sonntag zu unserem Advents-Special in den Laden und bring deine Mutter mit«, schlug Jana vor. »Dann kann sie mir alle Fragen stellen, dir ihr auf der Seele brennen.« Fröstelnd zog sie ihren Schal höher.

Erfreut funkelten seine Augen. »Das ist eine sehr gute Idee. Das Angebot nehme ich gern an.«

»Dann noch mal vielen Dank für den Abend und das tolle Konzept.« Zum Abschied streckte sie Tamme ihre Hand entgegen, die er sogleich ergriff.

»Es war mir eine große Freude. Wirklich.« Er blickte ihr tief in die Augen.

»Ganz meinerseits«, antwortete Jana förmlich und versuchte, die mit einem Mal sehr private Stimmung zu ignorieren. Tamme machte keinerlei Anstalten, ihre Hand loszulassen, sondern strich mit dem Daumen über ihre Finger. Im Stillen schalt Jana sich. Natürlich hatte Pütti doch recht gehabt, und es war kein rein berufliches Treffen für Tamme.

»Na, dann ...«, sagte sie. Sie wollte Tamme nicht vor den Kopf stoßen, ihm aber auch keine falschen Hoffnungen machen. Er war zweifelsfrei ein netter Kerl, und sie fühlte sich geschmeichelt, jedoch nicht zu ihm hingezogen.

Und nun stand sie hier mit ihm auf der Terrasse, in der romantischen Beleuchtung einer vorweihnachtlichen Winternacht, und er hielt immer noch ihre Hand. Jana hoffte inständig, dass nicht noch ein Rosenverkäufer auftauchte, das hätte sie nicht ertragen. Statt eines Rosenverkäufers versetzte das Klingeln ihres Handys sie in Bewegung.

»Entschuldige bitte.«

Prompt ließ Tamme ihre Hand los, sodass Jana das Telefon aus ihrer Tasche heraussuchen konnte. Als sie das Display sah, blinkte eine Nachricht von Pütti auf.

Ruf mich an, wenn du das liest!!! Es gibt wundervolle Neuigkeiten!!!

»Scheint wichtig zu sein.« Tamme schaute sie forschend an.

»Ja ... Ich muss da dringend zurückrufen. Aber wir sehen uns ja am Sonntag.« Um den Abschied zu beschleunigen, lächelte sie ihm noch einmal zu.

Tamme nickte. »Ich bringe meine Mutter mit.«

»Prima. Ich freue mich.« Jana winkte und beeilte sich, zu ihrem Auto zu kommen. Es war schon witzig, dass ausgerechnet Pütti sie aus der unangenehmen Situation befreite, die sie ja auch gern mit Tamme verkuppeln wollte. Aber Jana war dankbar über die Störung und wollte schnell erfahren, was sich ereignet hatte.

Sobald sie die Fahrertür geöffnet und sich gesetzt hatte, drückte Jana auf das Telefonsymbol und rief zurück.

Pütti nahm den Anruf nach dem ersten Klingeln an. »Jana?«

»Ja. Was ist passiert?« Sie schlug die Fahrertür zu, saß nun im dunklen Auto und steckte den Zündschlüssel ins Schloss.

»Habe ich dich gestört?« Pütti kicherte.

»Was? Nein. Überhaupt nicht. Aber sag, was ist los?«

»Du wirst es nicht glauben!«, murmelte Pütti und klang dabei ziemlich angeschickert.

»Bist du etwa betrunken?«, fragte Jana überrascht.

Pütti kicherte wieder. »Ein klitzekleines bisschen vielleicht.«

Jana schüttelte den Kopf. »Spann mich nicht weiter auf die Folter. Warum sollte ich mich denn so schnell melden?«

»Na gut, dann sage ich es eben: Ich werde heiraten! Jonne hat mich endlich gefragt.« Pütti kicherte nicht mehr, sondern hörte sich auf einmal verdächtig bewegt an.

»Das ist ja großartig! Herzlichen Glückwunsch, liebe Pütti. Wisst ihr denn schon, wann die Hochzeit stattfinden soll?«

»Anfang nächsten Jahres.«

Jana wurde das ungute Gefühl nicht los, dass das nicht alles war, was ihre Freundin ihr sagen wollte. »So bald schon«, erwiderte sie nachdenklich.

»Ja! Und ich möchte dich was fragen.«

»Ja?«

»Würdest du mir die Ehre erweisen und meine Trauzeugin werden?«

Mit einem Mal verspürte Jana einen Kloß im Hals. Mit dieser Frage hatte sie nicht gerechnet und war sekundenlang einfach sprachlos.

»Jana? Bist du noch da?«, fragte Pütti in die Stille hinein.

Sie wischte mit einem Handrücken eine Träne von der Wange und räusperte sich. »Ja, ich bin da. Und es wäre mir eine große Ehre, deine Trauzeugin sein zu dürfen.«

11. Kapitel

»Du müsstest mal sehen, wie es bei mir zu Hause aussieht. Überall stehen kleine Körbchen, Glasbehälter, Paraffin und anderes Gedöns rum. Obwohl das Haus meiner Oma nicht klein ist, muss ich teilweise über die Dinge steigen, weil ich keinen Platz in Schränken oder auf Tischen mehr habe.«

Pütti lachte. »Und das bei deinem Ordnungsfimmel! Hätte ich ja nie für möglich gehalten. Sag mal, wie weit bist du denn mit der Vorbereitung?«, erkundigte sich Pütti.

Jana winkte ab. »Fast fertig. Samstagabend packe ich die Specials zu Arrangements zusammen, damit sie Sonntag verkauft werden können. Dann kehrt auch wieder Ordnung ein in mein kuscheliges Kapitänshäuschen.«

»Gut! Dann hole ich dich am Sonntag früh ab, und wir packen alles zusammen in den Wagen.«

»Gute Idee.« Jana betrachtete Pütti von der Seite, während sie den Wagen über die Landstraße lenkte. Die Wangen ihrer Freundin waren vor Vorfreude gerötet, und sie wirkte noch fröhlicher als sonst schon.

Kein Wunder, dachte Jana. Sie waren auf dem Weg nach Tönning, um das passende Brautkleid für Püttis großen Tag zu finden. Als ihre Trauzeugin war es für Jana eine Ehrensache, dass sie sie begleitete. »Du müsstest dich mal sehen«, sagte sie sinnierend.

Pütti blinzelte. »Wieso?«

»Du kriegst das Grinsen gar nicht mehr aus dem Gesicht.« Seit dem Abend, an dem Jonne ihr den Heiratsantrag gemacht hatte, schien Pütti nicht nur auf Wolke sieben, sondern fast auch durch das *MeerGlück* zu schweben. Jana freute sich für sie. Sie hatte es sich so sehr gewünscht, und jetzt wurde ihr sehnlichster Wunsch endlich erfüllt.

»Mir tut auch schon der Kiefer weh.« Pütti lachte. »Aber lass uns mal das Thema wechseln. Wir haben die ganze Zeit nur über mich, Jonne und unsere Hochzeit geredet.«

Jana zog die Augenbrauen hoch. »Worüber auch sonst? Ist ja schließlich *das* Thema.«

»Du hast mir noch gar nichts von dem Abend mit Tamme im *Deichkind* erzählt. Was ich im Übrigen ziemlich verdächtig finde.«

»Das verstehe ich nicht«, erwiderte Jana mit Unschuldsmiene.

»Ach, komm.« Pütti klopfte mit einer Hand auf das Lenkrad. »Hatte ich recht? Oder hatte ich recht?«

»Na, gut. Du gibst ja eh keine Ruhe.« Jana verdrehte die Augen. »Ja, du hattest recht. Möglicherweise hat Tamme wirklich nicht nur geschäftliches Interesse an mir.«

»Ha! Ich wusste es!« Erneut schlug sie mit der Hand aufs Lenkrad. Dieses Mal etwas fester. »Ich habe es ihm an der Nasenspitze angesehen, aber du wolltest mir ja nicht glauben.« Pütti steuerte den Wagen auf einen Parkplatz und stellte kurz darauf den Motor ab.

»Jedenfalls hat deine Nachricht mich gerettet, als ich mit

ihm auf der Terrasse vom *Deichkind* stand. Ich weiß nicht, ob er meine Hand jemals losgelassen hätte und wir womöglich zu Eis gefroren wären, hättest du nicht versucht, mich anzurufen.«

Pütti nickte ernst. »Glaub mir einfach beim nächsten Mal.« Sie schnallte sich ab.

»Das werde ich. Aber jetzt suchen wir erst einmal dein Traumkleid aus.«

Als der Vorhang vor der Umkleide zur Seite schwang, trat Pütti in einem elfenbeinfarbenen Kleid heraus. Es war bereits das fünfte, das sie probierte, und Jana hoffte, dass die gute Stimmung nicht kippte. Die anderen Kleider hatten alle entweder zu sehr nach Prinzessin oder zu stark nach Wiener Opernball ausgesehen.

»Oh, wow! Das ist perfekt!«, rief sie, als Pütti sich langsam drehte. Das langärmlige, bodenlange Kleid hatte einen weiten Rock und ein hübsches Oberteil mit einem V-Ausschnitt. Es erinnerte Jana an den Stil der 1950er Jahre. Auf Püttis Kopf saß ein Schleier, der aus durchsichtigem Spitzenstoff gefertigt worden war.

»Das Kleid steht Ihnen wirklich ausgezeichnet«, stimmte die Verkäuferin zu, während sie den Faltenfall überprüfte. »Es ist wie für Sie gemacht. Von allen Kleidern gefällt mir das bisher am besten an Ihnen.«

»Es sieht nach Hochzeit aus.« Pütti drehte sich vor dem großen Spiegel hin und her. »Gefällt es dir auch, Jana?«

»Und wie! Schön klassisch. Der Rock erinnert mich ein bisschen an eine sich öffnende Blume.« Jana nickte ihr aufmunternd zu. Sie selbst hätte sich für etwas noch weicher Fließendes entschieden, mit vielen kleinen Stickereien und verspielten Details. Aber sie würde demnächst garantiert nicht heiraten. In diesem Moment wurde ihr bewusst, dass sie sich nie ausgemalt hatte, ein Hochzeitskleid zu kaufen und dann mit Vito den Weg vom Altar entlangzuschreiten. Vielleicht war sie aber auch einfach nicht der Typ Frau, der eine Ehe eingehen würde?

Pütti atmete tief durch und lächelte. »Dann soll es so sein.« Sie wandte sich der Verkäuferin zu. »Ich nehme das Kleid.«

»Eine sehr gute Wahl«, fand die Verkäuferin.

Um sie zu beglückwünschen, umarmte Jana ihre Freundin. »Du wirst die wunderschönste Braut sein, die St. Peter-Ording je gesehen hat.«

Nachdem sie das Brautmodengeschäft verlassen hatten, schlenderten sie durch den malerischen Hafen von Tönning, machten Halt vor dem historischen Packhaus und bestaunten die Krabbenfischkutter und Dienstschiffe des Wasser- und Schifffahrtsamtes sowie teure Sportboote, die im Hafen vor Anker lagen.

Sogar einige Schiffe waren mit Tannenzweigen geschmückt, und überall hatte sich eine feine Neuschneeschicht gebildet, die die Häuser mit ihren festlich dekorierten Fenstern und die kleinen Bäume am Wegrand in eine zauberhafte Stimmung tauchte. Jana atmete die klare Winterluft tief ein und schlenderte in ihren warmen Stiefeln über das Kopfsteinpflaster.

»Ich bin letztens schon mit meiner Mutter hier gewesen. Da hatten wir aber nicht so ein Glück mit dem Wetter wie heute.«

»Es ist einfach herrlich, um spazieren zu gehen«, fand Pütti. »Blauer Himmel und knackig kalt. Etwas Besseres gibt es im Winter nicht, oder?«

»Es ist sogar ziemlich kühl. Meine Füße fühlen sich schon taub vor Kälte an. Trotz der gefütterten Stiefel. Ich hätte meine alten Schafwollstrümpfe anziehen sollen.«

Pütti hakte sich bei ihr unter. »Dann lass uns uns schnell irgendwo aufwärmen. Ich lade dich ein. Und dabei kannst du mir erzählen, wie es jetzt mit dir und den Männern weitergeht.«

Sie gingen weiter und zogen kurz vor einer Straßenkreuzung die Eingangstür des *Café Hafenblick* auf. Von außen sah es fast ein wenig unscheinbar aus. Doch im Innern offenbarte sich ein uriges Ambiente, das an alte Kapitänsgeschichten erinnerte. Es wimmelte vor Mitbringseln von hoher See und alten Stücken aus längst vergessenen Schiffen. Unwillkürlich fragte Jana sich, ob ihre Großeltern hier früher auch schon einmal gewesen waren, und berührte gedankenverloren den Ring ihrer Oma Hansa. Früher war sie manchmal zu Familienfeiern hier gewesen und hatte mit ihrem Bruder zusammen die Kompasse bestaunt.

Sie suchten sich einen freien Tisch am Fenster, der einen unverstellten Blick auf die Boote und die Gebäude rund um den Hafen bot. Als ihnen die Karte gebracht wurde, entschieden sie sich für Schwarztee mit Kandis und Sahne sowie zwei Sturmbeutel, wie die Windbeutel auf der Kuchenkarte hießen.

Nach kurzer Zeit standen bereits Teekännchen und Kuchenteller vor ihnen. Jana probierte das Gebäck und verdrehte genüsslich die Augen. »Schmeckt das gut! Einfach himmlisch! Ich weiß gar nicht, wie ich auf Gran Canaria so lange ohne ausgekommen bin.«

»Ich kann so was ja in abgewandelter Form auf unserer Speisekarte anbieten, wenn du willst«, schlug Pütti vor. »Anis-Windbeutel mit Kurkuma-Creme.«

Jana lachte. »Unterstehe dich! Sonst werde ich selbst unsere beste Kundin und passe zwei Wochen später in keine Hose mehr rein.«

»Das können wir natürlich nicht riskieren.« Pütti zwinkerte ihr zu und trank einen Schluck Tee. »Aber nun erzähl mal. Wie ist denn der Stand mit dir und deinen Verehrern? Wirst du einen erhören?«

»Ich höre immer nur: Männer?« Jana schüttelte den Kopf. »Da gibt es nichts zu erzählen, ich muss dich enttäuschen.«

»Ach, komm! Dass du kein Interesse an Tamme hast, habe ich mittlerweile ja verstanden. Aber zwischen dir und Ayk, da geht doch was«, ließ Pütti nicht locker. »Und jetzt komm mir nicht damit, dass es nicht stimmt. Ich habe doch gesehen, wie er dich anguckt und du ihn.«

»So? Wie denn?« Jana schob sich ein weiteres Stück Windbeutel in den Mund.

»Ungefähr so.« Sie imitierte einen verliebten Blick und blinzelte dabei heftig. »Ihr habt beide eindeutig Sternchen in den Augen, wenn ihr euch seht.«

»Was du dir wieder einbildest, Pütti.« Obwohl Jana ernst bleiben wollte, sah ihre Freundin zu lustig aus und entlockte ihr wieder einmal ein Lachen.

»Du meinst, so wie mit Tamme?«

Jana rang nach einer Antwort. »Ich weiß doch eigentlich gar nichts über Ayk ...«

Pütti zog die Augenbrauen hoch. »Na, dann finde etwas über ihn heraus. So schwer kann das doch nicht sein. Immerhin kennt ihr euch seit der Schule.«

»Schon, aber das heißt ja nichts. Nachher ist er vergeben, und ich mache mich bloß lächerlich. Oder er hat wirklich Interesse und wir sind eine Weile zusammen, und dann trennen wir uns wieder. Gran Canaria konnte ich verlassen und muss Vito zumindest nicht mehr ständig sehen. Ayk und ich arbeiten allerdings vis à vis. Wir könnten uns nach einer Trennung gar nicht aus dem Weg gehen. Es sei denn, ich verlasse St. Peter-Ording und eröffne dann vielleicht als Nächstes einen Laden auf der Schwäbischen Alb.«

»Jana«, sagte Pütti kopfschüttelnd. »Ihr seid noch gar nicht zusammen, und du denkst schon über eine mögliche Trennung nach. Und was wäre, wenn all deine Befürchtungen nicht eintreten? Was wäre, wenn er der absolute Traummann für dich ist und du bis ans Ende deines Lebens mit ihm glücklich bist? Das wirst du nie herausfinden, wenn du Angst vor einer Enttäuschung hast und es deswegen gar nicht erst probierst. Zweifel doch nicht so. Wer nicht wagt, der nicht gewinnt.«

Jana legte die Gabel auf den Teller, neben den Rest des Windbeutels, und seufzte schwer. »Ayk hat sich bis jetzt nicht gemeldet, obwohl er es mir versprochen hat.«

Tröstend drückte Pütti ihre Hand. »Das muss gar nichts heißen. Du weißt doch, wie viel gerade in der Vorweihnachtszeit in seinem Buchladen los ist. Wahrscheinlich hat er es einfach nicht geschafft und steht bald ganz unverhofft im *MeerGlück*, um zu berichten, wie toll der Raumduft angekommen ist.«

»Meinst du?«

Pütti sah sie ernst an. »Na klar! Gib ihm eine Chance.«

»Okay.« Sie lächelte ihr zu. Wahrscheinlich hatte Pütti recht, und sie war wirklich zu pessimistisch. Natürlich hatte Ayk ja auch nichts mit ihrer Enttäuschung wegen Vito zu tun. Jana blickte auf den Finger, an dem der Tigeraugenring steckte. Wahrscheinlich hätte Oma Hansa ihr das Gleiche gesagt wie Pütti.

»Und weißt du was?« Pütti spießte ein großes Stück Windbeutel auf ihre Kuchengabel. »Auf meiner Hochzeit fängst du den Brautstrauß.«

Als Pütti fröhlich auflachte, konnte Jana nicht anders, als mit einzustimmen. Ihr genügte es fürs Erste absolut, Trauzeugin zu sein, auch wenn die zukünftige Braut ihr gegenüber andere Ideen hatte.

Jana hatte insgeheim gehofft, dass sich Püttis Prophezeiung wieder als richtig erweisen und Ayk plötzlich im Laden erscheinen würde. Aber genau das tat er nicht.

Vielleicht ging er davon aus, dass seine Rückmeldung Zeit hatte und Jana mindestens genauso beschäftigt war wie er. Das stimmte auch. Eigentlich hatte sie alle Hände voll zu tun, und sie ging sehr in den Vorbereitungen ihres Advent-Specials auf. Allerdings war sie damit so gut wie fertig. Und ihre Gedanken wanderten immer wieder zu Ayk …

Wann sie ihn wohl wiedersehen würde? Theoretisch war es ja ganz einfach. Sie müsste lediglich die Straße überqueren und in seinen Buchladen gehen. Das hätte sie wahrscheinlich auch bei jedem anderen Mann getan, denn es war ja nichts dabei. Bei Ayk jedoch zögerte sie. Sie wollte auf keinen Fall etwas falsch machen und wägte ihre Schritte deswegen doppelt und dreifach ab. Auf gar keinen Fall wollte sie ihn bedrängen und dadurch einen schlechten Eindruck machen. Dafür war ihr Ayk zu wichtig. Sie mochte seine feine und charmante Art, besonders anziehend fand sie seine Belesenheit und auch, dass er nie protzig daherkam, sondern durch seine pure Erscheinung wirkte.

Am frühen Morgen hatte Pütti sie abgeholt, um ihr beim Einpacken und beim Transport der Düfte für das Advents-Special zu helfen. Als sie bei *Bookbantje Truels* vorbeifuhren, riskierte Jana einen unauffälligen Seitenblick, der Pütti natürlich nicht entging. Das Geschäft hatte noch nicht geöffnet.

»So, und heute gehst du zu ihm rüber. Und wenn ich dich dorthin tragen muss«, sagte Pütti bestimmt.

Ertappt schreckte Jana zusammen. »Was?«

»In den Buchladen. Ich kann mir dieses Herumgeschleiche nicht mehr mit ansehen. Ist ja schlimmer als damals in der siebten Klasse.«

»Ayk wird schon vorbeikommen, wenn er es für richtig hält«, sagte Jana.

»Kauf doch ein Buch«, schlug Pütti vor und hielt auf dem Parkplatz vor der Dünen-Therme.

Jana zuckte mit den Schultern und stieg aus. »Mal sehen. Vielleicht mache ich das mal. Aber jetzt steht zuerst der Endspurt für unser Advent-Special auf dem Programm. Also, lass uns die erste Fuhre mal auspacken.«

Als sie, Kartons voller Fläschchen tragend, zu ihrem Laden gingen, riss Pütti plötzlich entsetzt die Augen auf. »Oh, was ist denn hier passiert?«

Der Abschnitt des Bürgersteigs vor dem *MeerGlück* war komplett vereist. »Ist ja eine richtige Eisbahn! Sieh mal!«

Jana berührte vorsichtig mit einer Spitze ihres Stiefels die vereiste Fläche. »Total glatt. Da können wir nicht rübergehen.«

Sie liefen am äußersten Straßenrand entlang, bis sie fast vor der Ladentür standen. »Du meine Güte! Das kommt ja aus unserem Laden. Da läuft Wasser unter der Tür hindurch«, rief Jana fassungslos.

»Mist!« Pütti raufte sich die Haare. »Das darf doch nicht wahr sein!«

Jana spürte, wie Panik in ihr aufstieg. »Wir müssen so schnell wie möglich in den Laden, sonst steht bald halb St. Peter unter Wasser.«

»Du meinst, unter Eis«, korrigierte Pütti und betrachtete sie skeptisch. »Hey, was machst du denn da?«

Jana hatte sich schnell ihre Handschuhe übergezogen und kroch auf allen vieren über die Eisfläche. »Ich gehe rein. Was sonst?«

»Du robbst in unseren Laden.« Nachdem Pütti sich vergewissert hatte, dass sie keine ungebetenen Zuschauer hatten, tat sie es ihr gleich. »Ein Glück, dass noch keins der Geschäfte aufhat und uns niemand so sieht.«

Als sie das *MeerGlück* betreten hatten, standen sie knöchelhoch im kalten Wasser.

»Oh, nein! Unser schöner Laden. Alles nass und durchgeweicht.« Jana blickte sich verzweifelt um.

»Woher kommt das nur?«, fragte Pütti nicht minder niedergeschlagen.

»Hast du vielleicht einen Wasserhahn angelassen?«

Pütti watete durch das Wasser bis zu ihrer Backstube. »Nein. Hier ist kein Wasserhahn offen.«

Jana ging an ihr vorbei in den hinteren Teil des Geschäfts. Nachdem sie die Tür zu dem kleinen Lagerraum aufgezogen hatte, knipste sie das Licht an und rief: »Ich habe die undichte Stelle gefunden!«

Pütti eilte zu ihr. »Wo kommt das Wasser her?«

»Von dort drüben.« Jana zeigte auf eine Ecke, wo ein Rohr an der Wand angebracht war, aus dem ohne Unterlass Wasser heraussprudelte.

Pütti stöhnte und lehnte sich gegen die Wand. »Das ist ja eine schöne Bescherung! Und nun?«

»Ich weiß es nicht. So ein Wasserrohrbruch hat uns gerade noch gefehlt.« Jana fror und verlor jeglichen Optimismus. »Was wird denn jetzt aus unserer schönen Advents-Aktion?«

»Bis morgen kriegen wir das auf keinen Fall wieder in Ordnung. Selbst wenn gleich jemand rauskommt und das Wasser abstellt. Guck dich mal um! Alles schwimmt. Wir müssen den Laden erst trocknen und dann komplett renovieren. Unser Advent-Special ist ins Wasser gefallen, würde ich sagen.«

Jana rümpfte die Nase. »Es riecht auch unappetitlich nach Muff.«

»Das kommt noch hinzu.«

Jana schluckte. »Einen Verkaufsausfall können wir uns doch gar nicht leisten. Erst recht nicht so kurz nach unserer Eröffnung. Wenn wenigstens der Online-Shop schon existieren würde. Dadurch könnten wir einen Teil des wegfallenden Umsatzes auffangen ...« Sollte unser Traum etwa nach so kurzer Zeit schon wieder ausgeträumt sein, dachte sie hoffnungslos.

Pütti berappelte sich und nahm die Schultern nach hinten. »Aufgeben kommt nicht in die Tüte. Schon allein wegen Frau Fröbes nicht. Sie wird sich doch ins Fäustchen lachen, wenn sie sieht, was bei uns los ist. Nein, nein. Das kann sie sich abschminken. Die Genugtuung wird sie nicht bekommen«, sagte sie kämpferisch und legte Jana beide Hände auf die Schulter. »Kopf hoch! Alles wird gut. Ich rufe Jonne an.«

Dann drehte sie sich um und verließ entschlossen den Lagerraum.

Jana starrte auf das Rohr, aus dem nach wie vor das Wasser rauschte. Sie hatte keine Ahnung, wie sie aus diesem Schlamassel herauskommen sollten.

12. Kapitel

»Jonne kommt gleich mit seinem Vater vorbei. Sie bringen eine Abwasserpumpe mit«, verkündete Pütti wenig später, als Jana wieder den Verkaufsraum betrat. Allmählich drang das Wasser durch ihre durchnässten Lederstiefel.

»Das ist gut. Mit Eimern bekommen wir das ganze Wasser vermutlich nicht aus dem Laden heraus. Woher haben sie denn eine Abwasserpumpe?«

Pütti kramte in einer Schublade hinter dem Tresen. »Vor etlichen Jahren gab es mal eine Überschwemmung im Autohaus durch Starkregen. Seitdem hat Jonnes Vater diese Pumpe in der Lagerhalle ... Für alle Fälle, sagt er.« Sie schob Notizblöcke zur Seite und schaute unter lose Zettel.

»Was suchst du denn?«

»Ove hat uns doch seine Visitenkarte dagelassen. Falls wir mal einen Handwerker für Klempnerarbeiten brauchen. Jetzt ist der Zeitpunkt doch gekommen ...« Triumphierend zog sie eine Karte aus einem Notizbuch hervor. »Tadaaa! Da ist sie. Ich versuche ihn mal zu erreichen.«

Jana nickte. »Und ich rufe Thies an. Er kann uns bestimmt auch helfen.«

Nachdem Jana mit ihrem Bruder telefoniert hatte, der sich gleich auf den Weg machen wollte, streute sie auf der vereisten Fläche vor dem Geschäft großzügig Splitt aus, damit dort niemand ausrutschte. Zusätzlich platzierte sie zwei Tafelaufsteller mit Warnhinweisen links und rechts auf dem Bürgersteig, während Pütti zuerst Ove und anschließend die Service-Hotline der Versicherung anrief.

»Die Versicherung kommt für den Schaden auf, und Ove setzt sich gleich ins Auto«, verkündete Pütti kurz darauf. »Er hat heute seinen freien Tag. Wenigstens haben wir ein bisschen Glück im Unglück.«

»Wie gut! Und hoffentlich ist er bald da. Das Wasser scheint immer weiter zu steigen, oder? Es kommt mir jedenfalls so vor.« Sie fühlte sich hilflos und war froh darüber, wie schnell Pütti Hilfe organisiert hatte. Wenn sie jetzt daran dachte, dass noch vor zwei Stunden ihr größtes Problem darin bestanden hatte, dass Ayk noch nicht vorbeigekommen war … Wirklich albern, dachte Jana.

Eine Viertelstunde später hielt ein Pick-up mit eingeschalteter Warnblinkanlage vor dem *MeerGlück*. Nachdem Jonne und sein Vater ausgestiegen waren, betraten sie den Laden. Sie trugen hohe Gummistiefel über den Arbeiterhosen, um die Jana sie fast beneidete.

»Das ist ja ein richtiges Schwimmbad«, sagte Jonnes Vater, nachdem sie einander begrüßt hatten.

»Fehlt nur noch der Sprungturm«, scherzte Püttis Verlobter und erntete damit prompt einen unsanften Stoß in die Rippen. Als er ihr aber ein paar Gummistiefel reichte, die er offenbar zu Hause eingepackt hatte, lächelte Pütti ihn versöhnt an.

»Wir sind froh, dass ihr da seid«, sagte Jana und war aus tiefstem Herzen dankbar darüber, dass das Wasser bald nicht mehr aus dem Rohr sprudeln würde.

»Komm, Jonne, wir holen die Pumpe von der Ladefläche, bevor das Geschäft komplett absäuft«, sagte sein Vater.

Gerade als sie den Laden verließen, traf Ove ein, ebenfalls in Arbeitskleidung und Gummistiefeln. In einer Hand hielt er einen großen Werkzeugkoffer. »Moin!«

»Moin, Ove! Was für ein Glück, dass du gleich kommen konntest!«, empfing Pütti ihn.

»Hab ich euch doch versprochen«, sagte er und lächelte. »Wo sprudelt das Wasser denn raus?«

»Komm mit.« Jana war froh, dass ihnen so unkompliziert geholfen wurde. Jetzt hoffte sie nur, dass die Schäden am Ende nicht allzu groß waren. Im Lagerraum zeigte sie ihm das defekte Rohr. Ove wirkte deutlich entspannter als bei ihrem letzten Treffen.

»Das nennt man Glück im Unglück. Man kann das Loch eindeutig lokalisieren.« Er zeigte auf eine rostige Stelle. Dann drehte er die Wasserzufuhr ab und packte Werkzeug und technische Geräte aus.

»Brauchst du meine Hilfe?«, fragte Jana.

»Nein, alles gut. Ich komm klar. Du kannst ruhig wieder nach vorne gehen. Ich melde mich, wenn was ist.«

Inzwischen war auch Thies im *MeerGlück* eingetrudelt und half Jonne und seinem Vater beim Anschließen der Pumpe. Eine gute halbe Stunde später ratterte der Motor, und die Pumpe beförderte das Wasser durch einen Schlauch nach draußen in den Rinnstein.

Pütti umarmte Jonne. »Bin ich erleichtert, dass ihr so schnell gekommen seid.«

»Wirklich. Ihr seid die Retter in der Not.« Jana schlang

ihre Arme um den Oberkörper und bibberte. Sie merkte erst jetzt, dass sie fror. Ihre Jeans war bis zu den Oberschenkeln durchnässt, die Stiefel fühlten sich schwer wie Steine an.

»Und nächstes Mal musst du für Jana auch Gummistiefel einpacken«, sagte Pütti an Jonne gewandt.

»Oh, auf ein nächstes Mal verzichte ich lieber«, entgegnete Jana.

Ove kam zu ihnen und stellte den Werkzeugkoffer auf einem Tisch ab. »Das Wasser konnte ich zum Stillstand bringen. Allerdings ist das Rohr hinüber. Das muss ausgewechselt werden.«

»Wie kann denn so was passieren …? So plötzlich vor allem?«, fragte Jana.

Ove zuckte die Schultern. »Da gibt es mehrere Ursachen. Das Rohr ist an einigen Stellen rostig und porös. Dann kommt der strenge Frost der letzten Tage hinzu. Wahrscheinlich haben die eisigen Temperaturen dem Rohr den Rest gegeben.«

»Kannst du das Rohr nicht reparieren?«, wollte Pütti wissen.

Ove schüttelte den Kopf. »Leider nein. Aber ich kann euch die Kontaktdaten einer Firma aufschreiben, die Fachleute für diese Art Rohr hat.«

»Das wäre sehr nett.« Jana ging mit ihm hinter die Theke, um ihm einen Stift und Papier zu reichen.

Ove notierte den Namen und die Telefonnummer der Firma und gab ihr den Zettel. »Übrigens, ich wollte dir noch sagen, dass ich total begeistert bin von der tollen Wirkung des Öls und dem Rosenquarz. Ehrlich gesagt habe ich nicht daran geglaubt. Ich dachte zuerst sogar, du willst mich veräppeln. Trotzdem habe ich es ausprobiert, und drei Tage später ging es mir schon besser. Mittlerweile ist der Liebeskummer sogar ganz weg ... Ich glaube, ich möchte meine Ex auch nicht mehr zurück.«

»Das sind wirklich gute Nachrichten, Ove. Ich freue mich sehr für dich. Besonders, weil du nicht daran geglaubt hast und es trotzdem so gut gewirkt hat. Das ist toll!« Es tat gut zu hören, dass sie hatte helfen können.

In vertraulichem Ton fügte er hinzu: »Es war eine große Überraschung für mich. Falls ich wider Erwarten einen Rückfall kriege, weiß ich nun ja, an wen ich mich wenden kann.«

»Das kannst du. Zu jeder Zeit.«

Ove nahm den Werkzeugkoffer und verabschiedete sich. Inzwischen war der Wasserstand deutlich gesunken.

»Für die Feinarbeit braucht ihr wohl eine Bodenflitsche«, merkte Jonnes Vater an.

Jana überlegte kurz. »Wir haben bloß einen Schrubber da und einen Besen ... Aber ich weiß, dass unsere Eltern so einen Wasserschieber haben. Ich rufe meine Mutter an.«

Das Gespräch mit ihrer Mutter dauerte nicht lang. Sie versprach, mit dem Wasserabzieher zum Laden zu kommen. Außerdem wollte sie Püttis Mutter fragen, ob sie ebenfalls eine zur Verfügung stellen konnte. Bevor sie das Gespräch beendeten, sagte sie mütterlich: »Du stehst doch bestimmt klatschnass im Laden. Soll ich dir was zum Anziehen mitbringen? Ist noch genug in deinem Schrank drin.«

Jana nahm das Angebot gern an und bat auch um eine trockene Hose für Pütti.

Nach einer Stunde war der Boden wieder zu erkennen, zwar nicht trocken, aber es gab keine großen Pfützen mehr im Geschäft. Jonne und sein Vater packten die Pumpe wieder ein.

»Ich bringe nachher noch zwei Entfeuchter vorbei, die die Feuchtigkeit aus dem Raum ziehen, damit alles schneller trocknet. Und dann kommt die Feinarbeit ... Meinst du, ihr braucht mich beim Aufwischen noch?«, fragte Jonne und sah Pütti unschlüssig an.

»Du kannst ruhig fahren. Wir kommen ohne dich zurecht.« Pütti ging mit ihm und ihrem zukünftigen Schwiegervater zum Pick-up und gab Jonne zum Abschied einen Kuss.

Jana und Thies waren nun die Einzigen im Ladeninneren. Sie sah ihren Bruder betrübt an. »Dann werde ich mal ein *Vorübergehend geschlossen*-Schild ins Schaufenster und an die Tür hängen.«

»Ihr kommt wieder, da bin ich mir ganz sicher«, sagte er zuversichtlich. »Online und analog. Dann startet ihr richtig durch.«

Seufzend strich sie sich eine Haarsträhne aus dem Gesicht. »Aber was sollen wir in der Zwischenzeit machen? Du hast doch gehört, was Ove gesagt hat. Das Rohr muss ausgetauscht, der Laden trockengelegt und danach renoviert werden. Das wird Zeit in Anspruch nehmen. Zeit, die wir nicht haben.« Es nützte nichts, sich etwas vorzumachen. Jana wusste, was es bedeutete, wenn ihnen das Weihnachtsgeschäft verloren ging: kein Atem, um das Geschäft über das ganze Geschäftsjahr zu bringen.

Bevor Thies ihr mehr Mut zusprechen konnte, erklang

das Türglöckchen, und beide schauten zur Tür. Hilu und Jördes rauschten noch vor Pütti in den Laden, bewaffnet mit Wasserabziehern, Handtüchern, trockener Kleidung und zweifellos unbändigem Tatendrang.

Janas Mutter schaute sich im Geschäft um. »Du liebes Lieschen! Hier sieht es ja wirklich aus wie nach der letzten Sturmflut.«

»Danke, dass ihr gekommen seid. Tja …« Sie folgte dem Blick ihrer Mutter. »Wir wissen gar nicht, womit wir anfangen sollen.«

»Am besten zieht ihr euch erst mal die ollen nassen Sachen aus, bevor ihr euch eine Lungenentzündung einfangt«, meinte Jördis resolut. »Danach helfen wir euch dann, das gröbste Chaos Schritt für Schritt zu beseitigen.«

Jana bedankte sich für die trockene Kleidung, war jedoch noch zu betroffen, um sich zum Umziehen zurückzuziehen. Nachdem ihr klar geworden war, dass der verfluchte Rohrbruch vermutlich das Aus ihres Traums bedeutete, fühlte sie sich wie gelähmt.

Pütti lehnte sich an ein Regal, nachdem sie eine trockene Hose entgegengenommen hatte. »Dass das ausgerechnet heute passieren muss, ist wirklich fatal. Einen Tag vor dem Advent-Special! Hätte das dumme Rohr nicht noch ein paar Tage halten können?« Sie stützte die Hand in die Hüfte.

»Ich fürchte, euch wird nichts anderes übrig bleiben, als den Verkauf zunächst auf Eis zu legen. Das muss alles neu gemacht werden«, sagte ihre Mutter und zeigte auf die Wand. »Alles durchweicht. Und an dem dunklen Rand sieht man, wie hoch das Wasser stand.«

Alle schwiegen betroffen. Pütti schaute betreten zu Boden, und Jana spürte, wie sich Tränen in ihren Augen sammelten.

»Thies, hol uns doch mal von der *Insel* vier Mal Bratapfel-Punsch und für dich, was du willst.« Ihre Mutter hielt ihrem Sohn die Geldbörse hin. »Damit wärmen wir uns erst mal auf, wenn wir den Boden gewischt haben. Und danach machen wir einen Schlachtplan. Es wäre doch gelacht, wenn wir dem *MeerGlück* nicht wieder zu neuem Glanz verhelfen könnten! Kopf hoch, Mädels! Wir sind Friesen, das wird schon.«

Hilu und Jördes gaben ihr Bestes, um ihre Töchter aufzuheitern. Deswegen luden sie nach den Aufräumarbeiten am übernächsten Tag zu einem ausgiebigen Wellness-Programm in der Dünen-Therme ein. Nachdem Pütti und Jana eingesehen hatten, dass es erst mal nichts anderes für sie zu tun gab, als darauf zu warten, dass die Entfeuchter ihren Dienst taten, hatten sie zugestimmt. Sie gönnten sich zunächst eine Hot-Stone-Massage, danach eine intensive Gesichtsbehandlung, und zum Schluss entspannten sie in der Sauna mit Blick über die Dünen. Jana genoss die Wärme und spürte, wie sich langsam ihre Muskeln entspannten.

»Wann sehen wir eigentlich dein Hochzeitskleid?«, fragte Jördes unvermittelt.

Ihre Tochter winkte ab. »Erst am Hochzeitstag. Vorher bleibt es ein streng gehütetes Geheimnis.«

»Es ist wirklich traumhaft schön«, sagte Jana.

»Ach, das ist so gemein«, fand Jördes. »Ich bin doch so neugierig. Außerdem bin ich deine Mutter! Da habe ich doch wohl das Recht, das Brautkleid meiner Tochter vor der Hochzeit zu sehen. Ich bin ja schließlich nicht der Bräutigam, bei dem es ja Unglück bringen soll … Ich finde es ja schön, wenn du eigene Wege gehst, liebste Tochter. Aber ich mag es gar nicht, dass du mich derart auf die Folter spannst.« Sie warf Pütti einen strengen Blick zu.

Pütti zuckte bloß mit Schultern. »Du wirst dich gedulden müssen. Wie alle anderen auch. Da lasse ich nicht mit mir reden. Schließlich soll es nicht nur für den Bräutigam eine Überraschung sein, sondern auch für alle anderen.«

»Wie soll denn eigentlich die Hochzeit ablaufen? Welche Kirche habt ihr euch ausgesucht?«, schaltete sich Hilu ein.

»Anfang des Jahres kommt erst das Standesamt. Heiraten wollen wir später auf jeden Fall in der St. Peter-Kirche. Einen genauen Termin haben wir noch nicht. Und feiern möchten wir im Hotel Ambassador. Da gibt es schöne Säle.«

Hilu pfiff durch die Zähne. »Nicht schlecht! Bekomme ich eine Einladung? Ich würde ja zu gern mal in diesem feinen Hotel feiern. Ist ja eine der besten Adressen in St. Peter.«

»Mutti!« Jana warf ihr einen mahnenden Blick zu. Das war wieder typisch ihre Mutter!

Pütti lachte nur und quittierte Janas Entsetzen mit einem amüsierten Zwinkern. »Natürlich bekommst du eine Einladung. Dein Mann und Thies auch. Das ist doch selbstverständlich. Und wenn du willst, kannst du auch euren Hund mitbringen. Ihr seid alle herzlich willkommen.«

»Wie schön! Fühl dich aber bitte nicht verpflichtet. Wenn Jana mich nicht dabeihaben möchte, wenn sie Wange an Wange mit einem attraktiven Mann tanzt, verstehe ich das natürlich.« Zufrieden grinste sie, als Jana ihr gerade ins Wort fallen wollte. »Sind denn auch Kinder geplant?«

»Mama!« Eigentlich schämte sie sich niemals für ihre Mutter. Doch in diesem Moment wünschte Jana sich fast an einen einsamen Strand, allein und in aller Winterkälte in einem dicken Daunenmantel.

»Was denn? Man wird doch wohl mal fragen dürfen, wenn ich schon zur Hochzeit eingeladen werde. Außerdem kann ich das ja meine eigenen Kinder nicht fragen.«

Jana verdrehte nur die Augen. Es gab einfach Themen, die sie bei ihrer Mutter lieber ausklammerte. Nur gut, dass der arme Thies sich das nicht wieder anhören musste …

»Das mit den Kindern würde mich auch interessieren«, sprang Jördis ihrer Freundin an die Seite. »Man möchte ja gerne vorbereitet sein.«

»Fragt doch gleich, wie die Kinder heißen werden.« Jana schüttelte den Kopf.

»Erst einmal wird geheiratet, und der Rest findet sich dann«, antwortete Pütti diplomatisch, wirkte jedoch nicht die Spur gekränkt.

»Ganz richtig«, stimmte Jana ihr zu und hoffte, dass das Thema nun erledigt war. Doch wie sie ihre Mutter kannte, würde sie es bei passender oder auch unpassender Gelegenheit wieder anschneiden.

»Zeit für eine Erfrischung«, sagte sie deswegen und stand auf. »Kommt jemand mit?«

Alle drei verneinten, und so verließ sie die Sauna allein. Sie schlenderte durch den Außenbereich bis zu einem erfrischenden Wasserfall mit Nordseewasser. Es duftete nach Salz und Algen. Sie schloss die Augen und genoss das Gefühl, wie das kühle Nass ihre Sinne klärte.

Und mit einem Mal wusste sie, wie es trotz Wasserrohrbruch mit dem *MeerGlück* weitergehen konnte. Zugegeben, die Idee war gewagt, und sie wusste nicht, ob sie funktionieren würde, doch es war eine Möglichkeit, die sie vor dem finanziellen Ruin retten könnte.

Lächelnd trat Jana aus der Freiluftdusche, wrang sich das Haar aus und ging beschwingt zurück zur Therme.

13. Kapitel

Voller Hoffnung und mit klopfendem Herzen kniete Jana auf dem Boden und inspizierte die Holzbeine des Lesepults. »Es scheint die Nässe unbeschadet überstanden zu haben.«

»Jetzt sag doch endlich, was du vorhast!« Pütti hatte die Hände in die Hüften gestemmt und wippte ungeduldig mit einem Fuß, während Jana Holzbein für Holzbein abtastete.

Schließlich blickte sie auf. »Du wirst es noch früh genug erfahren.«

Bevor Pütti weiter nachfragen konnte, erklang das Türglöckchen, und Ove und Jonne betraten den Laden. Jeder von ihnen trug zwei große Farbeimer.

»Wo können wir die abstellen?«, fragte Ove.

»Am besten einfach neben dem Tresen. Da stören sie keinen«, antwortete Pütti.

Jana richtete sich auf und ging zu ihnen. »Nochmals vielen Dank, dass ihr uns helft. Ohne euch wären wir glatt aufgeschmissen.«

»Ich habe sowieso gerade frei, und Renovierungsarbeiten machen mir Spaß.« Gut gelaunt stellte Ove einen Eimer auf den anderen.

»Und ich hatte ja kaum eine andere Wahl, oder, mein Schatz?« Jonne zwinkerte seiner Zukünftigen zu.

»Was soll das denn heißen?«, fragte Pütti entrüstet.

Er grinste sie schräg an. »Hätte ich Nein gesagt, hättest du doch noch vor unserer Hochzeit die Scheidung eingereicht. Auch wenn du das niemals zugeben würdest. Ich weiß es halt.«

»Und wenn, dann hätte ich es mit Recht getan!«, bestätigte sie versöhnt.

»Komm, wir müssen noch die Bautrockner einladen«, sagte Ove.

Pütti blickte Jonne und Ove nach, während sie zum Kleintransporter liefen, den sie vor dem Geschäft geparkt hatten. Offenbar überlegte sie, wie ernst Jonne seine Bemerkung gemeint hatte.

»Es wäre aber sehr schade um das schöne Kleid gewesen.« Lächelnd ging Jana hinter die Ladentheke und schob die Sackkarre zum Pult. »Und ich hätte keine Chance, deinen Brautstrauß zu fangen. Was dich bestimmt mehr getroffen hätte als mich. Hilfst du mir mal bitte?«

Pütti verdrehte die Augen. »Du könntest mich ruhig in deinen Plan einweihen«, drängte sie wieder, half Jana aber, das Lesepult auf die Schaufelplatte zu stellen.

»Du wirst es bald erfahren.« Jana zog lächelnd ihre dicke Winterjacke an und band sich einen Wollschal um den Hals. »Ich muss los.« Sie kippte die Karre vorsichtig und beförderte das Pult Richtung Ausgang.

»Wohin willst du damit eigentlich?«, fragte Pütti, als sie ihr die Tür aufhielt.

»Zu Ayk«, rief sie über die Schulter, nachdem sie schon ein paar Schritte auf den Bürgersteig getan hatte.

»Zu Ayk? Muss ich das verstehen?«

»Nein.« Jana winkte noch kurz und schob die Karre zügig weiter. Pütti sollte bloß nicht auf die Idee kommen, sie zu begleiten. Schließlich war sie schon aufgeregt genug. Da brauchte sie nicht noch eine liebe Freundin an ihrer Seite, die sie unbedingt mit Ayk verkuppeln wollte.

Ein bisschen stolz war sie schon auf sich, das musste sie zugeben. Denn sie hatte den Entschluss gefasst, für ihren Traum zu kämpfen. Und wenn sie dafür über ihren Schatten springen musste, würde sie es eben tun. Sie warf noch einen Blick auf den Ring von Oma Hansa, den sie täglich trug, und lächelte. Wer nicht wagt, der nicht gewinnt, hätte Oma Hansa gesagt.

Vor der Buchhandlung parkte halb auf dem Bordstein ein Transporter einer Logistikfirma, der Jana die Sicht auf die Ladentür verdeckte. Seufzend schob sie die beladene Karre um den Kastenwagen herum. Dann fiel ihr Blick sofort auf Ayk, der dem Lieferanten die Tür zum Geschäft aufhielt. Er sah sie und winkte. »Moin!«

»Moin!«, erwiderte sie und blieb erst stehen, als sie seine Schuhspitzen sah.

Ruhig betrachtete er das Lesepult. »Wohin willst du denn damit?«

Sie lächelte ihn offen an. »Zu dir.«

Er zog die Augenbrauen hoch. »Ja? Das überrascht mich jetzt aber.« Er öffnete die Ladentür noch weiter und trat zur Seite. »Dann komm mal rein mit dem guten Stück!«

»Also«, setzte Jana an. »In unserem Laden hat es einen Wasserrohrbruch gegeben, und nun muss alles raus, damit wir renovieren können.« Sie schob das Pult in den Laden und stellte es neben der Ladentheke ab, auf der ein bunt geschmückter Adventskranz mit zwei brennenden Kerzen stand. Im Hintergrund ertönte Mariah Careys *All I want for Christmas is you*. »Da habe ich mir gedacht, vielleicht könnte das Pult so lange bei dir stehen, bis wir fertig sind. In einen Buchladen passt es ja ganz gut ... Oder habt ihr kein freies Eckchen?«

»Das mit dem Rohrbruch habe ich mitbekommen. Schöner Schlamassel!« Ayk verzog den Mund und kratzte sich mit einer Hand am Hals.

»Das kannst du laut sagen. Wir sind auch fast hintenübergekippt, als wir den überfluteten Laden gesehen haben. Na ja, eigentlich sind wir ausgerutscht auf dem Eis vor der Ladentür ... Ich bin nur froh, dass dort niemand zu Schaden gekommen ist.«

»Möchtest du vielleicht eine Tasse Kaffee?«, bot er ihr an.

Lächelnd sah sie in seine glänzenden Augen. »Da sage ich nicht Nein.«

»Einen Moment.« Er verschwand kurz im Personalraum und kehrte wenig später mit einem Tablett zurück, auf dem zwei Tassen Kaffee, eine Dose Zucker und ein Kännchen Kaffeesahne standen. Er stellte das Tablett auf der Ladentheke ab, zum Glück war das Geschäft gerade verhältnismäßig leer. Nur wenige Kunden standen so früh am Morgen vor den Regalen und stöberten.

»Ich wollte auch schon im *MeerGlück* vorbeikommen und euch meine Hilfe anbieten. Aber dann habe ich gesehen, dass so viele Leute bei euch ein und aus gehen und wollte nicht im Weg stehen. Deswegen hatte ich vor, noch ein paar Tage zu warten, bis ich vorbeischaue. Wie geht es denn jetzt weiter? Während der Renovierung könnt ihr bestimmt nichts verkaufen, oder?« Er nahm eine Tasse und trank einen Schluck.

Jana goss etwas Sahne in den Kaffee und rührte mit einem Teelöffel um. »Leider nicht. Aber deswegen bin ich hier.«

»So? Dann lass mal hören.«

Jana spürte, dass ihr Herz mit einem Mal schneller klopfte. Jetzt war der entscheidende Moment gekommen. »Ich habe mir überlegt, dass sich das Pult bestimmt sehr gut in deinem Buchladen machen würde. Und dann kam mir spontan der Gedanke, dass zum Lesen im Winter doch eigentlich auch eine schöne Kerze und ein angenehmer Duft gehören. Vielleicht sogar ein harmonisierender Stein …«

»So langsam merke ich, woher der Wind weht.« Ayk grinste sie an. »Wolltest du mich etwa durch die Blume fragen, ob euer Verkauf in meinem Laden weiter stattfinden kann?«

»Ja … Ich meine, natürlich nur so lange, bis wir mit der Renovierung fertig sind. Du würdest uns damit wirklich sehr helfen. Unser Online-Shop ist nämlich noch nicht fertig, und sonst hätten wir gar keine Einnahmen …«, sprudelte es aus ihr heraus. Mit Tamme hatte sie am vergangenen Morgen telefoniert, um ihm mitzuteilen, dass das Advents-Special nicht stattfinden würde. Er hatte enttäuscht geklungen, war aber sehr freundlich geblieben. Und bei der Gelegenheit hatte er erzählt, dass er noch eine Weile bräuchte, bis der Online-Shop fertig eingerichtet sein würde. »Du bist quasi die einzige große Hoffnung für das *MeerGlück*«, schloss Jana.

»Hm.« Er legte einen Finger an sein Kinn und schaute sich in der Buchhandlung um.

Jana rieb ihren Tigeraugenring und musste bewusst weiteratmen, um vor Spannung nicht die Luft anzuhalten. Hoffentlich stimmte Ayk zu! Er musste einfach. Er konnte sie doch nicht im Regen stehen lassen.

»Warum überrascht mich das alles nicht?«, fragte er nach einer Weile, ohne eine Miene zu verziehen.

»Hm? Was heißt das als Antwort?« Sie sah ihn bittend an.

Ayk zuckte die Achseln. »Von mir aus können Kerzen, Düfte, Heilsteine und Co. in meinen Laden einziehen. Platz genug ist da, weil ich gerade die Fantasy-Abteilung verkleinert habe. Und eure Artikel machen sich bestimmt gut im Weihnachtsgeschäft neben meinen Büchern …«

Spontan fiel Jana ihm in die Arme. Er stieß zwar ein überraschtes »Huch!« aus, aber sie konnte sich nicht zurückhalten. Und wie gut er duftete …. Sie konnte nicht ausmachen, wonach genau, doch sie meinte Nuancen von Sandelholz, Gräsern und Basilikum wahrzunehmen. »Ayk, du bist unser Retter in der Not!«, sagte sie und ließ ihn wieder los. »Das vergesse ich dir nie!«

»Ich denke dabei in Wirklichkeit nur an mein Weihnachtsgeschäft und an das schöne Pult, das ich ins Schaufenster stellen werde«, spielte er seine Hilfsbereitschaft herunter. »Ach ja, und natürlich auch daran, dass ich jetzt weiß, wohin ich gehen werde, falls es mal in meinem Laden zu einem

Wasserrohrbruch kommen sollte«, scherzte er und sah sie einen Moment lang nur an, bevor er ernster hinzufügte: »Dein Meeresduft ist übrigens sehr gut angekommen.«

»Das freut mich! Sehr sogar!« Jana strahlte ihn glücklich an. »Und Pütti wird begeistert sein, wenn ich ihr die Neuigkeiten erzähle!«

»Allerdings können wir hier keine Backstube aufbauen«, gab er zu bedenken. »Dafür ist mein Buchladen nicht ausgelegt.«

»Das macht nichts. Pütti wollte eh bei den Renovierungsarbeiten helfen. Es reicht völlig aus, wenn ich mich um den Verkauf kümmere.«

»Also dann.« Ayk rieb sich die Hände. »Wann soll unsere Kooperation denn starten?«

»Am liebsten gestern«, sagte sie erleichtert.

»Von mir aus räumen wir nach Ladenschluss eine Ecke frei, in die dann das *MeerGlück* einziehen kann«, schlug er vor.

»Sehr, sehr gerne! Ach, ich bin so unglaublich froh, dass du nicht Nein gesagt hast.« Janas Herz hüpfte vor Freude. Sie konnte es kaum erwarten, wieder ihre Öle zu verkaufen und mehr Zeit mit Ayk zu verbringen. Vielleicht hatte der Rohrbruch am Ende doch noch etwas Gutes?!

Als Jana mit der leeren Karre wieder zurück im *MeerGlück* ankam, fühlte sie sich leicht und beschwingt – fast als hätte sie einen kleinen Schwips. Jonne und Ove kratzten gerade

Raufasertapete von den Wänden. Pütti packte Backutensilien in einen großen Wäschekorb und deckte sie mit Trockentüchern ab. »Und? Erfahre ich nun etwas von deinem geheimen Plan?«, rief sie Jana zu.

»Aber sicher!« Jana stellte die Karre in eine Ecke, bevor sie Pütti freudestrahlend von dem Deal erzählte, den sie mit Ayk geschlossen hatte.

Pütti war zuerst sprachlos und dann ganz aus dem Häuschen. »Das ist ja fantastisch! Wann bist du denn auf diese Idee gekommen?«

Jana wickelte den Schal von ihrem Hals und zog die Jacke aus. Beides warf sie über einen Stuhl. »In der Dünen-Therme. Als ich unter dem Wasserfall stand, während ihr in der Sauna wart.«

»Gut zu wissen. Da stellen wir dich dann zukünftig immer hin, wenn es Probleme gibt … Ach, das ist so wunderbar! Ich hatte mir ehrlich gesagt ja schon Sorgen gemacht und überlegt, ob wir die Hochzeit verschieben, wenn die Kassen erst mal auf nicht absehbare Zeit leer bleiben.«

Jana hob einen Zeigefinger. »Untersteh dich!«

»Und Ayk hat sich sofort darauf eingelassen? Ich meine, einfach so? Ohne Bedingungen?«

Jana zuckte die Schultern. »Einfach so. Ohne Bedingungen. Wir können dort unseren Verkauf fortführen, bis das *MeerGlück* fertig renoviert ist. Ich bin so erleichtert!«

Pütti nickte. »Das ist wirklich extrem cool von ihm. Er scheint dich zu mögen …«

»Wie weit sind wir eigentlich mit dem Packen?«, unterbrach Jana sie prompt.

»Schon gut!« Pütti lachte. »Fast fertig. Nur noch das eine Regal hier.« Sie zeigte auf einen Schrank, in dem Jana verschiedene Öle aufbewahrte.

»Das schaffe ich bis heute Abend.« Schon griff sie beherzt nach einem Karton und machte sich ans Werk. Dabei wünschte sie sich nichts sehnlicher, als dass Pütti recht behalten würde und Ayk sie wirklich mehr als nur ein bisschen mochte.

Am Abend war alles in Kartons und Körben verstaut. Jonne und Ove hatten fast die ganze Tapete abgekratzt, sodass die Wände bald bearbeitet werden konnten. Sie beluden mehrmals Püttis Auto mit vollgepackten Kisten und brachten nach und nach die Ware zur Buchhandlung. Zusammen mit Ayk richteten sie eine *MeerGlück*-Ecke her, die sich unweit von der Kasse befand.

»Fertig«, sagte Jana, nachdem sie das letzte Fläschchen ins Regal gestellt hatte. Sie legte den Kopf schräg und betrachtete ihr Werk. »Sieht gut aus. Oder was meint ihr?«

Ayk nickte. »Als wäre das *MeerGlück* schon immer ein Teil von *Bookbantje Truels*.«

»Aber etwas mehr Weihnachtsdeko könnte nicht schaden«, fand Pütti. »Vielleicht ein paar Tannenzweige mit Engeln oder Sternen?«

»Ich bringe morgen was mit.« Jana lächelte zufrieden. Sie strich über ihren Ring und hatte ein positives Gefühl. Alles würde gut werden.

Während sich eine spezialisierte Firma um das defekte Rohr kümmerte, renovierten Pütti, Jonne und Ove den Geschäftsraum vom *MeerGlück* unter Hochdruck. Neue Tapeten kamen an die Wände, die zum Schluss mit Walzen mit Damastmuster verziert werden sollten.

»Das Geschäft wird nach der Renovierung bestimmt viel schöner aussehen als vor dem Rohrbruch«, meinte Ayk, als Jana ihm von den Plänen erzählte.

Sie standen zusammen an einem Büchertisch und unterhielten sich, solange kein Kunde ihre Beratung wünschte. Von Tag zu Tag verbrachten sie so mehr Zeit zusammen, was nicht nur der Tatsache geschuldet war, dass sie sich ein Ladenlokal teilten. Jana spürte, wie wohl sie sich in seiner Nähe fühlte, und ertappte sich immer häufiger dabei, dass sie diese auch suchte.

Sie genoss es, mit ihm über ihre heiß geliebten englischen Krimis zu sprechen und dabei die ein oder andere Buchempfehlung von ihm zu bekommen.

»Das klingt jetzt vielleicht total verrückt«, sagte Jana unvermittelt, als sie die neuen Thriller und Krimis betrachtete. »Aber wenn ich einen alten Agatha-Christie-Krimi lese, dann habe ich immer einen ganz bestimmten Geruch in der Nase. Es ist eine Mischung aus Leder und altem Papier, vermischt mit einem Hauch Patschuli, Estragon und Zedernholz.« Sie lachte, als sie seinen Blick auffing. »Ich weiß, es klingt total durchgeknallt. Ist es wahrscheinlich auch.«

»Nein, absolut nicht. Ich finde es sogar höchst spannend.« Ayk trat an ein Regal, zog einen Roman heraus und war gleich wieder bei ihr. »Das hier war in den Sommermonaten unser absoluter Toptitel. Wie würde der für dich riechen?«

Jana warf einen Blick auf das Buch und drehte es um, um den Klappentext zu lesen. »Ah, ein Nordseeroman, der im Sommer spielt.« Sie überlegte kurz. »Nach Vanille und Rosenholz, abgerundet mit Sandelholz und Mandarine.«

»Das ist ja unglaublich!«

Sie warf ihm einen gekränkten Blick zu. »Mach dich nicht über mich lustig!«

»Nein, das mache ich überhaupt nicht!«, widersprach er. »Ich bin überaus fasziniert davon, wie du den Inhalt eines Buchs in einen Geruch umwandelst.«

Jana zuckte die Achseln. »Das mache ich ständig. Nicht nur bei Büchern, auch bei Liedern oder Orten. Für mich hat sogar jeder Mensch einen bestimmten Geruch und jeder Monat eine bestimmte Farbe. Der August ist zum Beispiel gelb. Das war schon immer so. Ich glaube, das hat irgendwann in meiner Kindheit angefangen.«

Ayk hob den Zeigefinger und lächelte. »Du bist eine Synästhetikerin. Darüber habe ich mal etwas gelesen.«

»Was bin ich?«

»So nennt man jemanden, der Dinge und Menschen mit Gerüchen oder auch Farben in Verbindung bringt. Diese Fähigkeit haben nur wenige«, erklärte Ayk.

»Ernsthaft? Darüber habe ich mir noch nie Gedanken gemacht. Für mich ist das normal.« Jana wusste nicht, ob sie sich über die Erkenntnis, eine Synästhetikerin zu sein, freuen sollte oder andere es womöglich für einen Grund hielten, den Arzt aufzusuchen.

»Jetzt schau nicht so skeptisch. Das ist eine wunderbare Begabung, und die sollten wir nutzen!«

»Wir?«, wiederholte Jana erstaunt.

Ayk nickte. »Wir sollten aus deinem Talent eine gemeinsame Verkaufsstrategie entwickeln.« Er machte eine weit ausholende Handbewegung. »Bücher gibt es ab jetzt nicht nur zum Lesen, sondern auch zum Riechen.«

»Verstehe.« Jana überlegte. »Kein übler Plan. Ich soll also Düfte zu Büchern entwickeln.«

Er hob eine Schulter. »Natürlich nur, wenn du willst. Ich halte es aber wirklich für eine grandiose Idee. Gerade die kalte Jahreszeit eignet sich ausgezeichnet dafür, abends ein Buch zu lesen und dazu eine Duftkerze anzuzünden.«

Sie sah ihn einen Moment lang an und musste schließlich lachen. »Das ist wirklich eine hervorragende Idee. Warum bin ich denn nicht längst selbst darauf gekommen?«

Abends hockte Jana an dem großen Holztisch im Wohnzimmer ihres Kapitänshauses. Sie hatte eine alte Weihnachts-CD von Bing Crosby eingelegt, und im Kamin prasselte ein Feuer, dessen wohlige Wärme durch das ganze Haus zog. Vor sich hatte sie unzählige kleine und mittelgroße Fläschchen aufgebaut.

Ayks Idee ging ihr nicht mehr aus dem Kopf. Seit mindestens zwei Stunden versuchte sie schon, den perfekten Krimi-Duft zu mischen, doch eine Zutat fehlte noch.

Jana roch erneut an der Mischung, doch ihr wollte partout nicht einfallen, welche Duftnote sie noch hinzufügen sollte. Nachdenklich stellte sie die Flasche zurück auf die Tischplatte und lehnte sich auf ihrem Stuhl zurück.

Was war das eigentlich mit Ayk und ihr? Trotz der offensichtlich auf Gegenseitigkeit beruhenden Sympathie ließ er sie über seine Gefühle im Unklaren. Sie konnte nicht sagen, wie tief sie gingen und ob es bloß eine harmlose Freundschaft war, die sich zwischen ihnen entwickelt hatte, oder eben doch mehr. Ayk hatte bisher nichts über seine familiären Verhältnisse verlauten lassen und schien immer einen gewissen Sicherheitsabstand zu ihr zu wahren. Jedenfalls kam ihr das so vor.

Ob er etwas zu verbergen hatte? Irgendetwas hielt ihn davon ab, über Menschen zu sprechen, die ihm nahestanden. Jana dagegen erzählte immer wieder von Thies, Pütti und ihren Eltern. Oder war er etwa doch ein ganz einsamer Wolf? Das glaubte Jana eigentlich nicht, wenn sie sah, wie herzlich er manchmal mit den Kunden lachte und scherzte.

Obwohl sie so viel Zeit mit ihm verbrachte, war sie der Frage nicht näher gekommen, ob er das Leben mit einer Partnerin teilte.

Das Grübeln brachte sie nicht weiter. Sie konnte nur darauf hoffen, dass er irgendwann mit der Sprache herausrücken würde oder die Dinge zwischen ihnen ins Laufen kamen.

Seufzend stützte Jana ihre Unterarme auf die Holzplatte und las die Beschriftung auf den Etiketten der Glasflaschen. Sie griff nach dem Fläschchen mit der Aufschrift *Rose* und träufelte mit der Pipette einen Tropfen in das Gemisch. Vorsichtig schwenkte sie das Glasgefäß hin und her und roch nach einer Weile an der Mischung. Ein Lächeln breitete sich auf ihrem Gesicht aus. So rochen Agatha-Christie-Bücher für sie.

14. Kapitel

Eine Frau mit einer altrosa Wollmütze und passenden Handschuhen nahm eine rote Kerze von einem Holztablett und hielt sie unter ihre Nase.

»Moin! Kann ich Ihnen vielleicht helfen?«, fragte Jana freundlich.

Die Frau schaute sie an. »Ach, wissen Sie, ich habe gerade ein Buch gekauft. Und auf der Ladentheke steht dieser hübsche Adventskranz mit den gut riechenden Kerzen. Die Dame an der Kasse meinte, die könnte ich hier auch kaufen.«

Jana nickte und warf einen Blick zu dem Adventskranz. Mittlerweile brannten dort drei Kerzen. Die ursprünglichen Lichter hatte sie gegen vier von ihr selbst hergestellte Duftkerzen ausgetauscht. »Das sind unsere Knusperhäuschen-Duftkerzen.« Sie nahm eine bordeauxrote Kerze von einem Tablett, schnupperte kurz daran und reichte sie der Dame. »Sie riechen nach einer Mischung aus Zimtstangen, gebrannten Mandeln, karamellisiertem Zucker, mit einem Hauch von Popcorn und Bratapfel.«

»Das ist die richtige. Wunderbar! Davon möchte ich bitte vier Stück mitnehmen. Die Kerzen werde ich anzünden, wenn ich mein neues Buch lese.«

Jana nahm eine Papiertüte und legte vier Kerzen hinein. »Welches Buch haben Sie denn gekauft?«

»Das hier.« Die Dame zog ein Taschenbuch aus dem Jutebeutel, auf dem der Slogan »Wo Bücher zu Hause sind – Bookbantje Truels« aufgedruckt war.

Jana warf einen Blick auf den Schmöker. »Ah, ein richtiger Weihnachtsroman. Dazu passt der Knusperhäuschen-Duft perfekt.« Sie lächelte der Frau zu. »Haben Sie sonst noch einen Wunsch?«

»Nein, danke, im Moment nicht. Beim nächsten Buch werde ich bestimmt wieder nach einer passenden Kerze Ausschau halten.« Die Kundin ging zufrieden mit den vier Kerzen zur Kasse.

Dass es ab sofort zu jedem Buch auch den passenden Duft in der Buchhandlung zu kaufen gab, sprach sich in kürzester Zeit im Ort herum, das Weihnachtsgeschäft entwickelte sich gut. Immer mehr Kunden kamen in den Laden und fragten gezielt nach Büchern mit dem passenden Duft. Viele von ihnen ließen Bücher und Duftkerzen auch zusammen als Weihnachtsgeschenk verpacken.

Jana stellte jeweils zwei Knusperhäuschen- und zwei Bratapfel-Duftkerzen zu den weihnachtlichen Büchern und rückte im Regal ein paar Fläschchen mit Ölen zurecht. Ayk kam auf sie zu. Ihm folgte ein Mann, der eine schwarze Kameratasche über seiner Schulter trug.

»Das ist Herr Teske vom *Eider-Kurier*«, stellte er ihn vor.

»Moin!« Jana und er reichten einander die Hand. Am Vortag hatte der Reporter ihnen eine Interviewanfrage gestellt, die sie gern annahmen.

»Machen wir vielleicht erst ein Foto, bevor wir mit dem

Interview beginnen?«, fragte er. »Am besten mit Büchern und Düften.«

»Okay.« Jana und Ayk stellten sich zusammen an einen Buchtisch. Sie hielt eine Kerze und er ein Buch in der Hand.

»Rücken Sie sich ruhig ein wenig näher auf die Pelle!«, forderte Herr Teske sie auf. »Sonst kommt das auf dem Foto nicht so gut rüber.«

Jana lächelte Ayk an. Sie stellten sich direkt nebeneinander. Zu ihrer großen Überraschung, legte Ayk ihr sogar einen Arm um die Schulter. Wohlige Wärme breitete sich in ihr aus. Doch als Herr Teske die Kamera senkte, zog Ayk sofort den Arm zurück. Jana unterdrückte ein enttäuschtes Seufzen.

»Sind sehr schön geworden.« Herr Teske zeigte ihnen die Fotos auf dem Display seiner Kamera. »Dann erzählen Sie doch mal, wie Sie auf die Idee gekommen sind, Bücher mit passenden Düften anzubieten.« Er zückte sein Smartphone und drückte auf die Diktierfunktion.

Jana erzählte die ganze Geschichte, wie Pütti und sie das *MeerGlück* kürzlich eröffnet hatten und es wenig später unverhofft zu dem Rohrbruch gekommen war. »Ich war verzweifelt, weil ich nicht wusste, wie es weitergehen sollte«, gab sie zu. »Das Geschäft stand komplett unter Wasser, und an einen Ladenverkauf war nicht mehr zu denken. Doch dann kam wie aus dem Nichts plötzlich der Geistesblitz, vorübergehend mit einer Miniausgabe vom *MeerGlück* in die Buchhandlung zu ziehen.«

»Dazu muss man wissen, dass wir uns schon seit der Schulzeit kennen«, fügte Ayk hinzu. »Für mich war es

Ehrensache, in der Not meine Hilfe anzubieten. Tja, und von da bis zur gemeinsamen Geschäftsidee war es nicht mehr weit.«

Nach dem Interview nickte Herr Teske zufrieden, bevor er Handy und Kamera zurück in seine Tasche steckte. »Das wird den Lesern bestimmt gefallen. Ihr Interview mit dem Foto bringen wir morgen im Regionalteil.«

»Vielen Dank! Wir freuen uns sehr.« Ayk begleitete ihn zum Ausgang. Als er kurz darauf wieder zu Jana ging, sagte er lächelnd: »Das wäre geschafft.«

»Wir haben uns ziemlich gut geschlagen«, fand Jana. »Wenn man bedenkt, dass wir so etwas vorher noch nie gemacht haben.«

Ayk nahm eine Duftkerze in die Hand und schnupperte daran. »Ich finde, wir sollten unseren gelungenen Geschäftsstart feiern. Was meinst du?«

»Hört sich gut an. Hast du Sekt zum Anstoßen da?«, fragte Jana. Sie ignorierte das hoffnungsvolle Herzklopfen in ihrer Brust.

»Sekt? Nein.« Ayk grinste, bevor er ernster wurde. »Ich dachte eher an richtiges Feiern. An eine Einladung. Zum Beispiel zu einem Essen. Heute Abend?«

»Oh, ja. Von mir aus gerne.« Jana konnte nicht anders, als ihn vorfreudig anzustrahlen.

»Abgemacht! Dann bestelle ich einen Tisch im *Böhler Landgang* für heute Abend. So gegen halb acht?«

Sie nickte. »Das klingt gut.«

»Ich rufe mal eben im Restaurant an.« Ayk ging zum Telefonieren in den Personalraum.

Überrascht, aber höchst erfreut, blickte sie ihm hinterher. Wieder einmal strich sie über den Tigeraugenring an ihrem Finger. Manchmal ertappte sie sich bei der Vorstellung, dass Oma Hansa an ihrer Seite stand und für sie die Strippen zog. Der Gedanke gefiel ihr.

Auf ihrem Bett stapelten sich Pullover, Röcke, Hosen und Blusen. Jana drehte sich vor einer Spiegelschranktür und begutachtete kritisch ihr Outfit. Viermal hatte sie sich bereits umgezogen, und keine Kombination wollte ihr gefallen. Entnervt ließ sie sich auf den Stuhl fallen, über dessen Lehne drei Hosen hingen. Warum machte sie sich so einen Stress? Eigentlich war Ayks Einladung doch eine positive Entwicklung, und vielleicht wollte er wirklich nicht mehr, als mit ihr den geschäftlichen Erfolg zu feiern.

Andererseits hätte er dann ja Pütti auch einladen können ... Jana seufzte. Sie wollte lieber vorsichtig sein, als sich emotional in eine Sache zu verrennen, die möglicherweise keine Zukunft hatte.

Sie zog den Norwegerpullover wieder aus und dafür ein wollweißes Strickoberteil mit Zopfmuster an, das gut zu ihrer mittelblauen Jeans passte. Dazu schlang sie ein blaues XL-Seidentuch mit Möwenmuster um ihren Hals und steckte ihre Haare zu einem Dutt hoch. Das sah schon besser aus. Sie lächelte ihr Spiegelbild aufmunternd an. Es würde bestimmt ein netter Abend mit Ayk werden. Über mehr sollte sie sich keine Gedanken machen. Das konnte sie später immer noch, wenn es so weit war.

Das Restaurant lag etwas außerhalb in Böhl. In der Dunkelheit, mit seinen schneebedeckten Straßen und den erleuchteten Fenstern der Häuser, wirkte der ohnehin ruhigste Ortsteil von St. Peter-Ording fast ein wenig verwunschen. Das hübsche Backsteinhaus mit Reetdach lag nicht weit vom Böhler Leuchtturm entfernt.

Zehn Minuten vor der ausgemachten Uhrzeit parkte Jana das Auto ihrer Eltern auf dem Parkplatz und ging auf den Eingang zu. Warmes Licht schien ihr durch die gläserne Front des Lokals entgegen, die von zwei geöffneten weißen Türläden eingerahmt war. Im Sommer konnten Gäste auf der Terrasse speisen und sich dabei die salzige Nordseeluft um die Nase wehen lassen. Das Restaurant war modern eingerichtet, aber verströmte trotzdem eine fast wohnliche Atmosphäre.

Als Jana die Tür zum Lokal öffnete, fiel ihr Blick auf die große Bar. Dort saß Ayk auf einem Hocker und schaute ihr bereits entgegen. Vor ihm auf dem Tresen stand eine Tasse. Als er Jana sah, erhob er sich von seinem Stuhl und kam zu ihr. »Guten Abend.«

Janas Herz klopfte mit einem Mal schneller. Er sah an diesem Abend so gut aus. Der dunkelblaue Pullover mit V-Ausschnitt stand ihm ausgezeichnet. Dazu trug er eine lässige Jeans und braune Schnürboots. »Hallo, Ayk«, sagte sie und merkte zu spät, dass sie etwas außer Atem klang.

»Darf ich?« Er nahm ihr die Jacke ab und hängte sie auf einen Bügel an die Garderobe.

»Vielen Dank.« Sie mochte es, wenn er den Gentleman hervorkehrte.

Er holte seine Tasse von der Theke. »Ich habe mir einen Tee gegönnt, weil ich so durchgefroren war. Ich bin nämlich gelaufen«, erklärte er fast ein wenig entschuldigend. »Dort drüben ist unser Tisch.« Er zeigte auf Plätze direkt an einem Fenster. Außer ihnen waren noch sechs weitere Gäste anwesend.

»Da bekomme ich ja fast ein schlechtes Gewissen. Ich bin nämlich mit dem Auto gekommen, obwohl ich auch hätte laufen können.« Jana folgte ihm zum Tisch.

Kaum dass sie Platz genommen hatten, kam der Kellner mit den Speisekarten zu ihnen.

»Für mich bitte noch einen Pfefferminztee«, bat Ayk, während er die Speisekarte aufschlug.

Jana lächelte dem jungen Kellner zu. »Ich nehme einen Milchkaffee, bitte.«

Nachdem die Getränke bestellt waren, zog sich der Kellner dezent zurück.

»Wohnst du in Böhl?«, erkundigte sich Jana beiläufig, während sie die Karte las.

Ayk schaute kurz auf. »Knapp. An der Grenze zu Dorf. Ich bin zwar keine zehn Minuten hierhergelaufen, habe aber trotzdem ganz schön gefroren.«

Schon wurden ihnen die Getränke gebracht. »Haben Sie schon gewählt?«

Jana bestellte Kabeljau mit Bratkartoffeln und dazu Wintergemüse. Ayks Wahl fiel auf einen Matjesteller. Dazu bestellten sie eine große Flasche italienisches Mineralwasser, die sie sich teilen wollten.

»Früher war die Auswahl an Restaurants in St. Peter nicht so groß«, sagte Ayk.

»Oh ja. Da war ich froh, wenn im Sommer der Eiswagen kam oder meine Eltern Pizza gekauft haben«, erinnerte sich Jana.

Ayk lächelte. »Ich war immer glücklich, wenn ich mir neue Bücher aus der Bibliothek holen konnte und auf dem Rückweg genug Geld für eine gemischte Tüte übrighatte. Auf meinem Bett liegen, lesen und dabei naschen, das war das Größte für mich. Das habe ich zu jeder Jahreszeit am liebsten gemacht. Meine Eltern sagen bis heute, dass ich ein richtiger Stubenhocker und immer viel zu blass bin.«

Dafür hatten seine grünen Augen aber einen sehr gesunden Glanz, fand Jana, behielt das jedoch lieber für sich. »Ich war eigentlich viel draußen. Entweder auf dem Pferdehof, oder ich habe mich mit Leuten an der alten Rollschuhbahn hinter dem Seedeich getroffen. Das war einer meiner Lieblingsorte. Dort konnten wir tun und lassen, was wir wollten, und haben niemanden gestört. Schade, dass es den Platz nicht mehr gibt.«

»Tatsächlich hat sich viel in St. Peter-Ording verändert.« Er hob seine Augenbrauen und grinste schelmisch. »Mittlerweile können wir es sogar mit Sylt aufnehmen.«

»Aber locker«, stimmte Jana ihm zu. »Unser Strand war schon immer der schönste der Welt.«

»Wer hätte damals gedacht, dass wir mal mehr miteinander zu tun haben würden.« Ayk trank einen Schluck Tee.

»Soweit ich mich erinnern kann, haben wir uns während der gesamten Schulzeit nie richtig unterhalten.«

Ja, Jana erinnerte sich allzu gut an ihre Versuche, ihm über den Weg zu laufen und ein kurzes Gespräch mit ihm zu führen. »Stimmt«, erwiderte sie. »Doch die Zeiten haben sich ja jetzt geändert. Wobei ich mich an den Winter hier erst mal wieder gewöhnen musste. Auf Gran Canaria hatte ich noch nicht mal eine Heizung.«

»Nein?«

Sie lächelte. »Das war nicht nötig. Wir hatten zwischen Oktober und März nie Temperaturen unter zehn Grad. Und falls es abends doch etwas kühler war, habe ich mir eine Decke umgelegt oder einen dickeren Pulli angezogen.«

»Das klingt eher nach Frühling in St. Peter-Ording.« Ayk zwinkerte ihr zu. »Trotzdem hat es dich wieder an die raue See verschlagen.«

»Du meinst, der Täter kehrt immer an den Tatort zurück?«

Ayk zuckte die Achseln. »Das hat vermutlich vor langer Zeit mal ein Krimiautor erfunden. In deinem Fall scheint es allerdings zu stimmen, oder? Wie war denn sonst deine Zeit auf Gran Canaria?«

»Eigentlich wunderschön.« Da der Kellner in diesem Moment das Essen brachte, bewunderte Jana das appetitlich zubereitete Gericht. »Oh, das sieht gut aus.«

»Finde ich auch. Guten Appetit.« Ayk griff zu seinem Besteck.

»Ebenso.« Sie probierte ein Stück Fisch. Es schmeckte vorzüglich. »Ich mochte die Zeit auf Gran Canaria wirklich sehr«, nahm sie den Faden wieder auf und erzählte von der

Insel, ihrem Laden und den netten Kunden. Das Drama mit Vito sparte sie allerdings aus. Das hatte an diesem Abend nichts verloren. Stattdessen genoss sie einfach jede Minute mit Ayk. Sie mochte seine charmante und unaufdringliche Art genauso wie sein aufrichtiges Interesse an ihrem Leben auf Gran Canaria.

Dann aßen sie eine Weile schweigend. Jana beobachtete Ayk beim Essen und erinnerte sich beim Anblick seiner starken Arme daran, wie gut sie sich in seiner Umarmung gefühlt hatte. Wenn es auch nur für ein Foto gewesen war. »Ich bin schon sehr gespannt auf den Beitrag im *Eider-Kurier*«, sagte sie nachdenklich.

Er nickte ihr zu. »Ein Artikel mit Foto ist auf jeden Fall ein echter Hingucker.« Da sein Handy klingelte, erhob er sich und zog das Telefon aus einer Tasche seiner Jeans. »Entschuldigung, bin gleich wieder da«, sagte er mit Blick auf das Display und ging vor die Tür.

Jana schaute ihm nach. Ihr war sein angespannter Gesichtsausdruck aufgefallen, als er auf das Display geguckt hatte. Seine gute Laune schien von jetzt auf gleich verflogen zu sein. Wer wohl der Anrufer war? Sie runzelte die Stirn. Es musste wichtig sein, und privat, sonst wäre er bei der Kälte ja nicht ohne Jacke nach draußen gegangen.

Nach einem Moment kehrte er zurück an ihren Tisch. »Entschuldige bitte, ich muss leider gehen. Es gibt einen Notfall.«

Hastig zog er einen Fünfzig-Euro-Schein aus seiner Geldbörse und legte ihn auf den Tisch. »Bitte iss in Ruhe zu Ende. Es tut mir wirklich sehr leid, dass ich nicht länger bleiben kann.«

»Okay«, brachte Jana nur perplex hervor. Damit hatte sie nicht gerechnet.

»Wir sehen uns dann morgen bei der Arbeit. Ja?«

Sie nickte nur. »Hm, dann bis morgen …«

»Tschüs. Tut mir wirklich leid«, sagte Ayk noch einmal und verließ dann eilig das Restaurant.

Jana blickte ratlos auf ihr Essen und legte die Gabel auf den Teller. Der Appetit war ihr vergangen. Sie fühlte sich verwirrt und auf eine gewisse Art versetzt. Vielleicht traf das Wort *abserviert* eher das Gefühl, das sich in ihr breitmachte.

Sie kam allerdings nicht dazu, weiter darüber nachzudenken, weil nun ihr Handy ebenfalls plötzlich klingelte. Sie wagte kaum zu hoffen, dass es vielleicht Ayk war, der doch zurückkehren und mit ihr auf den gemeinsamen Erfolg anstoßen wollte. In fliegender Hast durchwühlte sie ihre Tasche auf der Suche nach dem Telefon.

Dann schaute sie auf das Display, verzog jedoch augenblicklich enttäuscht den Mund, als sie den Namen des Anrufers las: Tamme Stukenbrock.

Jana zögerte. Eigentlich hatte sie keine große Lust, mit ihm zu reden. Nicht jetzt. Wenn es aber um den Online-Shop ging? Sie seufzte und gab sich einen Ruck. »Hallo?«

»Moin! Hier ist Tamme. Ich hoffe, ich störe nicht.«

»Moin, Tamme. Nein, nein. Alles gut«, log sie.

»Prima, es gibt nämlich gute Nachrichten! Die erste Version des Online-Shops ist fertig. Ich würde dir den Shop gerne vorführen und wollte fragen, ob wir uns vielleicht morgen zum Mittagessen treffen können?«

Jana schaute auf ihren halbvollen Teller. Nach Essengehen stand ihr im Augenblick überhaupt nicht der Sinn. Aber der Shop war zu wichtig. Sie riss sich zusammen. »Natürlich. Wie wäre es gegen 13 Uhr bei Gosch?«

»Klingt super! Dann bis morgen.«

An diesem Abend lag Jana schlaflos in ihrem Bett unter dem Reetdach des Kapitänshauses. Ayk hatte sich nicht mehr bei ihr gemeldet. Was war das für ein überhasteter Abgang gewesen? Sie fand keine Erklärung dafür und ließ den Abend noch einmal Revue passieren.

Schlagartig wurde ihr bewusst, dass sie nur über sich geredet hatte. Ayk hatte nichts über sein Privatleben erzählt; außer dass er zwischen Böhl und Dorf wohnte, hatte sie nichts Neues über ihn erfahren.

Missmutig zog sie die Bettdecke höher. Ob der Anruf von seiner Freundin gewesen war? Aber warum hatte er sie dann ihr gegenüber mit keinem Wort erwähnt? Was konnte es bloß für ein Notfall gewesen sein? War es überhaupt einer gewesen?

In jedem Fall hätte er ihr noch eine kurze Nachricht schreiben können, um sich nochmals zu entschuldigen.

Eigentlich hatte sie gedacht, sie hätten sich angenähert. Hatte sie sich das etwa alles bloß eingebildet?

15. Kapitel

Pütti legte den Pinsel auf ein Stück Zeitungspapier und tätschelte Jana tröstend die Schulter. »Jetzt guck nicht so wie eine Woche Schietwetter.«

»Ich kann gerade nicht anders.« Jana lehnte an der Ladentheke vom *MeerGlück*. »Ich fühle mich miserabel.«

»Er wird dir bestimmt erzählen, warum er gestern wegmusste.«

»Und wenn nicht?«

Sie nahm ihre Hand von Janas Schulter. »Dann ist das noch lange kein Grund, den Kopf in den Sand zu stecken. Du musst am Ball bleiben und dich nicht von jeder Kleinigkeit ins Bockshorn jagen lassen«, ermutigte Pütti sie. »Vor allem hatte sein plötzlicher Abgang überhaupt nichts mit dir zu tun. Vielleicht war etwas mit seinen Eltern. Die werden doch auch nicht jünger. Oder jemand ist in sein Auto gefahren. Oder der Hund hat die Zeitung gefressen. Es gibt so viele Möglichkeiten … Frag ihn doch einfach!«

Jana kratzte sich am Kopf. »Ich habe mir schon etliche Szenarien zusammengesponnen.«

»Und dir dabei die Frisur ruiniert.« Pütti gab ihr einen scherzhaften Klaps auf die Finger und schnappte sich wieder den Pinsel. »Alles Geschichten, die mit an Sicherheit grenzender Wahrscheinlichkeit nicht stimmen. Du gehst jetzt besser rüber in den Buchladen und wartest ab, was passiert.«

»Nein.«

»Wie nein?«

»Abwarten ist nicht mein Ding. Aber ich werde mir auch nicht die Blöße geben, ihn direkt zu fragen. Dabei würde ja eh nichts herauskommen. Ich werde Nachforschungen anstellen und so hinter Ayks Geheimnis kommen.« Jana nickte entschlossen und zog den Reißverschluss ihrer Jacke hoch.

Pütti zog die Augenbrauen hoch. »Was hast du vor?«

»Ich gehe jetzt in den Buchladen.«

»Ich meine, was hast du wirklich vor?«, bohrte Pütti nach.

»Das wird sich zeigen.« Jana blickte auf Püttis Haar. »Du hast da Farbe.«

Ungerührt strich sie sich eine hellblonde Haarsträhne aus dem Gesicht. »Da wird noch mehr Farbe hinzukommen. Hauptsache, wir werden bald mit dem Laden fertig.«

Jana schaute sich in dem Raum um. »Sieht schon ganz ordentlich aus. Was meinst du, wann seid ihr fertig?«

»Ich hoffe, in zwei Tagen.«

»So schnell?«

Sie zuckte die Schultern. »Wenn alles klappt …«

»Dann habe ich erst recht keine Zeit zu verlieren«, sagte Jana mit entschlossenem Blick und machte sich auf den Weg zur Buchhandlung.

Als Jana die Ladentür von *Bookbantje Truels* aufzog, hielt sie kurz inne, als ihr Blick auf den Ring an ihrer Hand fiel. Was würde Oma Hansa ihr raten? Die Dinge am Schopf packen, natürlich!

Lächelnd betrat sie das Geschäft. Sie grüßte die Mitarbeiter und hängte ihre Jacke an den Kleiderständer im Personalraum.

Ayk schien noch nicht da zu sein. Das musste jedoch nichts heißen. Er kam öfter später ins Geschäft, wenn er noch Besorgungen zu erledigen hatte. Jana sagte sich, dass sie ihn noch früh genug zu Gesicht bekommen würde. Und dann würde er mit der Sprache herausrücken, er war einfach zu gut erzogen, als dass er den Vorfall unkommentiert lassen würde. Sie kümmerte sich zunächst um ihr *MeerGlück*-Sortiment. Dabei fiel ihr auf, dass ein paar Kerzen aufgefüllt werden mussten.

Sie ging noch einmal in den Personalraum, wo sie einen Karton Kerzen gelagert hatte. Stine, die junge Auszubildende, hantierte gerade an der Kaffeemaschine, als Jana den Raum betrat. »Moin, Stine.«

»Moin! Ich wollte gerade Kaffee kochen, habe aber festgestellt, dass keiner mehr da ist.« Sie zeigte ihr die leere Kaffeedose.

Jana öffnete eine Schranktür. »Hm. Hier ist auch nichts.« Sie zog den Karton Kerzen aus dem Regal. Es waren nicht mehr genug Knusperhäuschen-Kerzen da. »Ach, ich muss eh rüber ins *MeerGlück*, um ein paar Kerzen zu holen. Ich bringe dann neuen Kaffee mit.«

»Das wäre super!«, freute sich Stine.

»Kein Problem.« Jana nahm ihre Jacke vom Kleiderständer und wollte den Personalraum schon verlassen, blieb aber an der Tür stehen und wandte sich um. »Ach, da fällt mir ein, hat Herr Truels gesagt, wann er heute in den Laden kommt?«

»Herr Truels kommt heute gar nicht. Er hat vorhin angerufen und gesagt, dass er den ganzen Tag in einer privaten Angelegenheit unterwegs ist.«

»Ach so.«

Jana zog sich im Gehen ihre Jacke an. Als sie auf dem Bürgersteig vor dem Buchladen stand, atmete sie die kalte Luft ein. Es war also wirklich ein Notfall gewesen, sie hoffte nur, dass nichts Schlimmes geschehen war …

Als es zu schneien begann, setzte Jana sich die dicke Kapuze ihrer Winterjacke auf. Spontan schlug sie den Weg zur Seebrücke ein, der sie an Geschäften und Hotels vorbeiführte. Solange noch so wenig in der Buchhandlung los war, konnte sie auch etwas später anfangen und sich nach den ersten Weihnachtsgeschenken umsehen. Kerzen und Kaffee konnte sie auch in einer halben Stunde noch holen.

Die Erlebnis-Promenade zählte in der warmen Jahreszeit zu den beliebtesten Hotspots von St. Peter-Ording. Im Winter jedoch war dort fast nichts los. Mit Jana trotzten nur wenige Hartgesottene und einige Möwen dem kalten Nordseewind und marschierten Richtung Meer.

Boy Jöns Nordseebernstein stand an einem roten Holzhäuschen, das sich kurz vor der Brücke befand. Jana schaute in die Auslage und strich gedankenverloren über den Ring ihrer Oma Hansa. Sie liebte Bernstein. Besonders die hellgelben Steine. Außerdem war sie von seiner heilenden Wirkung gegen zum Beispiel Heuschnupfen oder starke Rückenschmerzen überzeugt. Neben Bernsteinketten, -ringen und -armbändern, entdeckte Jana einen hübschen Anhänger. Das ideale Weihnachtsgeschenk für ihre Mutter.

Sie zuckte zusammen, als jemand von innen an die Fensterscheibe klopfte. Eine Frau winkte ihr aus dem Geschäft zu. Auf den zweiten Blick erkannte sie Christina, eine alte Bekannte aus Schulzeiten, die sie schon seit Jahren nicht mehr gesehen hatte. Sie bedeutete Jana, in den Laden zu kommen.

»Moin! Da habe ich doch richtig geguckt«, empfing Christina sie und nahm sie zur Begrüßung in den Arm. »Seit wann bist du wieder im Lande? Ich dachte, du wärst St. Peter untreu geworden und nach Gran Canaria ausgewandert!«

Jana freute sich über die unerwartete Begegnung. »Nicht ganz. Ich bin jedenfalls wieder da. Seit wann arbeitest du denn hier?«

»Ach, schon eine Weile.« Christina überlegte kurz. »Sind bestimmt gute zwei Jahre. Und bei dir? Was machst du so?«

»Pütti und ich haben zusammen das *MeerGlück* eröffnet.«

»Gibt's ja nicht! Das ist euer Laden?«, fragte Christina überrascht.

Jana seufzte. »Ja, unser Laden, der leider gerade nach einem Wasserrohrbruch renoviert wird.«

»Oh, nein! Wie ärgerlich! Das musst du mir jetzt aber alles der Reihe nach erzählen. Hast du Zeit für eine Tasse Tee?«

»Ich habe zwar versprochen, gleich auch Kaffee mitzubringen, aber eine kleine Tasse Tee geht bestimmt.« Jana schaute sich im Laden um, während Christina die Teekanne vom Stövchen hob. »Wir haben uns ja so lange nicht gesehen.«

»So, da ist der Tee.« Christina stellte zwei Tassen auf einen kleinen Tisch. In aller Kürze erzählten sie einander von den wichtigsten Ereignissen ihrer letzten Jahre. Christina hatte wie Jana nie geheiratet und auch keine Kinder.

Plötzlich fiel Jana ein, dass Christinas Elternhaus früher in der Nähe von Ayks gelegen hatte und sie mit ihm befreundet gewesen war. Ob sie immer noch Kontakt zu Ayk hatte?

Sie erzählte weiter und schloss: »... aber bei all dem Unglück ist dann doch unverhofft ein Retter aufgetaucht. Bis das *MeerGlück* fertig renoviert ist, verkaufe ich unsere Sachen jetzt bei *Bookbantje Truels*.«

Christine machte große Augen. »Ach, gibt's doch nicht! In Ayks Laden?«

»Genau.« Jana trank etwas Tee. »Er hat uns eine Ecke in seinem Geschäft zur Verfügung gestellt. Mittlerweile haben wir sogar eine Kooperation. Wie verkaufen den passenden Duft zum Buch – oder umgekehrt. Heute müsste darüber auch ein Artikel im *Eider-Kurier* stehen. Ich habe ihn aber noch nicht gesehen.«

»Den *Eider-Kurier* habe ich sogar hier.« Christina stand auf und holte eine Zeitung hinter der Theke hervor. Sie faltete sie auf und blätterte die Seiten durch. »Da ist es! Oh, sogar mit Foto!« Sie schob Jana die Seite mit dem Artikel herüber.

»Das ist wirklich kaum zu übersehen und bestimmt eine gute Werbung, oder?«, bemerkte Jana. »Ayk hat sich seit damals schon richtig gut gemacht, wenn ich an die Schulzeit zurückdenke. Ich hätte nie gedacht, dass er mal einen eigenen Laden haben würde.«

»Er war ein richtiger Bücherwurm und ist es bis heute geblieben.« Christina lachte. »Eigentlich hat sich bei ihm nicht so viel verändert. Er ist nur zwei Häuser weiter gezogen. Ayk und ich haben immer noch Kontakt, aber nicht mehr so regelmäßig wie früher.«

»Das kommt ja wirklich häufig vor. Ich wohne jetzt auch wieder dichter an meinen Eltern. Bei den meisten liegt es aber wohl daran, dass die eigene Familie viel Zeit beansprucht«, meinte Jana.

Christine schüttelte den Kopf. »Das ist nicht der Grund. Aber Ayk hat dir ja bestimmt schon erzählt, dass er einiges um die Ohren hat.«

Jana nickte. »Der Buchladen macht eine Menge Arbeit. Die Angestellten, die Kunden, die Bücher …«

Christina winkte ab. »Davon rede ich gar nicht.«

»Nicht?«

»Dann weißt du es noch gar nicht?«, fragte Christina erstaunt.

Jana zuckte die Schultern. »Was weiß ich noch nicht?«

»Das mit Felke?«

Nachdenklich spitzte sie die Lippen. »Felke ist doch Ayks Schwester. War sie nicht damals zwei Klassen unter uns?«

»Ja, genau. Aber ich kann es nicht glauben, dass er dir nichts davon erzählt hat ...« Christina stellte die Teetassen zusammen, da sie beide ausgetrunken hatten.

»Wovon denn?«

Sie seufzte schwer. »Es tut mir wirklich sehr leid für sie. Felke ist sehr krank. Und Ayk kümmert sich um sie.«

»Ach!« Jana erinnerte Felke nur als lebenslustiges Mädchen, das mitten im Leben stand. Eine kranke Felke wollte nicht so recht in das Bild passen.

»Ich kenne keine genauen Details, nur dass er sich um Felke kümmert. Mehr wollte er mir nie erzählen.«

Jana war verdutzt. Das erklärte natürlich einiges. Bevor sie sich von Christina verabschiedete, kaufte sie noch den Anhänger für ihre Mutter und versprach, bald wieder vorbeizuschauen.

Nachdenklich ging sie zurück, besorgte neuen Kaffee und holte die Kerzen aus dem *MeerGlück*, die sie zum Glück in einem oberen und geschlossenen Regalfach aufbewahrt hatte, wo sie nicht nass werden konnten. Pütti, Jonne und Ove waren fleißig mit der Renovierung beschäftigt, sodass keinem auffiel, wie vertieft Jana in ihre Gedanken war.

Stine bedankte sich für den Kaffee, und Jana war eine Weile von zahlreichen Kunden abgelenkt. Bevor sie sich in die Mittagspause verabschiedete, bat sie Stine, interessierten Kunden weiterzuhelfen, und drückte ihr einige Notizen über Öle und Düfte in die Hand.

Als Tamme ihr den Online-Shop beim Mittagessen vorführte, war Jana jedoch nicht ganz bei der Sache. Ihre Gedanken schweiften immer wieder zu Ayk – und zu Felke.

»Hast du noch Fragen?« Tamme klappte sein Laptop zu.

Jana schüttelte den Kopf. »Im Moment nicht.« In Wirklichkeit hatte sie nur die Hälfte mitbekommen.

»Gut. Falls doch, kannst du dich jederzeit melden. Und sonst fehlen nur noch die Fotos«, sagte er zufrieden. »Am besten schickst du sie mir rüber, wenn du sie hast. Ich baue sie dann ein.«

»Klar. Das mache ich. Vielen Dank.« Sie lächelte Tamme unverwandt an. Vermutlich war Felke der Notfall gewesen und auch der Grund, weswegen Ayk heute nicht in der Buchhandlung war. Aber das hätte er doch einfach sagen können. Oder etwa nicht?

16. Kapitel

Nach dem Essen begleitete Tamme sie ein Stück des Wegs zurück zum Buchladen. Er hatte sein Auto vor der Dünen-Therme geparkt, die nicht weit entfernt war. »Falls du noch irgendeine Veränderung im Online-Shop haben möchtest, sag mir Bescheid, ja?«

Jana lächelte dankbar. »Mach ich. Aber ich fand es eigentlich ganz gut so, wie es ist. Die Bedienung scheint so einfach zu sein, dass sogar ich es verstanden habe.«

»Na, dann!« Tamme lachte. Sie blieben vor der Trattoria stehen.

»Ich melde mich auf jeden Fall, wenn noch etwas ist.« Jana erblickte Pütti auf der anderen Straßenseite. Sie schleppte eine Kiste, die offensichtlich schwer war. »Ich gehe mal rüber und helfe Pütti beim Tragen. Danke noch mal für alles!«

»Hab ich gern gemacht. Dann bis demnächst!«

»Bis bald!«

Tamme ging Richtung Parkplatz, während Jana sich beeilte, zu Pütti zu kommen.

»Puh! Ganz schön schwer.« Pütti setzte die Kiste erst mal auf dem Bürgersteig ab. »Wo kommst du denn so plötzlich her?«, fragte sie außer Atem.

»Von *Gosch*. Tamme hat mir da gerade den Online-Shop vorgeführt. Ist richtig gut geworden.«

Vorwurfsvoll sah Pütti sie an. »Warum hast du denn nichts gesagt? Ich wäre gern mitgekommen.«

»Sorry, habe ich irgendwie nicht dran gedacht«, gab Jana zu. »Komm, ich mache es gut, indem ich dir mit der Kiste helfe.« Sie fasste einen Griff an und Pütti den auf der anderen Seite. »Meine Güte, ist das Monstrum schwer. Was ist denn da drin?«, fragte Jana, nachdem sie die Box hochgehoben hatten.

»Lackdosen. Die Türzargen müssen doch auch gestrichen werden.«

Jana guckte ihre Freundin erstaunt an. »Deine handwerkliche Ader ist wirklich bewundernswert. Ich meine, ich bin zwar auch in gewisser Weise handwerklich begabt, aber eben auf eine andere Art.« Sie musste lachen. »Im Streichen bin ich eine Katastrophe, und ich weiß nicht, ob ich ein vernünftiges Loch in eine Wand bohren könnte. Dir dagegen traue ich das alles ohne Weiteres zu.«

Pütti grinste. »Du weißt ja, ich war früher bei allen Renovierungen die persönliche Assistentin meines Vaters. Das zahlt sich heute aus. Ich kann dir gerne beibringen, wie man Zargen abschleift und ausbessert. Das muss man nämlich machen, bevor es ans Anstreichen geht.«

»Zum Glück habe ich dafür gar keine Zeit.«

Jonne hielt ihnen die Tür vom *MeerGlück* auf. Er trug eine farbverschmierte Arbeitshose und ein ebenso verschmiertes Flanellhemd. »Hättest du nicht was sagen können? Die Kiste hätte ich auch aus dem Wagen holen können«, merkte er mahnend an.

»Wieso? Jana hat mir doch geholfen. Außerdem bin ich

doch nicht schwanger.« Pütti verdrehte die Augen, aber Jana entging nicht, wie liebevoll sie ihren Zukünftigen ansah.

Jonne schloss hinter ihnen die Tür. »Als ob du dich durch eine Schwangerschaft von irgendetwas abhalten lassen würdest.«

»Vermutlich nicht.«

Jana und Pütti stellten die Kiste vor einer Wand ab. Jonne ging zu Ove, der auf einer Leiter stand und die Decke strich.

»Ist Ayk wenigstens mit der Sprache rausgerückt, warum er dich gestern hat sitzen lassen?«, fragte Pütti.

Jana setzte sich ihr gegenüber auf einen Stuhl. »Schön wär's. Aber ich glaube, ich weiß trotzdem, warum er so schnell verduftet ist. Ich habe Christina getroffen, mit der wir früher zur Schule gegangen sind. Weißt du noch? Sie arbeitet jetzt bei Boy Jöns. Wir haben ein wenig gequatscht, und sie meinte, dass Ayk sich um seine kranke Schwester kümmert.«

»Was? Felke ist krank?«

»Laut Christina, ja.«

»So etwas weiß man doch eigentlich in einem Ort wie St. Peter-Ording…«, sagte Pütti nachdenklich. »Wobei… Stimmt. Meine Mutter hat vor geraumer Zeit einmal Ayks Eltern getroffen, und sie hatten ihr erzählt, dass Felke krank wäre. Ich dachte ja, es ging um eine harmlose Erkältung oder so. Hat Christina denn erwähnt, was Felke hat?«

Jana schüttelte den Kopf.

»Und Ayk? Hat er gar nichts zu gestern Abend gesagt?«

»Er ist heute nicht im Laden. Wegen einer privaten Angelegenheit.«

Pütti rieb sich die Stirn. »Doch, er ist da. Ich war vorhin in der Buchhandlung, bevor ich die Kiste aus dem Auto geholt habe. Eigentlich wollte ich ja zu dir wegen der Damastmuster.«

»Was?« Jana sprang vom Stuhl auf. »Ich muss sofort los. Bis später!«

Sie sah ihn gleich, als sie in den Laden kam. Ayk stand an einem Tisch und zeigte einer Kundin ein Buch. Weil Jana ihn während der Beratung nicht stören wollte, brachte sie zunächst ihre Jacke in die Garderobe. Dann ging sie auf eine Frau zu, die interessiert verschiedene Flaschen mit Ölen betrachtete. Es stellte sich heraus, dass sie eine Freundin von Lilo Ampütte war, der Besitzerin des Campingplatzes *Strandperle*.

»Sie hat mir Ihr Öl gegen Schmerzen empfohlen. Und Lilo empfiehlt selten etwas«, fügte sie hinzu.

Nachdem Jana die Kundin mit dem passenden Öl versorgt hatte, räumte sie neue Kerzen ins Regal.

Wenig später kam Ayk zu ihr. »Moin!«

»Moin, Ayk.« Ihm war das schlechte Gewissen anzusehen, aber Jana ließ ihm Zeit, etwas zu seinem übereilten Aufbruch zu sagen.

»Ich muss mich für mein gestriges Verhalten noch mal in aller Form bei dir entschuldigen«, sagte Ayk zerknirscht und lächelte sie schief an. »Das war so nicht geplant gewesen. Und mir ist es überaus peinlich. Ich kann gut verstehen, wenn du jetzt total sauer auf mich bist. Das wäre ich an deiner Stelle wahrscheinlich auch.«

»Ach, Schwamm drüber.« Sie lächelte ihn verständnisvoll an und war froh, inzwischen von Felke erfahren zu haben. Andernfalls hätte sie nicht so gelassen reagieren können. »Notfälle können in der Regel nicht warten.«

»Ich bin so froh, dass du das sagst! Vielen Dank für dein Verständnis«, erwiderte er erleichtert.

Jana überlegte, ob sie nachfragen sollte, entschied sich jedoch dagegen. Ayk hatte sich ja in aller Form entschuldigt, und sie hatte die Entschuldigung angenommen. »Natürlich habe ich dafür Verständnis. Das kann jedem passieren. Und du willst unsere Feier doch bestimmt wann anders nachholen, oder?«

»Ich würde mich sehr freuen.« Er nickte dankbar und blickte auf das Regal mit den Fläschchen. »Deine Öle scheinen sich ja gut zu verkaufen.«

»Sagen wir mal so, der Fan-Club wird immer größer«, bestätigte Jana. »Möchtest du vielleicht auch eins haben?«, fragte sie scherzhaft.

»Hm. Das ist eigentlich eine gar nicht so üble Idee.« Er las die Etiketten. »Warum nicht? Hast du ein Öl, das positiv die Stimmung aufhellt?«

»Na klar!« Jana griff zielgerichtet nach einer Flasche und schraubte den Verschluss ab. »Das ist *Seelenglück*, ein positiv aktivierender Duft. Zeig mir mal deine Handflächen.« Sie träufelte ihm drei Tropfen auf die Innenseite seiner Hände. »Jetzt musst du sie auf dein Handgelenk massieren und dann tief einatmen.«

Ayk tat, wie ihm geheißen. »Wunderbar!«

»Das Öl spendet neue Lebensenergie und regt positive Gedanken an. Für die gute Laune habe ich Grapefruit, Bergamotte und Rosengeranien genommen und dann mit Kardamom für einen Schub Energie und mit Lavendel zum Entspannen gemischt.«

»Das nehme ich!«

»Dreimal täglich jeweils drei Tropfen.« Jana nahm eine neue Flasche aus dem Regal. Sie konnte sich denken, für wen das Öl bestimmt war. Vielleicht war nun der richtige Zeitpunkt gekommen, um einen Vorstoß zu wagen. »So, hier ist eine neue Flasche. Ich hatte ja gar nicht den Eindruck, dass du psychisch angeschlagen bist. Normalerweise merke ich das den Leuten an.«

»Das Öl ist nicht für mich«, antwortete Ayk ausweichend und wandte den Blick ab. »Oh, da drüben wartet Kundschaft. Kannst du mir bitte das Öl zurücklegen?«

»Natürlich.« Kaum hatte sie geantwortet, war er auch schon auf der anderen Seite des Verkaufsraums. Mist, ärgerte Jana sich. Jetzt habe ich ihn mit meiner plumpen Frage verscheucht. Eigentlich ging es sie ja überhaupt nichts an, wie es um seine Psyche bestellt und für wen das Öl gedacht war. Missmutig dekorierte sie die Flaschen neu und war erst zufriedener, als sie ein weiteres positives Kundengespräch geführt hatte.

Nach einer Weile kam Ayk wieder zu ihr. »Hast du gerade Zeit?«, fragte er.

»Natürlich.«

»Können wir kurz in den Personalraum gehen?«

Jana nickte und folgte ihm. Nachdem er die Tür geschlossen hatte, ging er zum Wasserkocher. »Möchtest du eine Tasse Tee?«

»Warum nicht.« Jana schaute ihm zu. Er füllte in der kleinen Küchenzeile Wasser in den Teekocher, holte zwei Tassen aus einem Schrank und zwei Packungen Teebeutel heraus. »Pfefferminz oder Weihnachtstee?«

»Weihnachtstee, bitte.« Sie beobachtete, wie er die Teebeutel in die Tassen legte und dann heißes Wasser darübergoss. Anschließend reichte er ihr eine Tasse. »Danke.«

»Tja«, fing er an. »Ich schulde dir mittlerweile wohl mehr als eine Erklärung.«

»Du schuldest mir gar nichts«, wiegelte Jana ab.

»Doch, das tue ich.« Er lehnte sich an einen Schrank und seufzte. »Kannst du dich noch an meine Schwester Felke erinnern? Sie war zwei Klassen unter uns.«

Jana war bewegt, als sie seinen ernsten und doch vertrauensvollen Blick auffing. »Ich kann mich sogar noch ziemlich gut an sie erinnern. Ein quirliges Mädchen! Und ich meine, sie war auch sehr sportlich. War sie nicht eine kleine Wassernixe?«

»Stimmt genau. Das war damals so.« Er trank einen Schluck Tee. »Doch seit ein paar Jahren ist alles anders. Felke ist krank. Schwer krank.«

»Oh!« Jana schluckte. »Das tut mir leid.«

»Es ist wirklich eine tragische Geschichte, die sich ein Autor nicht besser hätte ausdenken können.« Er stellte die Tasse neben der Spüle ab und schwieg einen Moment. »Meine Situation ist, seitdem Felke erkrankt ist, sehr kompliziert. Meine Eltern sind mit der Angelegenheit nämlich völlig überfordert. Deswegen kümmere ich mich in meiner freien Zeit um meine Schwester.«

»Darf ich fragen, was sie hat?«, wagte Jana einen neuen Vorstoß.

Er hielt ihren Blick fest. »Sie hat seit Jahren das Haus nicht mehr verlassen, weil sie an einer Angststörung leidet. Das war auch der Grund, weswegen ich ihr den Geruch vom Meer als Duft aus deinem Laden mitgebracht habe. Es sollte sie an den Ort erinnern, den sie mal über alles geliebt hat. Ich versuche, sie mit allen Mitteln dazu zu motivieren, wieder nach draußen zu gehen.«

Jana fühlte mit ihm. Aber wie mochte es erst für Felke sein? »Kann man denn da nichts machen, damit es ihr wieder besser geht?«, wollte sie wissen.

Traurig zuckte Ayk die Schultern. »Natürlich, aber es ist schwer.«

»Weiß man denn wenigstens, woher diese Angststörung kommt?«

Er nickte. »Das weiß man sogar ziemlich genau. Meine Schwester war früher Rettungsschwimmerin am Strand von St. Peter-Ording.«

»Ja, ich erinnere mich! Ich habe sie ein paarmal auf dem Wachturm gesehen.« Jana lächelte.

»Sie hat ihren Job und das Meer geliebt. Doch dann kam der Tag, als sie ein kleines Mädchen nicht vor dem Ertrinken retten konnte. Die Kleine ist in ihren Armen gestorben, und danach war Felke nicht mehr dieselbe. Kurz nach dem Tod des Kindes entwickelte sie eine Agoraphobie, die sie bis heute daran hindert, am Leben außerhalb der kleinen Wohnung im Haus meiner Eltern teilzunehmen. Sie hat zwar anfangs Therapieangebote angenommen, und es war schon mal besser. Aber es kommen immer wieder Phasen, in denen es ihr schlechter geht. Ich habe dann schließlich mit einem Psychologen gesprochen, der meinte, dass sie durch das schlimme Ereignis ein Trauma erlitten hat und sich nicht damit auseinandersetzen kann, weil es zu viele schmerzhafte Erinnerungen hervorruft.«

»Ich weiß gar nicht, was ich sagen soll«, erwiderte Jana bestürzt. »Das ist bestimmt auch schlimm für dich.«

»Felkes Krankheit wirkt sich natürlich auch auf mich aus. Das hast du ja gestern ganz direkt mitbekommen. Es ist für mich schwierig, Dinge zu planen, weil es immer sein kann, dass meine Schwester mich plötzlich braucht. Das war auch in der Vergangenheit so und unter anderem der Grund, weswegen die Beziehung zu meiner ehemals großen Liebe zerbrochen ist. Meine Freundin hat mich irgendwann vor die Wahl gestellt: meine Schwester oder sie.«

»Das ist hart!«

Ayk hob die Schultern. »Ich habe keine Sekunde gezögert und mich für Felke entschieden. Für keine Frau der Welt würde ich meine Schwester aufgeben.«

»Das verstehe ich. Ich würde auch für keinen Mann der Welt meinen Bruder aufgeben. Obwohl Thies und ich manchmal wie Hund und Katze sind, passt kein Blatt zwischen uns. Da ist Blut dicker als Wasser.«

»Das konnte Sabine nicht verstehen, was womöglich mit daran lag, dass sie keine Geschwister hat.«

Jana hörte einfach zu.

»Solange Felke krank ist, steht für mich fest, dass es in meinem Leben keinen Platz für die große Liebe gibt«, erklärte Ayk entschieden. »Ich könnte niemandem auf Dauer diese Situation zumuten. Dafür ist der Leidensdruck mittlerweile viel zu groß, der nicht nur auf mir, sondern auf meiner ganzen Familie lastet.«

»Ach, Ayk. Ich wünschte, ich könnte dir helfen. Bitte mach dir wegen gestern keine Gedanken.«

Es war zu schade, dass er der Liebe abgeschworen hatte. Aber irgendwie konnte Jana seine Entscheidung auch nachvollziehen und bewunderte ihn dafür, wie verantwortungsvoll er sich um Felke kümmerte. Wäre sie in einer vergleichbaren Situation, würde sie für ihren Bruder dasselbe tun. Oder es zumindest versuchen, denn sie wusste nicht, ob sie so stark sein könnte.

Ayk nickte. »Ich bin sehr erleichtert, dass du das sagst. Und ich wollte gern, dass du weißt, warum ich losmusste. Es hatte gar nichts mit dir zu tun, im Gegenteil, ich …« Er brach ab und räusperte sich. »Jetzt geht es Felke auch wieder den Umständen entsprechend gut. Dein Meeresduft hat ihr übrigens sehr gut gefallen.«

»Das ist schön!« Jana wünschte sich, dass dies vielleicht doch ein Anfang sein könnte. Eine zweiflerische Stimme in ihr warnte sie, sie würde sich in eine hoffnungslose Angelegenheit verrennen. Doch die zuversichtliche Stimme ihrer Oma Hansa, die fest an ein gutes Ende glaubte, war lauter: »Du darfst nie die Hoffnung aufgeben!«

17. Kapitel

Am Abend stand Jana vor der Buchhandlung und betrachtete das Lesepult im hell erleuchteten Schaufenster. Auf der antiken Holzfläche lag ein aufgeschlagenes, in Leder gebundenes altes Buch, das die Weihnachtsgeschichte erzählte. Drum herum hatte Ayk Winterromane, Backbücher und Weihnachtsgeschichten für Kinder aufgestellt. Schon beim Betrachten fiel auf, dass hier jemand am Werk gewesen war, der Bücher wirklich liebte.

Jana drehte sich um und blickte zum Abendhimmel. Im Schein der Straßenlaterne tanzten vereinzelte Schneeflocken. Sie vergrub ihre Hände tiefer in den Taschen ihres Wintermantels und hielt Ausschau nach ihrem Bruder. Thies hatte versprochen, sie nach Feierabend abzuholen und ihr dabei zu helfen, Oma Hansas alten Schaukelstuhl vom Speicher zu holen.

Im *MeerGlück* waren längst die Lichter aus, und auch die Tür von *Bookbantje Truels* war bereits geschlossen.

Ihr Handy vibrierte. Sie hatte eine Nachricht von ihrem Bruder bekommen.

Bin gleich da! Thies

Jana runzelte die Stirn. Thies' Definition von *gleich* kannte sie. Dann dauerte es mindestens noch zehn Minuten, bis er eintrudelte. Zeit genug, um die Homepage von *Bookbantje Truels* unter die Lupe zu nehmen, dachte Jana sich.

Sie rief die Seite auf ihrem Smartphone auf und scrollte nach unten. Ein Blick auf das Impressum, und sie fand, wonach sie gesucht hatte: Ayks Adresse. Christina hatte recht. Er wohnte tatsächlich noch in der gleichen Straße wie früher. Bloß zwei Häuser weiter.

Ein Auto hielt am Straßenrand. Jana blickte auf. Ihr Bruder hob die Hand und bedeutete ihr einzusteigen. Sie steckte ihr Handy in die Tasche.

»Das ging ja flott«, sagte sie und schnallte sich an.

»Wieso? Ich habe doch geschrieben, dass ich gleich da bin.«

Jana lachte. »Normalerweise heißt *gleich* bei dir doch *demnächst in drei Tagen*«, neckte sie ihn.

»Alles nur Gerüchte!« Ebenfalls lachend fuhr Thies los. Um diese Uhrzeit lagen die Straßen von St. Peter-Ording nahezu verlassen vor ihnen. Nur ein paar Leute führten ihre Hunde Gassi. Die meisten St. Peteraner hatten sich in ihre warmen Häuser zurückgezogen und genossen die ruhigen Winterabende vor dem Kamin oder eingekuschelt in eine Decke.

Jana schaute ihren Bruder von der Seite an. »Gibt's eigentlich was Neues von Gesa und dir?«

»Wir haben telefoniert.«

»Und?«

Thies zuckte die Achseln. »Schauen wir mal.«

»Oh, das klingt schon besser als der letzte Stand zwischen euch.«

Er warf ihr einen warnenden Blick zu. »Erzähl bloß nichts Mutti davon! Sie hört sonst wieder gleich die Hochzeitsglocken läuten und denkt sich Namen für zukünftige Enkel aus.«

»Da ist sie wohl wie Gesa. Man sagt ja, Männer suchen sich häufig Partnerinnen aus, die ihrer Mutter ähneln.«

»Was man alles sagt …« Thies parkte den Wagen vor dem Kapitänshaus. »Verrate mir doch lieber mal, was du mit dem ollen Schaukelstuhl vorhast.«

»Ich fand den als Kind immer so schön. Es ist viel zu schade, dass er auf dem Speicher nur verstaubt.« Jana stieg aus dem Auto. »Außerdem ist es gemütlich, im Schaukelstuhl zu lesen. Deswegen wollte ich ihn wieder in Schuss bringen und dann ins Wohnzimmer stellen.«

»Wie weit bist du denn eigentlich mit der Einrichtung?«

Sie gingen den verschneiten Weg zum Reetdachhaus entlang.

»Das Schlafzimmer ist fertig, die Küche auch, und das Wohnzimmer fast. Kannst du dir ja gleich mal anschauen.«

»Ist dir das Haus nicht zu groß? Ich meine, so ganz alleine?«

Jana verstand den Wink mit dem Zaunpfahl. »Bis jetzt nicht«, antwortete sie fest. »Und sollte es sich ändern, bist du der Erste, der es erfährt, Brüderlein.« Sie schloss die Tür auf und knipste das Licht in der Diele an. »Übrigens, Brüderlein, falls ich das zu selten sage: Ich bin froh, dass ich dich habe!«

»Ja, wer sollte dir sonst auch mit so einem alten Stuhl helfen, oder?« Thies schloss sie in seine Arme und drückte sie fest. »Ich hab dich aber auch lieb, Schwesterherz.«

Kurz nachdem sie den Schaukelstuhl vom Dachboden ins Wohnzimmer gebracht hatten, war Thies wieder aufgebrochen. Er musste noch zu einem privaten Termin, hatte er gesagt. Was genau das wieder bedeutete, hatte er offengelassen. Jana vermutete, dass es er sich mit Gesa traf. Mit wem sollte ihr Bruder sonst abends einen »Termin« haben?

Gut gelaunt kniete sie auf dem mit robusten Dielen ausgelegten Boden und säuberte mit einem Lappen die großzügig geschwungenen Kufen des Stuhls. Das alte Polsterkissen war nach den vielen Jahren auf dem Speicher nicht mehr zu gebrauchen. Allenfalls musste sie es neu beziehen oder gleich ein neues kaufen. Das handgeflochtene Rattangestell war dagegen in tadellosem Zustand. Sie freute sich schon darauf, gemütliche Lesestunden mit einer Tasse Tee vor dem Kamin in dem Stuhl zu genießen.

Was Ayk wohl gerade machte? Jana legte den Lappen beiseite. Felkes Geschichte ließ ihr keine Ruhe. Es musste doch einen Weg geben, ihr zu helfen. Hm, sie war ja keine Ärztin. Aber waren auf Gran Canaria nicht oft genug Kunden zu ihr gekommen, für die sie immer eine Lösung gefunden hatte? Warum sollte es in St. Peter-Ording anders sein? Die Fußstapfen ihrer Großmutter waren groß, doch sie wollte nichts unversucht lassen, diese auszufüllen.

Jana erhob sich und ging zu zwei Kisten, in denen sie

ätherische Öle aufbewahrte. Sie wollte gern mehr tun und zumindest versuchen zu helfen. Außerdem wollte sie Ayk zeigen, dass sie ihn unterstützte und er auf sie zählen konnte. Er sollte nicht denken, dass sie jetzt verschreckt wäre und sich zurückzog. Nein, sie würde genau das Gegenteil tun. Ayk hatte sie ins Vertrauen gezogen, und sie wusste das sehr zu schätzen.

Sie nahm einen dicken Wälzer und mehrere braune Apothekerfläschchen mit Ölen aus der Kiste. Damit setzte sie sich an den Wohnzimmertisch und schlug das Buch auf.

Grübelnd blätterte sie und erinnerte sich dabei an das Gespräch mit Ayk. Was Felke brauchte, war eine Umarmung für die Seele. Am besten mit einem Feel-Good-Paket à la Jana. Wie gut, dass sie alle Utensilien dafür im Haus hatte.

Zunächst goss sie für Felke eine hübsche Schichtkerze in verschiedenen Blau- und Grüntönen und träufelte Weihrauchöl in das schmelzende Wachs. Danach mischte sie ätherische Öle wie Lavendel, Bergamotte, Sandelholz, Ylang-Ylang und Neroli zusammen, was zusammen entspannend und angstlösend wirken sollte. Die Kerze und das Öl legte sie in einen der geflochtenen Körbe, die sie sonst für spezielle Arrangements im *MeerGlück* verwendete. Und zum Schluss fügte sie noch ein Saphir-Amulett an einem Lederband bei und dekorierte das Körbchen mit Mistel- und Zierapfelzweigen aus dem Garten, die sie mit einem orangefarbenen Band umwickelte. Der Saphir sollte stressbedingte Krankheiten lindern, so stand es in ihrem Buch. Und wenn Felke es einfach schön fand und sich freute, würde das sicher auch nicht schaden.

Obwohl es schon nach zehn war und Schneefall eingesetzt hatte, wollte Jana keine Zeit verlieren. Sie schlüpfte in warme Stiefel mit Teddyfell und zog ihren kuscheligen Wintermantel über, dessen Reißverschluss sie bis zum Kinn hochzog. Das Körbchen für Felke packte sie in einen wasserdichten Beutel und machte sich dann auf den Weg zu Ayk.

Bis zu seinem Haus war es ein längerer Fußmarsch, doch es gab Dinge, die konnten einfach nicht warten. Und da ihr die Bewegung guttun würde, ließ sie das Auto ihrer Eltern lieber stehen.

Mit klopfendem Herzen lief sie durch die verschneiten Straßen von St. Peter-Ording. Die Fenster der Häuser waren erleuchtet, und es lag ein herber Duft von Kaminfeuer in der Luft. Die dichten Flocken legten sich wie eine dicke Watteschicht auf Häuser, Mauern, Baumzweige und Autos.

Über dem Ort lag eine friedliche Ruhe, und außer ihrem eigenen Atem und dem knirschenden Schnee unter ihren Stiefeln war nichts zu hören. Sie dachte an Ayks Worte. Solange Felke krank war, war in seinem Leben kein Platz für die Liebe. Doch war es tatsächlich so? Seine Situation war kompliziert, keine Frage. Aber gab es nicht für nahezu alle Probleme auch Lösungen? Jana wollte nicht daran glauben, dass die Lage wirklich so hoffnungslos war.

Sie schaute auf die Anzeige ihres Handys. Es war fast halb elf. Ayk hatte erzählt, viel Zeit mit seiner Schwester zu verbringen. Heute war er bis zum Feierabend im Buchladen geblieben. Vermutlich war er nach Geschäftsschluss noch zu Felke gegangen. Mit etwas Glück würde sie ihn um diese Uhrzeit also zu Hause antreffen.

Als sie an seinem Haus ankam, stellte Jana enttäuscht fest, dass kein Licht hinter den Fensterscheiben brannte. Sie schaute hoch zur ersten Etage des Backsteinhauses. Auch dort lag alles im Dunkeln. Die Fenster seines Elternhauses dagegen waren hell erleuchtet. Jana überlegte, was sie tun sollte. Bei seinen Eltern anklingeln, schied aus. Sie kannte sie überhaupt nicht und wollte um diese Uhrzeit auch nicht stören.

Obwohl Ayk offensichtlich nicht zu Hause war, öffnete sie einfach die kleine Pforte und ging durch den Vorgarten bis zur Haustür. Dort drückte sie auf den Klingelknopf, unter dem der Name *Truels* stand.

Jana wartete einen Moment.

Wie zu erwarten war, blieb alles ruhig. Und nun? Sie wollte Felkes Geschenk nicht wieder mit nach Hause nehmen. In einer windgeschützten Ecke seiner Haustür stellte sie die Tasche mit dem Korb ab und verfasste eine kurze Notiz für ihn.

Moin, Ayk!
In der Tasche ist ein Geschenk für Felke.
Die speziellen Düfte und der Heilstein können sich positiv auf die Psyche auswirken.
Ich hoffe, sie hat Freude damit!
Alles Liebe und bis bald!
Jana

Bevor sie sich auf den Rückweg machte, klemmte sie den Zettel in den Briefkastenschlitz, damit Ayk ihre Nachricht gleich sah, wenn er nach Hause kam.

Auf halber Strecke zurück zum Kapitänshaus, kam Jana ein Taxi entgegen. Ihr war inzwischen kalt, und sie hatte keine Lust, allein mit ihren Gedanken zu sein. Spontan hielt sie es an und stieg ein.

»Zum Thalamegus, bitte.«

Das *Thalamegus* empfing seine Gäste mit einem großen Schiffsanker auf dem Grundstück. Als Jana die Tür zu der urigen Seemannskneipe öffnete, verharrte sie einen Moment auf der Stelle. Ihr drang die warme Luft der alten Kneipe entgegen, und sie fühlte sich prompt in ihre Kindheit zurückversetzt. Mit ihren Großeltern hatte sie hier oft Grünkohl gegessen. Die Gastwirtin hatte ihr als Kind erzählt, dass der Name der Kneipe auf einen Segler zurückging, der im 19. Jahrhundert über das Mittelmeer gekreuzt wäre und von seinen Reisen allerhand maritime Schätze mitgebracht hätte, mit denen die Kneipe immer noch geschmückt wäre. In Wirklichkeit war es der Ehemann der Gastronomin gewesen, der Souvenirs von seinen Seereisen nach St. Peter-Ording gebracht hatte.

Mit einem Blick sah Jana, dass sich in den letzten Jahren nicht viel verändert hatte. Die Möbel und der Fußboden waren Relikte aus längst vergangenen Tagen. Die originale Musikbox mit Singles von Schlager- und Rock-'n'-Roll-Legenden dudelte gerade *Sugar Baby* von Peter Kraus. An der Theke stand wie immer in den letzten fünfzig Jahren die alte Wirtin, und Jana konnte sich nicht vorstellen, dass sich das in dem kommenden halben Jahrhundert ändern würde.

Alle Tische waren trotz der späten Uhrzeit belegt. Es war in St. Peter-Ording bekannt, dass es hier öfter mal länger ging, als in den Öffnungszeiten angegeben war.

Jana steuerte auf die Theke zu. Einen Grog konnte sie auch am Tresen trinken.

»Jana!«

Überrascht drehte sie sich in die Richtung, aus der die Stimme gekommen war.

An einem Tisch neben der Musikbox entdeckte sie Tamme. Er winkte sie zu sich.

»Moin! Mit dir habe ich hier ja gar nicht gerechnet.«

»Ich auch nicht mit dir.« Er deutete auf einen freien Stuhl. »Setz dich zu uns.«

»Danke.« Jana nahm Platz.

»So schnell sieht man sich wieder. Das ist übrigens mein Kumpel Tilo«, stellte Tamme den Mann vor, der mit am Tisch saß. Er trug einen marinefarbenen Troyer und eine passende Mütze. »Isst du auch einen Teller Grünkohl mit? Wir haben gerade bestellt.«

»Eigentlich wollte ich bloß einen Grog trinken. Aber warum nicht? Ich habe ewig keinen Grünkohl gegessen.« Jana freute sich über die Gesellschaft und auf einen entspannten Ausklang des Tages.

»Na dann. Ich lade dich ein«, verkündete Tamme fröhlich und ging zur Theke, um Janas Essen und den Grog zu bestellen.

Es wurde ein lustiger Abend. Tamme und Tilo stellten sich als ein amüsantes Zweiergespann heraus, das jede Menge komischer Anekdoten auf Lager hatte. Obwohl

Jana ihre Späße sehr genoss, schweiften ihre Gedanken aber immer wieder zu Ayk und Felke. Sie fragte sich, ob Ayk ihre Nachricht und die Tasche inzwischen gefunden hatte. Hoffentlich gefiel ihm ihre Idee, und sie konnte Felke damit eine Freude bereiten. Sie wünschte sich so sehr, dass Ayks Schwester gesund werden würde, und auch, dass Ayk die Kraft fand, wieder sein persönliches Glück zuzulassen.

Tamme, Tilo und sie verließen als einige der letzten Gäste das *Thalamegus*.

»Das hat richtig Spaß gemacht«, sagte Jana, während sie auf ihr Taxi wartete. »Vielen Dank noch mal für die Einladung.«

»Da nicht für.« Tamme lächelte sie an. »Du kannst mir im Gegenzug gerne mal einen Kurkuma Latte spendieren, wenn das *MeerGlück* wieder aufhat.«

»Das mache ich«, versprach Jana.

»Wann ist denn die Neueröffnung?«, erkundigte sich Tilo. »Tamme hat schon so viel von dem Laden erzählt. Ich muss unbedingt mal vorbeischauen.«

»Mach das unbedingt! Du bekommst dann auch einen Kurkuma Latte spendiert. Meine Freundin meinte, in den nächsten Tagen werden sie fertig sein. Wir haben zwar noch kein Datum, aber es kann sich nur um Tage handeln.«

»Klingt gut«, fand Tilo.

»Bestenfalls haben wir dann den Online-Shop auch mit Fotos und Informationen gefüttert. Wäre doch gut, wenn beides zeitgleich an den Start gehen könnte, oder?«, fragte Tamme.

»Das wäre gut, ja. Ich mache morgen die Fotos und die Beschreibungen fertig und schicke sie dir gleich per E-Mail! Du wartest ja schon darauf«, versprach Jana.

»Gut. Ich nehme dich beim Wort.« Tamme lachte.

Als sie in das Taxi stieg, fühlte Jana sich voller Energie. Der Abend hatte ihr gutgetan. So leicht würde sie die Hoffnung auf ein Happy End für Ayk und Felke nicht aufgeben. Es war egal, ob sich eine Beziehung zwischen ihr und Ayk oder einfach eine schöne Freundschaft entwickeln würde. Sie hatte das Gefühl, dass sie die Mission hatte, Ayks und Felkes Glück auf die Sprünge zu helfen.

18. Kapitel

In der folgenden Nacht bekam Jana kein Auge zu. Ihre Gedanken kreisten unablässig um Ayk und Felke. Immer wieder schaute sie auf ihr Handy. Ayk hatte sich nicht gemeldet. Natürlich. Wahrscheinlich schlief er um die Uhrzeit tief und fest, während sie die Nacht zum Tage machte.

Ob er die Tasche und ihre Nachricht gefunden hatte? Vielleicht fand er ihre Idee gar nicht so gut und hatte sich deswegen nicht gemeldet? Womöglich hatte sie sich zu sehr in seine familiären Angelegenheiten eingemischt ... Eventuell war er auch einfach spät nach Hause gekommen und hatte ihr keine Nachricht geschrieben, um sie nicht zu stören.

Irgendwann gab sie die Grübeleien auf. Wilde Spekulationen brachten sie nicht weiter, das war noch nie anders gewesen.

Seufzend schlug Jana die Bettdecke zurück, stand auf und ging barfuß ins Wohnzimmer. Wenn sie sowieso nicht schlafen konnte, wollte sie die Zeit wenigstens sinnvoll nutzen.

Sie schlüpfte in ihre warmen Lammfellhausschuhe, nahm ihre Kamera zur Hand und machte für Tamme die versprochenen Produktfotos.

Beim Fotografieren war sie hochkonzentriert und dachte an nichts anderes. Gegen fünf Uhr früh hatte sie dann die

Fotos im Kasten und die dazugehörigen Beschreibungen fertig geschrieben. Sie schickte alles per E-Mail an Tamme.

Zufrieden klappte sie schließlich ihr Notebook zu, gähnte und streckte sich. Dann ging sie zurück ins Bett, um noch ein bisschen zu schlafen.

Irgendwann später schrak sie hoch, da ihr Telefon eine neue Nachricht mit einem lauten Piepsen ankündigte. Schlaftrunken tastete Jana nach dem Handy und las die eingegangene Nachricht.

> Moin!
> Geht es dir gut?
> Ich war gerade drüben im Buchladen, aber du warst nicht da.
> Ayk wusste auch nicht, wo du steckst.
> Melde dich bitte!
> LG Pütti

Jana warf einen Blick auf die Zeitanzeige des Telefons. Verdammt! Es war schon halb elf. Sie hatte gnadenlos verschlafen. Sie konnte sich nicht daran erinnern, wann ihr das zum letzten Mal passiert war.

Hastig verfasste sie eine Antwort für Pütti.

> Sorry, habe letzte Nacht Fotos und Beschreibungen für den Online-Shop gemacht und dann irgendwie verschlafen.
> Mache mich jetzt fertig und komme dann.
> LG Jana

Müde suchte sie frische Kleidung aus dem Schrank zusammen und ging ins Bad. Als sie frisch geduscht und einigermaßen munter zurück war, hatte sie eine Antwort von Pütti.

Wir sind vorhin mit der Renovierung im MeerGlück fertig geworden!
Du kannst die Sachen im Buchladen wieder einpacken und zurück in unseren Laden bringen.
Ich habe Ayk schon Bescheid gesagt.
Bald ist Wiedereröffnung.
Endlich!!!
LG Pütti

Jana ließ sich aufs Bett sinken. Die Renovierungsarbeiten waren fertig. Sollte sie sich darüber freuen oder nicht? Natürlich war es toll, dass sie noch vor Weihnachten das *MeerGlück* wiedereröffnen und endlich ihren gewohnten Geschäftsbetrieb aufnehmen konnten. Doch das bedeutete auch, dass sie nicht mehr mit Ayk zusammenarbeiten würde. Der tägliche Kontakt mit ihm würde ihr fehlen. Und was würde aus ihrer Duft-zum-Buch-Kooperation?

Als Jana die Buchhandlung betrat, standen Pütti und Ayk zusammen vor einem Regal und packten die Waren bereits in eine Kiste.

»Moin!«, grüßte Jana. »Sorry für die Verspätung.«

Pütti umarmte sie. »Nicht schlimm. Wir haben schon mal angefangen.«

Ayk warf ihr ein Lächeln zu. »Moin, Jana.«

»Moin, Ayk.« Erleichtert nahm sie zur Kenntnis, dass er kein bisschen verärgert wirkte, sondern sie freundlich anschaute.

»Das Körbchen ist übrigens gut bei mir angekommen. Vielen Dank dafür. Eine wirklich schöne Geste von dir! Ich werde es heute Abend meiner Schwester geben.«

Ein warmes Glücksgefühl durchströmte Jana. »Habe ich wirklich gerne gemacht. Hoffentlich freut sie sich.«

»Das weiß ich. Felke liebt Überraschungen.« Er wies auf einen Büchertisch. »Aber den Duft zum Buch machen wir weiter, oder?«

»Na klar!« Genau das hatte sie gehofft. »Ich lasse die speziellen Kerzen und Raumdüfte hier. Du musst mir nur Bescheid sagen, wenn du Nachschub brauchst.«

»Mache ich. Dein Beutel liegt übrigens im Personalraum.« Dann musste er sich entschuldigen, um einem Kunden zu helfen, der mit ratlosem Gesichtsausdruck vor dem Regal voller Reiseführer stand.

»Was denn für ein Körbchen?«, fragte Pütti neugierig, als Ayk außer Hörweite war.

»Erzähle ich dir später. Lass uns erst mal alles zusammenpacken.« Sie blickte zu Ayk herüber und lächelte. Sie würde ihn doch noch öfter sehen.

»Das Regal ist jetzt auch sauber.« Jana kletterte mit einem Eimer Wasser und einem Lappen in der Hand die Leiter hinunter. Inzwischen hatten sie alle Produkte zurück ins *MeerGlück* transportiert. Ihre Mütter hatten die großen Schaufenster geputzt, und dank Thies und Jonne hingen wieder sämtliche Lampen an ihrem Platz und funktionierten auch. »Wie weit bist du mit deiner Backstube?«

»Fast fertig. Nur noch ein Schrank und der Ofen«, antwortete Pütti.

Jana beugte sich zu ihr über die Theke. »Ich kann es kaum erwarten, dass das *MeerGlück* wieder nach deinen Ingwerplätzchen und dem leckeren Kurkuma-Kuchen duftet. Von dem Farbgeruch bekomme ich nämlich Kopfschmerzen.«

»Dabei lüften wir ständig.« Pütti ging zur Eingangstür und öffnete sie demonstrativ. In dem Moment stand sie plötzlich Frau Fröbes gegenüber.

»Oh, Frau Fröbes!«, sagte Pütti überrascht.

»Moin! Ich hoffe, ich störe nicht.« Sie lächelte sie zaghaft an.

»Wir sind noch mitten beim Ladenputz«, antwortete Jana und fügte freundlich hinzu: »Aber kommen Sie doch bitte rein.« Schließlich wollte sie nicht unfreundlich sein, selbst wenn Frau Fröbes' Verhalten ihr allen Anlass dazu gegeben hätte. Denn wenn jemand einen Fehler machte, war es noch lange kein Grund, den gleichen zu machen. Das hatte Oma Hansa auch oft gesagt.

»Bitte.« Pütti trat zur Seite und ließ Frau Fröbes eintreten.

»Danke.« Sie blickte sich um, wie sie es schon bei ihrem

ersten Besuch getan hatte. »Der Laden ist nun viel heller und wärmer als vor der Renovierung«, sagte sie schließlich anerkennend.

Jana bemerkte, dass sie nicht halb so selbstbewusst wirkte wie bei den letzten Begegnungen. »Schön, dass Sie es so wahrnehmen.«

»Falls Sie etwas kaufen möchten, müssen Sie allerdings bis zu unserer Wiedereröffnung warten«, merkte Pütti leicht ungeduldig an.

»Deswegen bin ich nicht hier.« Frau Fröbes senkte den Blick, bevor sie weitersprach. »Ich möchte mich bei Ihnen für mein Verhalten entschuldigen. Die letzte Zeit war hart für mich. Meine Schwester hatte eine lebensgefährliche Herzoperation, und es war lange unklar, ob sie sich von dem Eingriff jemals wieder erholen würde. Durch den ganzen Stress war ich nicht mehr ich selbst.« Sie seufzte schwer und sah Jana und Pütti abwechselnd an. »Ich habe erkannt, welchen Schaden Sie dadurch erlitten haben. Und dafür möchte ich Sie um Entschuldigung bitten. Ich hoffe, Sie können mir verzeihen.«

Jana warf Pütti einen vielsagenden Blick zu und übernahm das Reden, bevor Pütti es tun konnte. »Das ist ja furchtbar mit Ihrer Schwester! Ich hoffe, es geht ihr schon etwas besser.«

Frau Fröbes lächelte leicht. »Die Ärzte sagen, es besteht Hoffnung, dass sie sich wieder vollständig erholt. Wir brauchen Geduld.«

»Wir nehmen Ihre Entschuldigung natürlich an«, sagte Jana.

Ein Lächeln glitt über das Gesicht der älteren Dame. »Da bin ich aber erleichtert!«

»Manchmal passieren Dinge im Leben, die einen heillos überfordern. Und dann macht man Sachen, für die man sich hinterher am liebsten ohrfeigen würde«, erwiderte Pütti verständnisvoll.

»Exakt. So ist es«, bestätigte Frau Fröbes. »Vielleicht können wir noch mal neu anfangen, um in Zukunft voneinander zu profitieren und zusammenzuarbeiten?«

»An uns soll es nicht liegen«, stimmte Jana froh zu.

»Das ist schön. Ich hatte an eine gemeinsame Aktion gedacht, wobei wir Kunden gegenseitig auf die Angebote unserer Geschäfte aufmerksam machen könnten«, schlug Frau Fröbes vor.

»Aber nur, wenn Sie dieses Mal zu unserer Wiedereröffnung kommen«, merkte Pütti an und zwinkerte Frau Fröbes zu.

»Ich komme ganz bestimmt!«, versprach Frau Fröbes und verabschiedete sich.

»Es geschehen noch Zeichen und Wunder«, sagte Pütti, nachdem sich die Eingangstür hinter Frau Fröbes geschlossen hatte.

»Wie so oft steckt hinter einem gemeinen Verhalten in Wirklichkeit ein höchst verzweifelter Mensch. Wollen wir mal hoffen, dass es ab jetzt besser zwischen uns und Frau Fröbes läuft.«

»Apropos ... Wie läuft es eigentlich zwischen dir und Ayk? Und was war das für eine Geschichte mit dem Körbchen? Hast du mir noch gar nicht erzählt.«

Jana erzählte ihr, was sie mit dem Korb bezweckte. »Dass er sich dafür bedankt hat, hast du ja mitbekommen«, schloss sie.

»Hat Felke sich denn über dein Geschenk gefreut?«

Jana zuckte bloß mit den Schultern. »Ich habe noch nichts darüber gehört.«

»Es sind ja auch erst etwas mehr als vierundzwanzig Stunden vergangen. Sei nicht ungeduldig.«

Jana seufzte. »Weißt du, Pütti. Es ist halt so, dass wir uns annähern, und dann taucht er auf einmal ab. Das ist jetzt schon ein paarmal so gewesen.«

»Da kommt bestimmt noch was von ihm. Wirst sehen«, versuchte Pütti sie aufzumuntern und reagierte prompt auf das Klingeln von Janas Handy. »Vielleicht ist er das sogar schon.«

Jana schüttelte den Kopf, bevor sie das Gespräch entgegennahm. »Moin, Tamme!«

»Moin, Jana!«, erklang seine Stimme. »Hattet ihr schon Wiedereröffnung im *MeerGlück*?«

»Noch nicht. Aber übermorgen ist es so weit.«

»Oh, einen Tag vor Weihnachten. Das trifft sich gut! Ich habe nämlich auch noch ein kleines Vorweihnachtsgeschenk für dich. Die Fotos und die Beschreibungen sind jetzt alle im Online-Shop eingepflegt. Wenn du möchtest, kannst du dein Online-Business starten.«

Jana hätte am liebsten in die Hände geklatscht. »Wunderbar, dass es so schnell geklappt hat! Danke!«

»Habe ich doch versprochen.«

»Können wir die Funktionen noch mal zusammen durchgehen? Ich muss mir dazu einiges notieren. Morgen im Laden vielleicht?«

»Morgen ist bei mir leider schlecht. Ich bin den ganzen Tag über in Hamburg bei einem Kunden. Aber ich könnte heute später bei dir vorbeikommen und dann einen kurzen Testlauf machen«, schlug er vor.

»Hm.« Kurzer Testlauf bei ihr zu Hause? Das war ihr fast zu privat. Andererseits hatten sie sich ja auch in der Kneipe getroffen … Sie würde mit ihm am Wohnzimmertisch sitzen und fix den Online-Shop ausprobieren, nebenbei vielleicht eine Tasse Tee trinken. Sie gab sich einen Ruck. »Könntest du gegen acht vorbeikommen?«

»Acht passt gut. Bis später!«

»Bis später.« Sie beendete das Gespräch und fuhr sich mit einer Hand durchs Haar. »Tamme hat den Online-Shop fertig. Warum melden sich eigentlich immer die, auf deren Nachricht man nicht wartet?«

»Vielleicht solltest du dann einfach aufhören, auf Ayks Lebenszeichen zu warten«, schlug Pütti vor.

»Wenn das mal so einfach wäre!« Seufzend nahm Jana ein Geschirrtuch, um die Regalfächer trocken nachzuwischen.

Während das Wasser im Kocher blubberte, schaute Jana nachdenklich aus dem Küchenfenster. In dem Glas spiegelten sich die vier Flammen des länglichen Adventskranzes, der auf der Fensterbank stand.

Die Stille zwischen ihr und Ayk machte sie mürbe. Ihr war bewusst, dass er viel um die Ohren hatte. Das sagte sie sich ständig. Dennoch war inzwischen genug Zeit vergangen, dass er sich zumindest einmal kurz bei ihr melden konnte. Oder war das zu viel verlangt? Ein bisschen konnte sie seine Ex-Freundin jetzt verstehen. Wahrscheinlich hatte sie auch oft auf ein Lebenszeichen von ihm warten müssen, obwohl sie mit ihm eine enge Beziehung hatte führen wollen.

Sie mochte Ayk und fühlte sich zu ihm hingezogen, das war unbestritten. Doch nun merkte sie, wie viel Energie es kostete, mit seiner besonderen Situation zurechtzukommen.

Sie goss das Wasser durch ein Sieb voller Pfefferminzteeblätter in eine Kanne. Als sie danach wieder aus dem Fenster nach draußen schaute, entdeckte sie Tamme, der durch den Vorgarten auf das Kapitänshaus zuging.

Er trug eine dicke dunkle Jacke, deren Kapuze er sich tief ins Gesicht gezogen hatte. In einer Hand hielt er eine Laptop-Tasche.

Schnell stellte Jana die Teekanne auf den Wohnzimmertisch, bevor es an der Tür klingelte.

»Gemütlich hast du es hier. Gefällt mir«, sagte Tamme anerkennend, während er seine Jacke ablegte.

»Danke für die Blumen.« Jana zündete Feuer im Kamin an. »Das ist das Elternhaus meiner Mutter. Nach dem Tod meiner Oma war es kurz vermietet. Aber ich habe es übernommen, als ich von Gran Canaria zurückgekommen bin. War ziemlich praktisch, dass Thies es nicht wollte.«

»Für mich wäre das Haus mit dem Grundstück zu groß«, erklärte Tamme.

Sie lachte. »Genau das hat Thies auch gesagt. Möchtest du einen Tee? Habe ich gerade frisch gekocht.«

»Gerne.« Er setzte sich an den Tisch und holte sein Notebook aus der Tasche.

Der Wind wehte Schneeflocken von draußen gegen die großen Fenster, und im Wohnzimmer hatte sich eine behagliche Wärme ausgebreitet. Jana nahm neben Tamme Platz. »Wahnsinn! Mein erster Online-Shop. Das ist ziemlich aufregend.«

Er fuhr den Rechner hoch. »Was meinst du, wie du dich erst fühlen wirst, wenn die ersten Bestellungen eintrudeln.«

»Das werde ich wahrscheinlich gar nicht glauben können!« Voll Vorfreude wartete sie darauf, dass er das Programm öffnete. »Und da können dann auch Kunden aus Spanien bestellen?«

»Jepp. Du kannst ein weltweites Imperium aufbauen.« Tamme rief den Online-Shop auf. »Dann wollen wir mit der Vorführung mal beginnen.«

Geduldig zeigte er ihr noch mal alle Funktionen des Shops und führte die Produkte mit ihren Beschreibungen vor.

»Moment.« Jana stand auf und stellte sich hinter ihn. »Wo kann man denn die Zahlungsmöglichkeiten sehen?«

»Die findest du im Konto.« Er rief den Menüpunkt auf.

Sie beugte sich über seine Schulter, um eine bessere Sicht auf den Bildschirm des Notebooks zu haben. Dabei bemerkte sie, dass Tamme gut roch. Richtig gut sogar ... Der

Geruch erinnerte sie irgendwie an Gran Canaria. »Ah, da ist es.« Sie kam nicht darauf, was genau den Duft ausmachte. Gerne wäre sie noch etwas näher an ihn herangerückt, um es herauszufinden.

»Eigentlich ganz einfach.« Er drehte seinen Kopf zu ihr, und sein Gesicht war nun ganz dicht an ihrem. Er guckte ihr tief in die Augen. Zwischen ihnen schien die Luft zu knistern.

Mit Tamme könnte es so einfach sein, da war sich Jana sicher. Er war ein überaus zuverlässiger Kerl, der eine offensichtliche Schwäche für sie hatte. Sie spürte seinen Atem auf ihrem Gesicht, seine Lippen näherten sich ihren.

»Nicht.« Jana wich instinktiv zurück, bevor es zu einem Kuss kommen konnte, und stellte sich gerade hin.

»Entschuldige. Ich dachte …«

»Schon gut.« Sie räusperte sich. »Die Bedienung ist so einfach, da könnte sogar meine Mutter mit ihren nicht vorhandenen Internetkenntnissen bestellen«, versuchte sie, schnell das Thema zu wechseln.

»So soll es sein. Das A und O für einen Online-Shop ist die Bedienungsfreundlichkeit.« Er lächelte gequält.

»Möchtest du vielleicht noch einen Tee? Ich koche gerne noch eine Kanne«, bot sie hastig an.

»Da sage ich nicht Nein.«

Jana nahm die Teekanne vom Tisch und verschwand damit schnell in der Küche. Dort holte sie tief Luft und setzte dann Teewasser auf.

Nein, sie konnte sich nicht mit ihm einlassen. Tamme hätte sie bestimmt nicht abgewiesen, doch wäre er an diesem

Abend bloß ein Notnagel, damit sie sich nicht einsam fühlte. Bloß, weil es mit Ayk bisher nicht klappte, war es noch lange kein Grund, mit Tammes Gefühlen zu spielen.

In diesem Moment wurde ihr klar, dass sie Ayk trotz seines Verhaltens nicht einfach aufgeben konnte. Denn dafür war es bereits zu spät. Ihr Herz hatte längst das Steuer übernommen.

19. Kapitel

»Was für ein hübscher Baum!« Lilo Ampütte hob beeindruckt die Augenbrauen und legte den Kopf schräg.

»Nicht wahr? Ein kleines Träumchen in Grün«, sagte Hilu stolz.

Lichterketten leuchteten in der Tanne, die neben dem Eingang vom *MeerGlück* stand. Das Schmücken hatten Hilu und Jördis übernommen, nachdem sie eine Pyramide mit Kerzen und Engeln auf einem Tisch aufgebaut hatten. Die Zweige waren mit naturfarbenen Schleifen, goldschimmernden Kugeln, Strohsternen und Engelsfiguren verziert, und die Spitze zierte eine weiße Schleife.

Auf den Stühlen lagen weiche Kissen, und im ganzen Laden roch es weihnachtlich nach leckeren Buttermilchwaffeln mit Anis, die Pütti zusammen mit ihrer Mutter im Akkord buk. Der heiße Golden Milk Latte fand bei den frostigen Temperaturen dankbare Abnehmer, und im Schaufenster hing ein Kranz, der ebenfalls mit einer kleinen Lichterkette geschmückt war. Rentiere und Nikoläuse aus Holz sowie Sterne, Tannenzweige und Teelichthäuschen vervollständigten die heimelige Atmosphäre. Das *MeerGlück* erstrahlte zur Wiedereröffnung wie ein wahr gewordener Weihnachtstraum.

»Bezaubernd!«, fand Lilo. »Mir kommt es fast so vor, als wäre heute schon Weihnachten und nicht erst morgen.«

»Nicht wahr? Der Laden ist noch schöner als zuvor«, erwiderte Jana zufrieden und schaute zur Backstube hinüber. »Ich glaube, Pütti und ihre Mutter haben die nächsten Waffeln fertig.«

»Lass uns rübergehen, bevor jemand anderes schneller ist! Die Waffeln riechen wirklich fantastisch.« Lilo hakte Hilu unter, und beide Frauen verschwanden Richtung Backstube.

Jana blickte sich zufrieden um. Das *MeerGlück* war proppenvoll. Obwohl der Vormittag noch nicht zu Ende war, hatte ihre Kasse bereits gut geklingelt. Viele Kunden waren auf der Jagd nach Last-Minute-Geschenken, und dafür war das *MeerGlück* schließlich prädestiniert.

Jana kassierte bei einer Kundin den Preis für ein hübsches Windlicht mit einer Knusperhäuschen-Kerze und packte es dann in Packpapier ein, das sie mit grobem Garn verknotete. Liebevoll verzierte sie jedes einzelne Geschenk mit einer Mischung aus Tannenzapfen, goldenen Federn, Sternen, silbernen Holzengeln und aus Papier gefalteten Rehen.

In dem Trubel entdeckte sie plötzlich Tamme, bei dem sich eine ältere Frau eingehakt hatte. Sofort meldete sich Janas schlechtes Gewissen. Sie hatte ihn zwar am Vorabend zur Wiedereröffnung eingeladen, aber nicht damit gerechnet, dass er nach ihrer Zurückweisung tatsächlich auftauchte. Und ihr war die ganze Sache höchst unangenehm, da ihr bewusst war, dass sie ihren Teil dazu beigetragen hatte. Sonst wäre die intime Stimmung zwischen ihnen überhaupt nicht aufgekommen.

Sie stellte sich vor, wie sie sich fühlen würde, wäre ihr das Gleiche mit Ayk passiert. Bestimmt wäre sie am Boden zerstört und würde sich ständig fragen, was sie falsch gemacht hatte.

Jana ging auf Tamme und die Frau zu. Sie testeten gerade verschiedene Duftkerzen an einem Tisch. »Moin!«, begrüßte sie sie.

»Moin, Jana!« Er gab ihr die Hand.

»Toll, dass du gekommen bist!«

»Habe ich doch versprochen«, antwortete er und lächelte sie an. »Das ist übrigens meine Mutter.«

»Guten Tag.« Sie schüttelte der älteren Dame ebenfalls die Hand. »Das ist aber schön, dass Sie mitgekommen sind.«

»Mein Sohn meinte, das wäre was für mich. Und er hat recht. Hier werde ich nicht nur Dinge für mich finden, sondern auch für meine Schwester Margot. Morgen ist doch Weihnachten. Jedes Jahr weiß ich nicht, was ich ihr schenken soll. Wenn ich sie frage, sagt sie immer, dass sie schon alles hat. Schlimm ist das!« Tammes Mutter schüttelte den Kopf.

»Lassen Sie sich Zeit und stöbern Sie in Ruhe«, sagte Jana.

»Können wir mal kurz reden?«, fragte sie Tamme.

»Natürlich.«

Sie nahm ihn an die Seite, während seine Mutter verschiedene Raumdüfte testete. »Ich fürchte, ich muss mich bei dir entschuldigen«, sagte sie ohne Umschweife.

Tamme schaute sie erstaunt an. »Wofür denn?«

»Für gestern. Weißt du, ich habe mich erst kürzlich von meinem Freund auf Gran Canaria getrennt und bin deswegen gerade etwas durcheinander. Gestern hätte ich mich fast zu einer Dummheit hinreißen lassen.«

»Das macht doch nichts.« Tamme schaute auf seine Fußspitzen. »Ich hätte es zwar wunderschön gefunden, wenn sich etwas zwischen uns entwickelt hätte, aber ich bin froh, dass du mir deine Situation erklärt hast.«

»Das war das Mindeste, was ich tun konnte.«

Er sah sie an und streckte ihr eine Hand entgegen. »Freunde?«

»Natürlich.« Jana griff erleichtert nach seiner Hand. »Ich mag dich wirklich, und ich möchte nicht, dass da etwas zwischen uns steht.«

»Kein Schrank in Sicht«, lachte Tamme und schaute zum Regal voller Raumdüfte, von dem aus ihm seine Mutter zuwinkte. »Ich glaube, Mutti ist fündig geworden. Ich gehe mal zu ihr. Bis später.«

Eine halbe Stunde vor Ladenschluss setzte sich Jana auf einen Stuhl und streckte ihre Beine weit von sich. »Puh! Das war vielleicht ein Marathon. Ich bin total geschlaucht!«

»Frag mich mal! Wenn jetzt noch jemand kommt und was essen will, muss ich leider passen. Die Waffeln waren schon am späten Mittag aus, und es ist auch kein einziges Stück Kurkuma-Kuchen oder auch nur ein Ingwerplätzchen übrig.« Pütti blies sich eine Haarsträhne aus der Stirn.

Jana stieß sie mit dem Ellenbogen an. »Ich habe mich darüber gefreut, wer heute alles da war!«

»Sogar Frau Fröbes. Mit Blumen!« Pütti blickte zu dem Blumenstrauß, der in einer Vase auf der Theke stand.

»Und mein Bruder, der ja sonst jedem Trubel aus dem Weg geht. Das will was heißen.«

Pütti erhob sich, öffnete kurz darauf die Kasse und begann Geldscheine zu zählen. »Wenn das Geschäft so bleibt, dann war der Rohrbruch doch nicht die Katastrophe, für den ich ihn gehalten habe.«

»Es hat alles zwei Seiten.«

Die Türglocke erklang. Als Jana aufstand, traute sie ihren Augen kaum. Ayk betrat das *MeerGlück*, in Begleitung einer Frau. Sie trug eine hellgrüne Wollmütze, die sie tief ins Gesicht gezogen hatte, und einen dazu passenden Steppmantel. Sie war sehr schlank und wirkte fast zerbrechlich auf Jana. Wer war sie?

Sie ging auf sie zu. »Moin!«

»Moin, Jana! Schön ist der Laden geworden.« Ayk lächelte und schaute auf die Frau neben sich. »Felke wollte unbedingt vorbeischauen.«

Natürlich! Nun fiel es ihr wie Schuppen von den Augen. Die grünen Augen, dasselbe dunkelblonde Haar … »Moin, Felke! Unter der dicken Mütze habe ich dich erst gar nicht erkannt.« Sie streckte Felke ihre Hand entgegen.

Felkes Händedruck war sanft. »Ich musste einfach herkommen, um mich bei dir persönlich zu bedanken«, sagte sie mit einer kräftigen Stimme, die so gar nicht zu ihrem Handschlag passen wollte.

»Ja?« Jana war überwältigt. Sie konnte kaum fassen, dass Ayk zusammen mit Felke im *MeerGlück* stand.

»Das Öl, der Duft der Kerze und auch der Heilstein haben mich scheinbar verzaubert. Mit einem Mal hat es sich so angefühlt, als wäre ein großer Druck von meinem Herzen gefallen. Ich kann das erste Mal seit Jahren wieder richtig durchatmen. Danke dafür! Danke, danke, danke! Ich habe nicht mehr daran geglaubt, dass es mal besser werden würde.« Felke drückte Janas Hand. Dieses Mal ein wenig fester.

Sie schluckte. Innerlich war sie aufgewühlt und gerührt über Felkes Geste. Als Jana den Blick hob, erkannte sie, dass es Ayk ähnlich erging. »Du kannst dir gar nicht vorstellen, wie sehr ich mich freue, dass du gekommen bist!«

Pütti kam zu ihnen. »Moin! Ich würde euch ja wahnsinnig gerne Waffeln, Kuchen oder Plätzchen anbieten, aber die Leute haben mir heute sozusagen die Haare vom Kopf gefressen«, fügte sie scherzhaft hinzu.

»Golden Milk Latte ist doch noch da, oder?«, fragte Jana.

»Kurkuma und Kokosmilch hätte ich. Wenn ihr möchtet ...?«

»Dann möchte ich euch einladen«, erklärte Jana.

Felke schaute Ayk unsicher an.

»Wenn du möchtest, können wir noch etwas trinken«, bot er an.

Felke zögerte einen Moment, nickte aber dann. »Gern. Ich habe noch nie Golden Milk Latte getrunken.«

Nach zwanzig Minuten hatten sie ihre Tassen mit der Kurkuma-Milch ausgetrunken. Glücklicherweise war kein weiterer Kunde gekommen, der Felke hätte irritieren können. Ayk und seine Schwester wollten sich nun verabschieden.

»Das war wirklich sehr lecker. Noch mal danke für die Einladung«, sagte Felke.

»Da nicht für. Ich freue mich wirklich riesig, dass du vorbeigeschaut hast.«

»Bevor wir gehen, möchte ich aber noch etwas loswerden.« Felke blickte zwischen Jana und Ayk hin und her. »Ich wollte mich bei euch dafür entschuldigen, dass ich euch den Abend im Restaurant kaputtgemacht habe.«

»Ach, dafür brauchst du dich nicht zu entschuldigen«, winkte Jana ab.

»Oh, doch!«, beharrte Felke. »Ayk hatte mir nicht erzählt, dass er mit dir zum Essen verabredet war. Das habe ich erst erfahren, als ich ihn angerufen habe. Deswegen habe ich heute Abend einen Tisch im *Deichkind* für euch reserviert, um es wiedergutzumachen.«

»Felke!«, sagte Ayk sichtlich gerührt. »Du weißt, dass ich immer da bin, wenn du mich brauchst.«

Sie sah ihn fest an. »Es wird Zeit, dass du deine Abende endlich woanders verbringst als bei mir.« Liebevoll strich sie über seine Wange. »So kann ich in Ruhe das neue Buch lesen, das du mir mitgebracht hast.«

Jana und Ayk schauten einander perplex an.

»Und das ist auch wirklich in Ordnung für dich?«, fragte Ayk seine Schwester.

»Es wäre für mich nicht in Ordnung, wenn ihr ablehnen würdet.«

Als Ayk seine Schwester fest umarmte, sah Jana, dass er Tränen in den Augen hatte.

20. Kapitel

Jana knipste die Deckenleuchte in ihrem Schlafzimmer an. Dann streifte sie ihre Kleidung vom Körper und ließ sie achtlos auf den Boden fallen. Zu ihrer Verabredung mit Ayk im *Deichkind* wollte sie nicht im selben Outfit erscheinen, das sie während der Arbeit getragen hatte. Sie öffnete den Kleiderschrank und zog sich ein Strickkleid mit Rollkragen über den Kopf. Dazu schlüpfte sie in eine dunkelblaue, blickdichte Strumpfhose, die gut zu ihren braunen Fellstiefeln passte.

Normalerweise hätte sie nach Geschäftsschluss ein Feuer in ihrem Kamin im Wohnzimmer angezündet und dicke Wollsocken angezogen. An diesem Abend war es draußen so kalt, dass sie sich einen heißen Kakao zubereitet, sich in eine Decke gekuschelt und die Füße hochgelegt hätte — wäre sie nicht mit Ayk verabredet. Aber sie freute sich sehr auf das unverhoffte Date.

Im Bad bürstete sie sich das Haar, pinselte etwas Puder über ihr Gesicht und verteilte Gloss auf ihren Lippen. Zum Schluss tuschte sie sich die Wimpern und legte Parfum auf, das herrlich nach Vanille, Ambra und Jasmin duftete. Sie kostete die Vorfreude und das kribbelige Gefühl in ihrem Bauch voll aus, das sie spürte, wenn sie an Ayk dachte.

Da am nächsten Tag Heiligabend war, überlegte sie, ob sie ihm vielleicht ein kleines Geschenk machen sollte. Für ihren Online-Shop hatte sie neue chinesische Teesorten bestellt … Nein, sie wollte ihn nicht in Verlegenheit bringen, falls er keine Kleinigkeit für sie hatte. Ein lieber Weihnachtsgruß würde ausreichen. Immerhin ging es in erster Linie darum, an den anderen zu denken und nicht um Geschenke.

Es klingelte an der Tür. Das musste das Taxi sein, das sie bestellt hatte. Nach einem letzten prüfenden Blick in den Spiegel ging Jana beschwingt nach unten.

»Schmeckt wirklich sehr lecker.« Jana legte die Gabel auf dem Teller ab und trank einen Schluck Weißwein. »Normalerweise esse ich keine Muscheln. Als kleines Kind habe ich nach einer Wattwanderung mal den Entschluss gefasst, nie wieder welche zu essen. Außerdem fand ich sie schon immer ziemlich eklig. Viel zu glibbrig und schleimig. Aber diese hier waren wirklich köstlich.« Sie tupfte sich mit der Serviette dezent die Lippen ab.

»Felkes Überraschungsmenü für uns hat es in der Tat in sich. Ich bin gespannt, was nach der Vorspeise kommt. Immerhin hat sie ihre Auswahl *Tag am Meer* genannt.« Ayk aß seine letzte Auster.

»Solange es keinen Aal gibt, ist für mich alles okay«, lachte Jana.

»Bei Aal bin ich auch raus«, stimmte Ayk zu. »Sylter Austern sind für mich im Übrigen ein absolutes Geschmackserlebnis. Kein Vergleich zu Miesmuscheln oder anderen Arten.« Er probierte ein Stück des gebutterten Schwarzbrots. »Ich esse Austern gerne in der Winterzeit. Sie haben einen hervorragenden Nährstoffgehalt und geben dem Immunsystem genügend Power, um Erkältungen schon im Vorfeld den Garaus zu machen.«

Überrascht sah Jana ihn an. »Dann bin ich nun bestens für die Erkältungszeit gewappnet.« Auf ihrem Teller lagen sechs leere Muschelschalen.

Wie immer fühlte Jana sich sehr wohl mit Ayk. Wenn er sie ansah, meinte sie in den Tiefen seiner grünen Augen versinken zu können. Und trotz des Knisterns zwischen ihnen entstand keine unangenehme Gesprächspause. Sie unterhielten sich bestens, tauschten Erinnerungen aus der Schulzeit aus und sprachen über die Wiedereröffnung vom *MeerGlück*. Die Bedienung kam, räumte die leeren Teller ab und servierte eine duftende Kürbis-Karotten-Ingwer-Kokos-Suppe mit gebratenen Scampi.

»Riecht die gut. Ich liebe Suppen! Besonders im Winter. Meine Oma Hansa hat mich immer Suppenkasper genannt.«

»Da hast du etwas mit meiner Schwester gemeinsam. Für die Krabbensuppe meiner Mutter lässt sie alles stehen und liegen.« Er strich nachdenklich die Linien des Silberlöffels nach, bevor er ihn ergriff und die Suppe probierte.

»Ich war übrigens total überrascht, als du plötzlich zusammen mit Felke im Laden aufgetaucht bist«, nahm Jana den Faden auf und kostete ebenfalls.

»Was glaubst du, wie ich gestaunt habe, als sie mir völlig ohne Vorwarnung verkündet hat, dass sie dich im *Meer-*

Glück besuchen will. Ich war mir zuerst nicht sicher, ob sie mich auf den Arm nimmt!« Er tunkte ein Stück Baguette in die Suppe. »Immerhin hat sie seit Jahren kaum einen Fuß vor die Tür gesetzt. Ich glaube, wir waren etwa zweimal im Garten meiner Eltern.«

»Und dann will sie auf einmal raus und ausgerechnet zu mir. Wirklich verrückt!« Jana freute sich so sehr für Felke, dass sie diesen Schritt gewagt hatte. »Was haben eigentlich deine Eltern dazu gesagt?«

Ayk zuckte die Achseln. »Mein Vater ist eher der sachliche norddeutsche Typ. Er fand, dass es auch langsam an der Zeit wäre und Felke etwas frische Luft vertragen könnte.«

»Der Spruch könnte auch von meinem Vater kommen.« Jana lachte. »Und deine Mutter? Wie hat sie reagiert?«

»Die hat sich gleich Sorgen gemacht. Sie hatte eine Heidenangst, dass Felke sich überfordert. Und natürlich gilt es jetzt auch abzuwarten, wie es ihr danach geht. Aber sie hat es sich zugetraut und auch gewagt. Ich bin unheimlich stolz auf sie.«

»Ich freue mich so für euch.« Jana kratzte mit dem Löffel schon den Rest der Suppe auf dem Teller zusammen.

Ayk hob sein Glas. »Das haben wir alles dir zu verdanken. Dir und deinem Talent. Was du in der kurzen Zeit bei Felke bewirkt hast, ist keinem Arzt gelungen.«

»Ach, was … Ich bin ja kein Arzt und will mir nichts anmaßen. Trotzdem fühle ich mich geschmeichelt, und ich danke dir.« Sie griff ebenfalls nach ihrem Weinglas und stieß mit ihm an.

Nachdem der Gang abgeräumt worden war, wurde ihnen

Kabeljau mit Oliven-Krokant-Kruste auf gedämpftem Spinat mit Orangen-Pfeffer-Butter serviert.

Ayk griff zu seinem Besteck. »Meine Mutter hat mir erzählt, dass deine Oma ihr mal sehr geholfen hat, als sie unter heftigen Migräneanfällen gelitten hat. Ich finde es schon erstaunlich, was man ohne Chemie bewirken kann. Und du bist zweifellos sehr talentiert.«

Jana probierte ein Stück Kabeljau. »So gut wie meine Oma bin ich leider nicht. Bei ihr hatte ich als Kind manchmal das Gefühl, dass sie wirklich zaubern konnte.«

Nachdem er seine Gabel abgelegt hatte, berührte er sanft ihre Hand. »Ich bin mir sicher, sie wäre stolz auf dich. Besser hätte sie meiner Schwester auch nicht helfen können. Felke hat sich übrigens endlich dazu entschlossen, eine neue Therapie zu beginnen. Ihr ist bewusst, dass sie am Anfang eines langen Weges steht, aber sie fühlt sich bereit dazu, ihn zu gehen.«

»Wenn das kein Grund zum Feiern ist!«, fand Jana. »Und ganz ehrlich, einen großen Anteil daran hast garantiert du, weil du dich so gut um sie kümmerst, ihr Sicherheit vermittelst und sie weiß, dass du sie stützt. Einen solchen Bruder zu haben ist schon etwas Besonderes.«

Er winkte ab. »Jetzt werde ich gleich ganz verlegen.« Dann wandte er ihr den Blick wieder zu. »Aber wir haben so viel zu feiern heute. Bist du eigentlich mit dem Auto hier?«

Sie lächelte und spürte, wie ihr vor Freude der Magen kribbelte. »Nein.«

»Perfekt. Ich auch nicht.« Ayk bestellte eine Flasche *Charles Heidsieck Rosé Reserve*-Champagner, den wenig später eine junge Kellnerin brachte. Er prostete Jana zu. »Auf deine zauberhaften Fähigkeiten.«

Feierlich hob sie ihr Glas. »Auf Felke und auch auf dich.« Sie genoss den Abend in vollen Zügen. Ayk war so unbekümmert und fröhlich, wie sie ihn sonst selten erlebt hatte. Und seine Augen glänzten verheißungsvoll, wenn er sie ansah. Nach dem zweiten Glas Champagner fühlte Jana sich so beschwingt und leicht wie seit Langem nicht mehr. Ayk schien es ähnlich zu gehen. Er ließ sie keine Sekunde aus den Augen.

»Ich habe das Gefühl, ich platze gleich.« Sie verdrehte genüsslich die Augen und hielt sich den Bauch. »Bratapfel mit Nougat-Mandel-Füllung auf heißem Quittenragout. Da konnte ich einfach nicht Nein sagen.«

»Ich bin froh, dass du nicht geplatzt bist.« Ayk zog seinen Jackenkragen höher.

Sie standen in der Kälte auf der Terrasse vor dem *Deichkind*. Vom klaren Nachthimmel leuchteten unzählige Sterne, und über dem Meer schien der Mond.

»Nach dem himmlischen Genuss wäre es ein schöner Tod gewesen«, meinte Jana gut gelaunt. »Schade, dass ich nicht kochen kann.«

Er lachte. »Das glaube ich dir nicht!«

»Na gut. Spiegelei und Nudeln bekomme ich noch hin, aber danach kommt nicht mehr viel. Eventuell schaffe ich noch Toast-Hawaii.«

Ayk grinste sie schief an. »Ich habe da jede Menge Kochbücher im Angebot.«

Jana ging in Gedanken ihr Bücherregal durch. »Ich besitze tatsächlich keins.«

»Das lässt sich schnell ändern. Komm mit!« Er hielt ihr seine Hand entgegen.

»Was hast du vor?«

»Kleine nächtliche Buchtour?«, fragte er erwartungsvoll.

Ihr schlug das Herz bis zum Hals, aber sie widerstand keineswegs und wollte das auch gar nicht. »Du bist ja verrückt!«, sagte sie, als sie seine Hand ergriff.

»Wird auch langsam Zeit für mich, ein wenig verrückt zu sein.« Sanft strich er mit dem Daumen über ihre Finger.

Sie genoss seine Berührung und erwiderte leiser: »Ich bezweifele allerdings, dass ein Buch aus mir eine gute Köchin machen wird.«

»Das Unmögliche zu schaffen, gelingt einem nur, wenn man es für möglich hält. Das sagt der verrückte Hutmacher aus *Alice im Wunderland*.« Er zog Jana hinter sich her, und wenig später schloss er den Buchladen auf.

Zielstrebig ging Ayk zu einem Regal und zog ein Buch heraus. »Wie wäre es mit *So kocht der Norden*? Oder doch lieber *Wintergerichte aus dem Thermomix*?«

Amüsiert griff sie nach dem Buch. »Du wirst lachen, aber ich habe vor einem Jahr mal ernsthaft darüber nachgedacht, ob so eine Küchenmaschine was für mich wäre.«

»Warum nicht? Ich weiß von Kundinnen, dass sie sehr zufrieden mit dem Gerät sind und damit tolle Gerichte zaubern.«

»Das andere hört sich aber auch nicht schlecht an«, überlegte Jana und biss sich auf die Unterlippe.

»Dann nimm beide. Ich schenke sie dir.« Schon hatte er einen Jutebeutel hervorgezaubert und packte die Bücher hinein. »Voilà.«

»Das ist toll. Danke! Dann habe ich jetzt auf einen Schlag zwei Kochbücher.«

»Hauptsache, du kochst damit auch!« Wieder berührten sich ihre Hände, als er ihr den Beutel reichte. Und wieder kostete sie den Kontakt aus, solange er anhielt.

»Ich werde es ausprobieren und dich als Versuchskaninchen zum Kosten einladen«, meinte Jana.

»Da freue ich mich jetzt schon drauf.« Zärtlich drückte er ihre Hand, bevor er ihr voraus zum Ausgang ging.

Während er die Tür abschloss, machte Jana noch ein Foto mit ihrem Handy von dem Lesepult im Schaufenster, damit sie es ihm an Weihnachten schicken konnte. Wenn er wüsste, was sie ihm schenken wollte …

»Willst du mit dem Taxi nach Hause fahren?«, erkundigte er sich.

»Am liebsten würde ich laufen«, erwiderte sie ausgelassen. »Ich bin bis oben hin voll gefuttert.«

Er sah sie herausfordernd an. »Dann lass uns doch laufen. Ich begleite dich.«

»Bis zu mir nach Hause sind es bestimmt drei Kilometer«, schätzte Jana und schaute zum Himmel hoch. »Wir werden uns den Hintern abfrieren. Es ist keine einzige Wolke am Himmel zu sehen.«

»Als echte Nordseekinder können wir das doch ab!«

»Nun gut.« Jana zog ihre Mütze tiefer ins Gesicht. »Aber nur, wenn wir über den Deich gehen.«

Ayk beleuchtete mit einer Taschenlampe den Weg, die er in der Buchhandlung eingesteckt haben musste. Außer dem Lichtkegel der Lampe, den funkelnden Sternen über ihnen und dem Mond, der wie eine zweite Lichtquelle über der See schwebte, war es stockduster und fast windstill. Ein magischer Moment, dachte Jana. In der Ferne blitzte in regelmäßigen Abständen das Leuchtfeuer vom Böhler Leuchtturm auf.

Auf halber Strecke blieben Jana und Ayk stehen und genossen für einen Moment die klirrende Kälte und die Stille, die über dem Deich und den Salzwiesen lag.

»Warst du schon mal nachts am Böhler Leuchtturm?«, fragte er.

»Nö. Du?«

»Schon öfter. Es ist wunderschön. Wusstest du, dass die Laterne des Leuchtturms eine Reichweite von bis zu sechzehn Seemeilen hat?«

»Jetzt schon! Das ist wirklich eine Menge für so einen kleinen Turm. Wenn ich mich nicht täusche, sind das dann ungefähr dreißig Kilometer.« Sie runzelt die Stirn und ging weiter.

»Stimmt. Neunundzwanzig, um ganz genau zu sein. Machen wir einen Abstecher bis zum Leuchtturm?« Er bot ihr seinen Arm an.

Ihr gefiel dieses Abenteuer mit ihm viel zu gut, als dass sie auch nur in Erwägung gezogen hätte abzulehnen. »Das ist ja noch weiter als bis zum Kapitänshaus.«

»Na und?«, erwiderte er. »Morgen ist Heiligabend. Unsere Läden öffnen bloß für ein paar Stunden, und danach erst wieder nach Weihnachten. Wir haben genug Zeit.«

»Also, ich muss mal eben in mich hineinhören«, sagte sie scherzend und hakte sich enger bei ihm ein. »Meine Beine fühlen sich zwar an wie Eisklumpen, aber der Bratapfel meint, eine Nachtwanderung ist eine gute Idee.«

Sie gingen über den verschneiten Deich und hielten Kurs auf das Leuchtfeuer des kleinen Ziegelturms. Als sie am Fuße des Seezeichens ankamen, verfolgte Jana den Lauf des Laternenscheins, der über die frostigen Salzwiesen strich.

»Was sagst du? Hat sich der Spaziergang gelohnt?«, fragte Ayk und sah sie an.

»Auf jeden Fall! Richtig mystisch ist es hier. Wie eine Szene aus einem Film.«

»*Der kleine Leuchtturm auf dem Deich*, vielleicht?«

»Nicht geheimnisvoll genug.« Auf ihrer Nasenspitze landete etwas Nasskaltes. Sie blickte wieder hoch zum Leuchtturm. Der Himmel hatte sich teilweise zugezogen. In dem hellen Lichtschein des Seezeichens wirbelten Schneeflocken umher. »Eher wie *Die Schneekönigin*.«

»Das Märchen habe ich geliebt. Besonders im Winter. Meine Mutter musste es mir früher jeden Abend vorlesen«, erinnerte er sich und fing mit den Händen ebenfalls ein paar Schneeflocken auf.

Staunend musterte sie ihn. »Genau wie bei mir. Das gibt es ja nicht!«

»Im Sommer war mein Favorit ...«, begann er den Satz.

»Sag nichts!« Sie hob eine Hand. »Ich komme drauf.«

Er schaute sie belustigt an. »Da bin ich aber gespannt!«

Sie schloss die Augen und versuchte, sich auf Ayks mögliche Antwort zu konzentrieren. »Im Sommer war mein Favorit ... *Die kleine Seejungfrau*«, vollendete sie den Satz. Und bevor sie ihre Augen wieder geöffnet hatte, spürte sie seine warmen Lippen auf ihren. Ihr Herz klopfte wild, und ein heißer Strom Glücksgefühle toste durch ihren Körper.

21. Kapitel

Jana trug einen großen Karton voller Kerzen und Öle und drückte die Tür zum *MeerGlück* mit einer Schulter auf. Einen nicht minder großen Karton trug ihre Mutter hinter ihr. Durch die überdurchschnittlich guten Verkäufe am Vortag waren einige Lücken in ihrem Sortiment entstanden, die es für den Weihnachtsendspurt zu füllen galt.

»Moin, ihr zwei!« Pütti holte ein Blech Ingwerkekse aus dem Ofen und stellte es zum Abkühlen auf die Arbeitsfläche ihrer kleinen Backstube.

»Moin, Pütti! Ich dachte, gestern wäre schon der Teufel los gewesen. Aber das war ja im Gegensatz zu heute bloß eine Aufwärmphase«, raunte Jana ihr zu und stellte den Karton hinter dem Tresen ab.

»Moin, du Fleißige!« Ihre Mutter tat es ihr gleich. »Puh! Der Karton ist ganz schön schwer.«

»Der Trend geht zum Weihnachtsgeschenk auf den allerletzten Drücker«, kommentierte Pütti den Anblick, der sich ihnen bot. Das *MeerGlück* war so gut besucht, als hätten Jana und Pütti einen Ausverkauf ausgerufen. Obwohl es noch sehr früh war, tummelten sich schon so viele Kunden in dem Geschäft wie am Vortag nachmittags. Sie würden alle Hände voll zu tun haben, um den Kundenwünschen gerecht zu werden.

»Man könnte denken, hier gibt es was umsonst«, meinte Hilu kopfschüttelnd. »Gut, dass ich schon längst alle Geschenke zusammenhabe. Frohes Schaffen euch beiden! Ich muss das Auto wegfahren, bevor ich ein Knöllchen kassiere.« Sie wandte sich an Jana. »Ich mache jetzt schnell noch ein paar Besorgungen für heute Abend und bringe sie nachher mit.«

Jana nickte. »Ist gut!«

»Kochst du etwa?«, fragte Pütti argwöhnisch, nachdem Hilu gegangen war.

Jana lachte auf und reichte einer Kundin eine Duftkerze. »Wo denkst du hin? Mutti kocht natürlich. Ich putze bloß das Gemüse und reiche ihr den Kochlöffel.«

»Na, dann ist ja gut. Ich hoffe, sie lässt das Salz nicht aus den Augen.« Pütti schäumte Hafermilch für einen Golden Milk Latte auf und grinste sie dabei provokant an.

»Das ist fast zwanzig Jahre her!«, protestierte Jana, während sie einen Tisch mit neuen Kerzen bestückte. Damals hatte sie für Pütti einen Kuchen zum Geburtstag gebacken und dabei Zucker und Salz verwechselt. »Das schmierst du mir wahrscheinlich noch aufs Brötchen, wenn wir alt und klapprig sind.«

»Mindestens!« Sie legte ein paar Plätzchen mit einem Pfannenwender auf einen Teller.

»Dabei habe ich den Kuchen damals mit viel Liebe gebacken.« Jana musste bei der Erinnerung grinsen.

Pütti hob den Zeigefinger. »Und mit Salz!«

»So versalzen war er nun auch wieder nicht.«

»Du hast Alzheimer light, aber Schwamm drüber«, meinte Pütti. »Die Knusperhäuschen-Kerzen sind übrigens restlos ausverkauft, und die Öl-Mischungen gegen Schmerzen neigen sich ebenfalls dem Ende zu«, berichtete sie. »Ich hoffe, du hast genügend Nachschub mitgebracht.«

»Von dem Schmerzöl ja. Das habe ich wohlweislich auf Vorrat gemixt, weil viele Leute in der Winterzeit Gelenkbeschwerden haben. Aber bei den Knusperhäuschen muss ich leider passen. Auf die superguten Verkäufe war ich nicht vorbereitet. Was sagen denn die Online-Verkäufe? Hat sich da schon was getan?«

»Moment.« Pütti rief auf einem Laptop ihren Shop auf, der pünktlich zur Wiedereröffnung an den Start gegangen war. »Drei Bestellungen. Zwei davon aus Spanien.«

Jana warf einen Blick auf die Bestellliste. »Das sind immerhin drei mehr als gestern. Für den Anfang ganz gut«, sagte sie gut gelaunt. Seit Ayks Kuss am Böhler Leuchtturm schwebte sie durch den Tag. Oder lag es an Weihnachten? Heute konnte ihr nichts die Stimmung trüben.

Pütti runzelte die Stirn. »Strahlst du so wegen der drei Bestellungen?«

»Ayk hat mich geküsst«, platzte es aus ihr heraus.

Pütti riss die Augen auf. »Nein! Echt? Wann?«

»Echt!« Sie nickte. »Gestern Abend, nach dem Essen im *Deichkind*.«

»Einfach so?«

»Sagen wir mal so, es hat sich irgendwie ergeben. Wir sind zum Böhler Leuchtturm gelaufen, es hat geschneit, und da ist es dann passiert.«

»Wow! Der erste Kuss am Böhler Leuchtturm. Das klingt sehr romantisch.«

»Wunderbar romantisch!« Jana nahm ein paar Fläschchen mit Öl aus dem Karton und füllte damit ein Regal auf.

»Seid ihr jetzt richtig zusammen?«, hakte Pütti nach.

Jana lächelte über die Formulierung. »Das wird die Zeit zeigen.«

Es war noch ein sehr zartes Glück zwischen Ayk und ihr. Nach dem Kuss am Leuchtturm hatte er sie noch bis zu ihrer Haustür begleitet. Dort hatten sie sich noch einmal geküsst, bevor sie hineingegangen war. Sie hatte ihn nicht hereingebeten, und er hatte auch nicht danach gefragt. Manchmal war es besser, die Dinge langsam angehen zu lassen und zu schauen, was sich entwickelte.

Sie fragte sich, wann sie wieder von ihm hören würde. Seit dem nächtlichen Abschied hatten sie nicht mehr miteinander gesprochen und auch keine Nachrichten ausgetauscht. Mal wieder. Andererseits war es ja auch nur ein paar Stunden her. Jana entdeckte eine Kundin, die ihre Brille abgenommen hatte und angestrengt die Etiketten der Raumdüfte betrachtete. Sie ging zu ihr und bot ihre Hilfe an.

»Du kannst schon mal den Rotkohl aus den Gläsern in den großen Topf geben«, sagte ihre Mutter und zeigte auf einen hohen Edelstahltopf, der auf der Arbeitsfläche neben dem Brotkasten stand.

»Ist gut.« Jana schnappte sich einen Löffel und vier große Einmachgläser aus einem geflochtenen Korb, in denen sich selbst gemachter Apfel-Rotkohl befand. Ging es ums Einmachen, war ihre Mutter kaum zu schlagen. In ihrem Keller standen Regale voll mit konservierten Lebensmitteln in Gläsern. Neben diversen selbst gemachten Marmeladen fand sich eingekochtes Obst und Gemüse, Saucen und Suppen, sogar fertige Gerichte oder auch Kuchen.

Sie bereiteten zusammen das große Weihnachtsessen im Kapitänshaus vor, zu dem die ganze Familie, inklusive Tanten, Onkel und eine Cousine mit Anhang, eingeladen war. Wie Ayk wohl das Fest verbringen würde? Jana fand es schade, dass sie ihn am vergangenen Abend gar nicht danach gefragt hatte. Sie vermutete, dass er auch mit seiner Familie feierte. Schon allein wegen Felke.

Immer wieder linste Jana zu ihrem Handy, das auf dem Küchentisch lag. Keine neuen Nachrichten. Der halbe Geschäftstag war im *MeerGlück* bis fast ganz zum Schluss voller Trubel gewesen. Ähnlich musste es auch bei *Bookbantje Truels* gewesen sein. Trotzdem hätte sie sich gefreut, wenn Ayk sich bei ihr zwischendurch kurz gemeldet hätte. Und wenn er nur ein Danke geschickt hätte. Nun ja, so war Ayk eben. Sein Schweigen hatte nichts Negatives zu bedeuten, das wusste sie mittlerweile. Ayk würde sich schon melden. Und dann hatte sie eine ganz besondere Weihnachtsüberraschung für ihn.

»Fehlt noch was?«, fragte Janas Mutter und ließ ihren Blick über die Küchenplatte gleiten, die mit allerhand Leckereien vollgepackt war.

»Nicht dass ich wüsste. Wir haben alles vorbereitet. Die Kartoffeln liegen fertig geschält im Wasser, das Gemüse ist geputzt, der Braten steht im Ofen und das Dessert im Kühlschrank«, zählte sie auf.

»Hört sich komplett an.« Janas Mutter schaute auf die Uhr. »So spät schon! Wir müssen gleich los zur Kirche. Der Gottesdienst fängt in einer halben Stunde an. Ich gehe nur noch schnell ins Bad.«

»Ist gut. Ich bin mal eben oben und ziehe mir was anderes an.« Jana steckte sich ihr Handy in eine Gesäßtasche ihrer Jeans und stieg die Treppe zu ihrem Schlafzimmer hoch. Im Grunde genommen war sie kein besonders religiöser Mensch, doch durch ihre Zeit auf Gran Canaria und mit Vitos Familie hatte sie ein anderes Bewusstsein für das Thema Kirche entwickelt und erkannte, wie sehr Rituale und Glaube die Menschen zusammenhielt.

Nachdem sie das Handy auf ihr Bett geworfen hatte, öffnete sie den Kleiderschrank. Ihre Wahl fiel auf einen schlichten grauen Wollrock, eine schwarze Strumpfhose und einen Rollkragenpullover in einem rosigen Fliederton. Dazu band sie sich einen hellen Seidenschal um und steckte ihr Haar am Hinterkopf zusammen.

Jana öffnete die Schublade einer Kommode und entnahm einer Schatulle ein Paar silberne Kreolen und trug dazu Oma Hansas Tigeraugenring. Nachdem sie den Schmuck angelegt hatte, begutachtete sie im Spiegel zufrieden das

Ergebnis. So konnte sie zum Gottesdienst in die St. Peter-Kirche gehen. Und wer wusste schon, ob ihr dort nicht rein zufällig auch Ayk mit seiner Familie über den Weg laufen würde. Immerhin war St. Peter-Ording nicht Hamburg, und es war einfacher, einander zu begegnen, als sich aus dem Weg zu gehen.

Sie griff gerade nach ihrem Wintermantel im Kleiderschrank, als ihr Handy den Eingang einer neuen Nachricht signalisierte. Hastig zog sie ihre Hand zurück und nahm das Telefon vom Bett. Wärme durchströmte sie, als sie sah, vom wem die Sprachnachricht kam. Sie kam vom Ayk! Endlich!

Moin, Jana! Ich habe überlegt, ob ich mich heute bei dir melden soll. Natürlich möchte ich dir Frohe Weihnachten wünschen und hoffe, dass du einen schönen Abend haben wirst. Du feierst bestimmt mit deiner Familie. Ich übrigens auch. Wo wir auch gleich beim Thema wären ...

Es entstand eine Pause. Jana merkte, dass Ayk nach den passenden Worten suchte.

Es ist nämlich so, als ich letzte Nacht nach Hause kam, hatte ich fünf Nachrichten von meinen Eltern auf dem Handy. Ich hatte mein Telefon nicht dabei, als wir uns getroffen haben, und mir ist es auch erst aufgefallen, als ich wieder zu Hause war.

Jana dachte an ihren gemeinsamen Abend zurück. Erst jetzt fiel ihr auf, dass sie ihn tatsächlich nicht ein Mal mit einem Handy gesehen hatte.

Meine Eltern mussten wegen Felke den Notarzt rufen. Sie hatte eine heftige Panikattacke und musste stationär aufgenommen werden. Ich habe deswegen ein sehr schlechtes Gewissen. Während ich eine schöne Zeit mit dir im Deichkind *hatte, ging es meiner Schwester schlecht, und ich war noch nicht mal auf dem Handy erreichbar.*

Ayk hörte sich aufgebracht an.

Ich habe wirklich gedacht, es würde gehen mit uns. Ich habe es mir so sehr gewünscht, doch ich habe eingesehen, dass es nicht möglich ist.

Wieder machte er eine Pause und räusperte sich umständlich. Janas Herz klopfte hart gegen ihre Brust. Sie wusste, dass er gleich etwas sagen würde, was sie unter keinen Umständen hören wollte.

Glaub mir, mir fällt das jetzt nicht leicht.

Oh, nein! Bitte nicht! Jana sank auf ihr Bett.

Aber ich kann unter diesen Umständen keine Beziehung aufbauen, obwohl ich es mir wirklich sehr wünsche. Das musst du mir glauben! Ich fühle mich für Felke verantwortlich. Sie ist krank, und sie braucht mich. Ich darf in der Situation nicht egoistisch sein und das einfach übergehen. Mich plagen seit gestern schreckliche Gewissensbisse. Nicht nur Felke, sondern auch dir gegenüber. Ich habe mich dazu hinreißen lassen, dich zu küssen, obwohl meine Schwester noch längst nicht über den Berg ist. Das heißt nicht, dass ich es bereue. Im Gegenteil. Nur war es viel zu früh, einfach nicht der richtige Zeitpunkt für eine Beziehung.

Ich habe damit falsche Hoffnungen in dir geweckt, wofür ich mich am liebsten ohrfeigen würde. Und dann muss ich es dir auch noch an Weihnachten sagen und versaue dir wahrscheinlich damit das Fest.

Jana hörte aus jedem Wort Ayks schlechtes Gewissen heraus.

Bitte glaube mir, ich habe es mir anders vorgestellt und nicht vorgehabt, dass es sich so entwickelt. Natürlich kann ich verstehen, wenn du jetzt total wütend auf mich bist. Ich bin es ja selbst auch. Ich hoffe, dass wir trotzdem einen Weg finden werden, um Freunde zu sein. Das wünsche ich mir sehr. Er seufzte. *Fröhliche Weihnachten, liebe Jana, und viele Grüße an deine Familie.*

Stille. Ayks Nachricht war zu Ende. Jana saß kerzengerade auf dem Bett und fühlte sich unfähig zu einer Regung. Er wollte, dass sie Freunde waren. Diese Aussage hatte sie wie ein Fausthieb in die Magengegend getroffen. Sie wollte keine Freundschaft mit ihm. Nicht, nachdem diese Gefühle für ihn in ihr gewachsen waren.

An Weihnachten, dem Fest der Liebe! Toll, dachte sie betroffen und starrte kopfschüttelnd auf ihr Handy. Sollte sie antworten? Und was? Dass sie ihm und seiner Familie auch Frohe Weihnachten wünschte?

Jana lachte verletzt auf und klickte durch ihre gespeicherten Fotos auf dem Telefon. Bei dem Bild, auf dem das Lesepult in Ayks Schaufenster zu sehen war, blieb sie hängen. Sie musste schlucken. Er hätte sich so sehr über das Weihnachtsgeschenk von ihr gefreut. Da war sie ganz sicher.

»Jana? Bist du bald so weit?«, rief ihre Mutter von unten.

Sie räusperte sich, damit der Klos in ihrem Hals verschwand. »Ja, bin gleich da!«, antwortete sie.

»Beeil dich! Wir sind schon spät dran!«

Als Jana mit ihren Eltern an der Kirche ankam, war sie noch immer völlig durch den Wind. Ihre Mutter schien nichts von ihrem emotionalen Chaos bemerkt zu haben. Stattdessen hatte sie auf dem Weg zur St. Peter-Kirche die alte Geschichte von ihr und ihrem Bruder erzählt, die Jana bestimmt schon tausend Mal gehört hatte. Besonders an Weihnachten.

Meistens kramte sie neben alten Geschichten noch die passenden Fotoalben und Super-8-Filme heraus. Irgendwie war das schon eine Tradition geworden.

Und dieses Mal war Jana froh, denn so konnte sie einfach nur zuhören und musste nicht über sich sprechen. Vor der Kirche wurden sie bereits von der Verwandtschaft erwartet und mit großem Hallo begrüßt. Jana setzte ihr strahlendes Lächeln auf.

»Gut siehst du aus«, meinte ihre Tante Bruni, während sie in die Kirche gingen. »So einen frischen Teint hätte ich auch gerne. Vielleicht sollte ich nach Gran Canaria ziehen?«

Jana lächelte sie schwach an. »Nach einer Weile würden dir bestimmt die Krabbenbrötchen und das Schietwetter fehlen.«

»Da hast du wahrscheinlich recht«, stimmte Tante Bruni zu.

Sie nahmen zusammen in einer Kirchenbank Platz.

Der Gottesdienst zog wie aus weiter Ferne an Jana vorbei. Die festlich geschmückte Kirche, den niedlichen Kinderchor und den überdimensionierten Adventskranz nahm sie kaum wahr. Während der anschließenden gemeinsamen Familienfeier versuchte Jana ihre Gefühle so gut es ging zu überspielen. Das köstliche Weihnachtsessen zwang sie in sich hinein. Und über die netten Geschenke konnte sie sich nicht wirklich freuen.

Spät am Abend surrte die Spülmaschine in der Küche, die Gäste waren längst gegangen. Ihre Mutter hatte noch geholfen, klar Schiff im Haus zu machen, und sich bestimmt zum hundertsten Mal für den Bernsteinanhänger bedankt. Jana freute sich darüber, dass ihr Geschenk so gut ankam.

Sie schob die Stühle an den Wohnzimmeresstisch. Dabei dachte sie fast wehmütig an den Tag, an dem sie das Geschenk für ihre Mutter in dem Geschäft an der Seebrücke gekauft hatte. Zu diesem Zeitpunkt hatte sie nicht geahnt, in welche Richtung sich die Beziehung zwischen Ayk und ihr entwickeln würde, sondern war noch voller Hoffnung gewesen.

Sie setzte sich in Oma Hansas Schaukelstuhl und hörte sich traurig noch einmal Ayks Nachricht an.

Seine Worte taten beim zweiten Hören genauso weh wie beim ersten Mal. Doch sie konnte ihm nicht böse sein. Er hatte es sich anders gewünscht.

Je länger sie darüber nachdachte, umso mehr musste sie einsehen, dass es keine Wunder gab. Manche Krankheiten waren einfach zu ernst und nicht von jetzt auf gleich heilbar. Da stießen Oma Hansas Rezepturen nun einmal an ihre Grenzen.

Jana verstand Ayks Entscheidung, auch wenn es ihr schwerfiel. Wäre Thies krank, würde sie sich auch für ihn entscheiden. In einer fließenden Bewegung stand sie auf und setzte sich an den Küchentisch, um eine Nachricht zu schreiben.

Lieber Ayk,
ich habe Verständnis für deine Entscheidung und wünsche Felke von Herzen, dass es ihr bald wieder besser geht. Natürlich hätte ich mir gewünscht, dass es zwischen uns anders weitergehen würde. Doch wie du schon sagtest, es war einfach nicht der passende Moment. Ich wünsche dir und deiner Familie auch Fröhliche Weihnachten und schicke dir ein Foto von deinem Weihnachtsgeschenk.
Liebe Grüße von Jana

Sie fügte das Foto vom Lesepult in seinem Schaufenster an. Danach drückte sie auf *Senden*. Anschließend stand sie auf und trat ans Fenster des kleinen Kapitänshauses, um auf den schneebedeckten Strandhafer zu schauen.

Schon einmal hatte sie sich von einer Enttäuschung erholt. Und auch wenn dieses Mal der Fall völlig anders lag – Ayk hatte ja im Gegensatz zu Vito überhaupt kein Problem mit ihrer Arbeit, sondern selbst zu wenig Zeit für eine Beziehung –, würde sie auch das verwinden.

Eine Träne lief ihr die Wange hinunter, während sie hinaussah und einige Berghänflinge im Garten beobachtete. Jana rieb ihren Ring und wusste, dass es trotzdem weitergehen würde.

22. Kapitel

Als Jana die Augen aufschlug, tastete sie mit einer Hand nach dem kleinen Wecker auf ihrem Nachttisch. Sie war viel später wach geworden als sonst.

Die Zeiger der Uhr standen bereits auf nach zwölf am Mittag. Seufzend stellte sie den Wecker zurück und rieb sich anschließend mit einer Hand die Augen. Nach dem großen Familienfest bei ihr im Haus hatte sie den ersten Weihnachtstag mit ihrer Familie in ihrem Elternhaus verbracht.

Ihr Vater und sie hatten Backgammon gespielt, während ihre Mutter versucht hatte, die Beziehung zwischen Thies und Gesa zu kitten.

»Man muss nicht alles gleich wegwerfen, wenn es kaputt ist. Die meisten Dinge kann man reparieren«, hatte sie eindringlich gesagt. »Oder glaubst du, sonst wären dein Vater und ich noch verheiratet? Wenn ich nach einem Grund für eine Scheidung gesucht hätte, hätte ich einen gefunden.«

Jana hatte Thies mitfühlende Blicke zugeworfen. Ihr Vater hatte empört gegrunzt: »Da höre sich einer eure Mutter an!«

Sie hatte ihn streng angesehen. »Du weißt, was ich meine. Nach all den Jahren bist du noch immer nicht in der Lage, die Verschlüsse von Wasserflaschen richtig zuzudrehen. Ich darf hinterher immer die halbe Flasche auskippen, weil keiner die abgestandene Plörre trinken will. Und das ist nur ein Beispiel von vielen.«

»Abgestandenes Wasser und eine Ehe mit Kindern kann man wohl kaum miteinander vergleichen«, hatte Thies gewagt einzuwenden.

»Und ob man das vergleichen kann! Das abgestandene Wasser ist für mich jedes Mal wie eine Prüfung mit eurem Vater. So wie es dich nervt, dass Gesa eine Familie gründen will, so nerven mich auch die Marotten eures Vaters.«

»Da könnte ich auch einiges über eure Mutter erzählen«, hatte ihr Vater gekontert, ohne jedoch gekränkt zu wirken.

»Und trotzdem sind wir schon seit über vierzig Jahren verheiratet«, hatte ihre Mutter versöhnlich gesagt und ihrem Mann zugezwinkert. »Sogar glücklich, trotz Wasserflaschen.« Auf dem Weg in die Küche hatte sie Thies mahnend auf die Schulter geklopft. »Denk mal darüber nach, mein Sohn.«

Thies hatte bloß mit dem Kopf geschüttelt und sich dann an den anderen Tisch gesetzt. Jana war in dem Moment heilfroh gewesen, dass sie ihre Mutter nicht in die Ayk-Geschichte eingeweiht hatte. Die bohrenden Fragen hätte sie nicht ausgehalten. Und sie bewunderte Thies für seinen Langmut.

Nach drei Gläsern Rotwein hatte Jana sich verabschiedet und war erst spät zu Hause gewesen. Kurz bevor sie ins Bett gegangen war, hatte sie eine Nachricht von Ayk bekommen, in der er sich für ihr Geschenk bedankt hatte, aber im gleichen Zug erklärt hatte, dass er es unter keinen Umständen annehmen könne. Das Lesepult sei viel zu kostbar.

Jana hatte zunächst überlegt, darauf zu antworten, es dann aber gelassen. Sie wollte mit Ayk keine Diskussion wegen des Lesepults führen. Es gab zwischen ihnen viel Wichtigeres. Eine Weile hatte Jana an die Zimmerdecke gestarrt und war dann viel zu spät in tiefen Schlaf gefallen.

Was soll's, es ist ja Feiertag, sagte sie sich, stand auf, zog ihre warmen Hausschuhe an und tapste ins Bad. Sie sah ungewöhnlich blass im Spiegel aus, und unter ihren Augen zeichneten sich dicke, dunkle Ränder ab.

Am zweiten Weihnachtsfeiertag war sie wie früher mit Pütti verabredet, um Geschenke auszutauschen und sich mit ihr den Bauch vollzuschlagen. Diese Tradition pflegten sie seit ihrer frühesten Jugend und hatten sie nur unterbrochen, als Jana auf Gran Canaria gelebt hatte. Um drei Uhr wollten sie sich an der Seebrücke zu einem Weihnachtsspaziergang treffen, das würde Jana locker schaffen.

Jana ging in die Küche und feuchtete zwei Beutel mit Schwarztee an. Sie setzte sich in den Schaukelstuhl und legte die Teebeutel auf ihre Augen. Das war Oma Hansas altes Hausmittel gegen dunkle Augenringe. Bis zu ihrer Verabredung mit Pütti wollte sie wenigstens wieder wie ein Mensch aussehen.

Als Jana über den Seebrückenvorplatz auf das Kurkartenhäuschen zulief, wartete Pütti bereits auf sie.

»Frohe Weihnachten.« Pütti drückte sie zur Begrüßung fest.

»Das wünsche ich dir auch.«

»Du siehst ziemlich käsig um die Nase aus.« Pütti sah sie forschend an. »Hattest wohl eine harte Nacht?«

Verlegen winkte Jana ab. »Nein, nein. Ich habe wie immer in meinem Bett geschlafen.«

»Oder bist du etwa krank?«

»Nein.« Sie zuckte die Schultern. »Hab wahrscheinlich bloß einen schlechten Tag, ich hab total verschlafen.« Sie lächelte Pütti tapfer an.

»Ich glaube dir kein Wort.« Pütti hakte sich bei ihr unter und ging mit ihr die Seebrücke entlang. Mit Frost überzogene Salzwiesen erstreckten sich zu beiden Seiten des Stegs, in denen es in der warmen Jahreszeit nur so von Vögeln wimmelte. Je näher sie dem Meer kamen, desto steifer wurde die Meeresbrise, die ihnen entgegenschlug.

»Es ist doch Weihnachten«, erwiderte Jana. »Da kannst du ruhig etwas gnädig sein und mir meine kleinen Geheimnisse lassen.«

»Von mir aus kann es zehn Mal Weihnachten sein. Ich will trotzdem wissen, was mit dir los ist«, bohrte Pütti unnachgiebig nach.

Jana blieb stehen und schüttelte den Kopf. »Mit mir und Ayk wird es nichts.«

Dann schüttete sie ihrer Freundin das Herz aus und erzählte ihr die ganze Geschichte. Pütti drückte ihr mitfühlende die Hand und hörte geduldig zu.

An einem Pfahlbau auf dem Strand blieben sie schließlich stehen. »Deswegen ist schon wieder alles aus, bevor es überhaupt richtig angefangen hat. Noch nicht mal mein

Weihnachtsgeschenk hat er angenommen.« Jana spürte den kalten Wind auf dem Gesicht und wünschte, dass er ihre Traurigkeit mit sich fortziehen könnte.

Pütti seufzte. »Dass das auch alles so kompliziert sein muss. Ich habe felsenfest daran geglaubt, dass aus euch ein tolles Paar wird. Aber die Situation mit Felke ist wirklich nicht leicht.«

»Ja, ich muss es einfach akzeptieren und mich eben auf etwas anderes konzentrieren. Das Berufliche zum Beispiel. Das kann ich eigentlich sehr gut. Aber die Aussicht darauf, Ayk täglich über den Weg zu laufen, macht es mir schwer.« Jana kickte einen kleinen Stein über den Strand.

»Du hast eigentlich nur zwei Möglichkeiten. Entweder du akzeptierst seine Lage und gibst ihn auf. Oder du lässt die Zeit für dich arbeiten und bleibst trotzdem am Ball, um dann im richtigen Moment zuzuschlagen.«

»Was würdest du tun?«

Pütti zuckte die Achseln. »Kommt darauf an.«

»Was würdest du tun, wenn Ayk Jonne wäre«, präzisierte Jana ihre Frage.

»Am Ball bleiben. Definitiv!«, kam es wie aus der Pistole geschossen. »Das Warten würde sich für ihn lohnen.«

Jana vergrub ihre Hände tiefer in den Taschen ihres Wintermantels. Trotz Wollhandschuhen hatte sie eiskalte Finger. »Und wenn es sehr lange dauert? Und vielleicht sogar nie so weit kommt?«

»Man weiß im Vorfeld ja nie, wie lange etwas dauert. Deswegen würde ich die Sache für mich immer wieder neu beurteilen und mir auch zugestehen, zu jedem Zeitpunkt eine andere Entscheidung treffen zu können.« Pütti zuckte wieder die Schultern.

»Was mich am meisten fertig macht, ist, dass er schräg gegenüber vom *MeerGlück* arbeitet und ich ihm zwangsläufig begegnen werde. Ich habe gar keine Chance, ihm aus dem Weg zu gehen. Außerdem haben wir unser gemeinsames Projekt. Wir sind also weiterhin mindestens Geschäftspartner.«

Pütti schwieg.

»Und wenn nicht? Ich wünsche mich fast nach Gran Canaria zurück. Dort würde ich höchstens auf Vito treffen. Der ist mir mittlerweile ziemlich egal.«

Pütti legte ihr einen Arm um die Schultern. »Gegen Liebeskummer hilft manchmal nur eins: Kuchen. Am besten mit Schlagsahne und dazu einer heißen Schokolade. Ebenfalls mit Schlagsahne natürlich«, verkündete sie. »Und weil heute Weihnachten ist, lade ich dich ein.«

Jana wollte protestieren. »Aber …«

»Keine Widerrede. Wir gehen jetzt ins Café *Strandrose* und schlagen uns den Bauch voll, so wie es bei uns schon immer Tradition ist. Wegen Ayk werden wir damit doch nicht brechen.«

Tatsächlich stieg Janas Stimmung, als sie wie früher mit Pütti in dem Café saß und genüsslich Apfelkuchen mit Schlagsahne aß. Anschließend tauschten sie Geschenke aus. Jana schenkte ihr einen mit Muscheln besetzten Taschenkalender für das kommende Jahr, den sie noch auf Gran Canaria erstanden hatte. Pütti hatte ihr eine wohlriechende Gesichtscreme mit Meersalz ausgesucht, die nach fruchtigem

Sanddorn roch. Sie verbrachten den restlichen Tag miteinander, ließen Kindheitserinnerungen aufleben und scherzten miteinander.

Als Jana später in ihrem neuen Flanellpyjama, den sie von ihren Elten zu Weihnachten geschenkt bekommen hatte, im Bett lag, kam sie zu dem Schluss, dass es für sie das Beste war, Ayk erst einmal aus dem Weg zu gehen. Sie wollte sich seinetwegen nicht wieder schlecht fühlen. Und manchmal musste man sich eben selbst schützen.

Am nächsten Tag war Weihnachten vorbei. Jana und Pütti öffneten das *MeerGlück* um Punkt 10 Uhr. Nach dem Vorweihnachtsstress normalisierte sich nun wieder der Betrieb. Wenn kein Kunde im Laden war, nutzte Jana die Zeit, um die Pakete für die Online-Bestellungen zu packen und eine Bestandsliste zu erstellen, damit sie einen besseren Überblick darüber bekam, was dringend neu produziert werden musste. Als die Klingel der Eingangstür erklang, legte sie die Liste weg und schwang auf ihrem Drehstuhl herum. Sie sprang reflexartig auf, als sie erkannte, wer den Laden betreten hatte.

Vor ihr stand eine blasse, dick eingemummelte Felke. »Felke! Was machst du denn hier?«

Jana ging auf sie zu und blieb unentschlossen vor ihr stehen.

Ayks Schwester lächelte unsicher. »Ich bin gekommen, um mich bei dir zu entschuldigen.«

»Wofür denn?« Überrascht sah Jana in ihre grünen Augen, die denen ihres Bruders so ähnelten.

»Dafür, dass ich nun schon zum zweiten Mal was zwischen dir und meinem Bruder kaputtgemacht habe.«

Pütti trat zu ihnen. »Wollt ihr vielleicht etwas trinken?«

Felke nickte. »Etwas Warmes wäre gut. Ich bin nämlich zu Fuß hergekommen.«

Jana und Felke setzten sich an einen der kleinen Tische in der Ecke, und Pütti brachte ihnen leckeren Ashwaghanda Latte.

»Mach dir wegen mir bitte keine Gedanken, Felke. Wichtig ist nur, dass du wieder auf die Beine kommst«, sagte Jana.

Felke schüttelte den Kopf. »Nein. Ich möchte, dass es wieder gut zwischen dir und meinem Bruder wird.«

Jana nippte an ihrem heißen Getränk. »Das wünsche ich mir auch.«

»Kannst du bitte noch einmal mit Ayk reden?«, fragte Felke hoffnungsvoll.

»Das kann ich gerne tun, aber was soll das bringen? Er hat eine Entscheidung getroffen … die ich im Übrigen richtig finde.«

»Nein«, widersprach Felke mit fester Stimme. »Diese Entscheidung ist absolut falsch. Ich will nicht, dass er wegen mir auf alles verzichtet.«

»Aber du brauchst Ayk. Er ist wichtig für dich. Und das ist völlig okay so«, versuchte Jana es diplomatisch.

»Ich hatte eine Panikattacke. Das stimmt«, gab Felke zu. »Das ist aber noch lange kein Grund, weswegen mein Bruder allein leben müsste. Ich möchte, dass er glücklich wird, und ich glaube, er könnte es mit dir.«

Jana lächelte ihr gequält zu. »Vielleicht zu einem anderen Zeitpunkt ...« Natürlich wünschte sie sich, dass Ayk und sie herausfanden, was für sie beide zusammen möglich war. Aber dazu müssten sie beide bereit sein. Und sie akzeptierte seine Entscheidung, das hatte sie auch so gemeint.

»Es muss nicht später sein«, wandte Felke ein. »Schau, ich glaube inzwischen fest daran, dass ich durch eine passende Therapie wieder gesund werden kann. Allerdings zeigt Ayks Verhalten mir, dass er nicht daran glaubt. Das belastet mich. Es würde mir mehr helfen, wenn er sein Leben leben würde und nicht wie ...«, sie suchte nach dem passenden Wort, »wie eine Glucke auf ihren Eiern wäre.«

Jana musste lachen. »Lass das nicht Ayk hören. Also, den ersten Teil schon ...«

Felke machte eine wegwerfende Handbewegung. »Ach, das habe ich ihm schon mindestens hundertmal gesagt, aber davon wollte er nichts wissen.« Sie rührte mit einem Löffel in ihrem Getränk. »Sieh mal, ich habe den Weg bis zu deinem Laden auf mich genommen, um zu zeigen, dass ich Fortschritte mache und kein hoffnungsloser Fall bin. Es hat mich niemand begleitet, und ich brauchte auch keine Begleitung«, sagte sie selbstbewusst. »Bitte rede mit meinem Bruder«, wiederholte sie eindringlich.

»Wie kommst du denn wieder nach Hause?«, fragte Jana.

Felke zuckte die Schultern. »So wie ich hergekommen bin. Ich laufe.«

»Quatsch. Ich rufe deinen Bruder an, damit er dich nach

Hause fährt. Es ist tiefster Winter.« Sie griff nach ihrem Telefon. »Er würde mir vermutlich die Gurgel umdrehen, wenn ich dich wieder zu Fuß nach Hause gehen ließe.«

»Okay.« Felke schaute Jana mit einem zufriedenen Gesichtsausdruck an. Scheinbar war es genau das, was sie hatte erreichen wollen.

Als Ayk erfuhr, dass Felke bei Jana im *MeerGlück* saß und Ashwaghanda Latte trank, kam er sofort herüber. »Um Himmels willen, was machst du denn für Sachen?« Er strich Felke mit einer Hand über den Kopf.

»Ich wollte Jana besuchen«, erwiderte Felke wie selbstverständlich.

»Aber das kannst du doch nicht einfach so machen ... so alleine, meine ich.« Besorgt sah er sie an.

»Siehst du doch, dass ich das kann«, konterte sie ungerührt.

Ayk schüttelte den Kopf. »Trotzdem ... Das ist ein hohes Risiko, das du lieber nicht eingehen solltest ...«

»Das ist sogar sehr gut für mich. Ich hatte auf dem Weg hierher keine Panikattacke. Falls doch, hätte ich dich ja angerufen. Das ist ein riesiges Erfolgserlebnis für mich, Ayk! Nächste Woche werde ich probieren, mit dem Ortsbus zu fahren.«

Jana sah, dass Ayk immer blasser um die Nase wurde. »Für heute hat es sicher erst mal gereicht.«

Felke trank den Rest des Ashwaghanda Lattes aus und blickte zwischen Jana und Ayk hin und her. »Fahrt ihr beide mich dann nach Hause?«

Ayk konnte seiner Schwester die Bitte offensichtlich nicht abschlagen, und Jana wollte keinen Streit riskieren. Deswegen brachten sie Felke tatsächlich zusammen mit Ayks Auto nach Hause. Felke bestand darauf, hinten zu sitzen, weshalb Jana vorne auf dem Beifahrersitz Akys Nähe spürte. Die Fahrt bis zu ihren Eltern verging viel zu schnell. Ayk parkte vor dem Haus und stieg aus.

»Ich warte dann«, sagte Jana und beobachtete, wie Ayk seine Schwester ins Haus brachte. Es dauerte fast eine Viertelstunde, bis er zurückkam. Er stieg ein und zog die Tür zu.

»Meine Eltern waren völlig aufgelöst. Felke hatte ihnen nicht gesagt, dass sie weggehen würde. Als meine Mutter in ihre Wohnung kam, war meine Schwester verschwunden. Sie hält uns ganz schön auf Trab.«

»Na ja, eigentlich will sie niemanden auf Trab halten«, entgegnete Jana.

Ayk warf ihr einen verständnislosen Blick zu. »Aber genau das tut sie, indem sie einfach verschwindet. Sie könnte wenigstens vorher Bescheid sagen.«

»Ich glaube, Felke möchte gerne selbstständiger werden. Sie möchte nicht, dass jeder Schritt von ihr überwacht wird. Sie hat mir gesagt, dass sie Fortschritte macht und möchte, dass zum Beispiel du dich mehr um dein eigenes Leben kümmerst. Du wirst das jetzt vermutlich nicht gerne hören, aber sie sagte, du wärest wie eine Glucke auf ihren Eiern.«

Er sah sie zunächst verständnislos an, dann begann er schallend zu lachen.

Sie hörte sein sonores Lachen so gern. »Was ist denn so komisch daran?«, fragte Jana dennoch, als er überhaupt nicht mehr aufhörte zu lachen.

»Weißt du, was heute vor meiner Tür stand, als ich zum Buchladen fahren wollte?«, fragte er, als er sich halbwegs wieder eingekriegt hatte.

»Was denn?«

»Ein Karton voller Eier. Ich konnte damit zuerst nichts anfangen und habe mich schon gefragt, ob sich vielleicht jemand im Hauseingang geirrt hat. Aber jetzt ergibt es Sinn. Das ist der typische Humor meiner Schwester! Ich hätte eigentlich längst darauf kommen müssen.«

»Sie scheint zu wissen, was sie will«, bemerkte Jana. »Ich glaube, sie ist viel stärker, als du meinst.«

Ayk griff mit beiden Händen ans Steuer und drehte den Schlüssel im Zündschloss. »Ich habe gehofft, dass du dich auf meine letzte Nachricht meldest.«

»Du meinst die, in der du mein Geschenk abgelehnt hast?« Jana schaute ihn von der Seite an. »Was hätte ich darauf antworten sollen? Normalerweise bedankt man sich ja für Weihnachtsgeschenke, statt sie abzuweisen.«

»Wie kann ich so ein großzügiges Geschenk guten Gewissens annehmen, wenn ich dich kurz zuvor so enttäuscht habe?« Er sah ihr kurz in die Augen, bevor er den Blick wieder auf die Straße lenkte. »Du bist bestimmt tierisch wütend auf mich. Und das mit Recht!«

Jana schüttelte den Kopf. »Ich bin nicht böse auf dich. Weißt du, ich würde mich auch um Thies kümmern, wenn er krank wäre.« Sie zuckte mit den Schultern. »Vielleicht hätte ich mir gewünscht, dass du mit mir gesprochen hättest, persönlich, aber ich hätte es verstanden.«

»Du bist wohl böse auf mich!« An einer roten Ampel berührte er ihre Wange sanft.

»Bin ich nicht.« Jana schluckte nervös. Sie genoss seine Berührung, doch das machte es ihr nicht leichter. In dem Moment wechselten ihre Gefühle hin und her. Nervosität, Frustration, Enttäuschung, gepaart mit dem Glücksgefühl, seine Nähe zu spüren. Natürlich hatte er ihr Herz im Sturm erobert.

Er zog seine Hand zurück und fuhr weiter. »Was soll ich denn tun?«, fragte er.

Jana schaute auf ihre rechte Hand, an der der Tigeraugenring ihrer Oma Hansa steckte. Und da musste sie die Worte nur noch aussprechen: »Zweifle nicht. Hab Vertrauen in deine Schwester und hör auf dein Herz. Es kennt all die Antworten auf deine Fragen«, zitierte sie ihre Oma.

Er runzelte die Stirn. »Kennt es die?«

Jana blickte in die Augen des Mannes, die sie schon als Teenager fasziniert hatten. Wie oft war sie seinetwegen nachmittags in die Bücherei gegangen und hatte Pütti gesagt, sie wäre bei den Pferden? Sie hatte damals schon das Gefühl gehabt, dass er der Richtige sein könnte, obwohl sie ihn nicht gut gekannt hatte. Aber ihr Herz hatte es gewusst, und das war nun immer noch so. »Ja. Man muss seinem Herzen nur zuhören.«

Als sie vor dem *MeerGlück* hielten, schaute er sie eine Weile stumm an und sagte schließlich: »Mein Herz sagt, dass ich dich liebe.«

»Du liebst mich?«, fragte Jana ein wenig atemlos.

»Ich denke, schon. Ich freue mich jedes Mal, wenn ich Zeit mit dir verbringen darf. Ich bewundere, wie du dich um andere sorgst und ihnen hilfst. Dass du dich einfühlen kannst und ich mich in deiner Nähe so ruhig fühle wie sonst bei niemandem. Du bist eine besondere Frau, Jana Martens.«

Sie wagte es kaum zu atmen. »Was sagt dein Herz noch?«

»Es sagt, dass ich uns eine Chance geben soll ... Das heißt, falls du mir eine zweite Chance gibst.« Zärtlich umfasste er ihr Gesicht und schaute sie bittend an.

Wortlos näherten sich ihre Gesichter, bis ihre Lippen nur noch wenige Zentimeter voneinander entfernt waren. Als sie seinen Mund auf ihrem spürte, hatte Jana die Antwort auf alle Fragen. Und kostete den magischen Moment mit allen Sinnen aus.

Sie öffnete ihre Augen, als sich ihre Lippen voneinander lösten. Es hatte wieder zu schneien begonnen. Sie blickte in Ayks dunkel schimmernde Augen und hörte ihr Herz vor Glück pochen.

Epilog

Am Silvestermorgen war Jana aufgeregt. Silvester gehörte schon immer zu ihren Lieblingstagen im Jahr. Was für andere Weihnachten war, war für sie der letzte Tag im Dezember. Das *MeerGlück* hatte nur bis zum späten Mittag geöffnet. Trotzdem kamen fortlaufend Kunden in den Laden, und die Tische am Fenster waren stets besetzt. Einen Kurkuma Latte in der Hand, machte Jana Notizen auf ihrer Bestandsliste.

»Ich muss nächstes Jahr unbedingt die Kerzenproduktion verdreifachen, wenn ich von allen Sorten genügend vorrätig haben will. Der Duft zum Buch ist eingeschlagen wie eine Bombe. Ayk will unsere Geschäftsidee nun auch online anbieten.«

»Das hört sich nach einem Weltimperium an«, meinte Pütti amüsiert.

»Vielleicht wäre es tatsächlich eine Marke, die wir schützen lassen. Wir könnten unsere Kerzen auch an andere Buchhandlungen liefern.« Nachdenklich strich Jana sich eine Haarsträhne aus dem Gesicht. »Ich bespreche das mal mit ihm.«

»Ayk hat ja bestimmt Kontakte zu anderen Buchhandlungen.«

»Das stimmt.«

»Hier, probier mal.« Pütti hielt ihr einen Teller unter die Nase, auf dem sie frisch gebackene Kekse aufgetürmt hatte. Sie sahen aus wie grüne Sterne.

Jana ließ den Stift sinken und nahm sich einen der warmen Kekse. Sie biss ein Stück ab. »Hm, lecker! Den Geschmack kenne ich gar nicht. Die Farbe erinnert mich an frisches Tannengrün. Was ist das?«

»Ich nenne sie Hallo-wach-Cookies. Das sind Hanf-Matcha-Kekse. Bei dem Koffeingehalt kann der stärkste Kaffee nicht mithalten. Die werden bestimmt auch einschlagen wie eine Bombe.« Zuversichtlich zwinkerte Pütti ihr zu.

»Bring doch heute Abend ein paar mit, damit auch wirklich alle bis nach Mitternacht durchhalten.«

»Ab wann steigt die Party eigentlich?«, wollte Pütti wissen.

»Ab acht, dachte ich. Bis dahin habe ich alles vorbereitet.« Jana nahm sich einen zweiten Keks. »Und ich erwarte zwei besondere Gäste.«

»Kommen unsere Mütter?«, fragte Pütti scherzhaft.

Jana schüttelte den Kopf. »Die schlafen doch spätestens um halb elf ein. Obwohl, wenn wir ihnen genug von deinen Keksen geben …«

Pütti lachte. »Ich werde die Sterne in jedem Fall an meiner Mutter testen.«

»Mach das! Aber nein, es sind Felke und Gesa.«

»Das ist ja ein Knaller, wow! Gibt es bei deinem Bruder womöglich ein Liebes-Revival?«

Jana steckte das letzte Stück Keks in den Mund. »Thies hat nur gesagt, dass er Gesa mit zur Silvesterparty bringt.

Du kennst doch meinen Bruder. Er lässt sich nicht gerne in die Karten schauen. Kein Wort zu viel.«

»Schade. Jetzt bin ich so neugierig und muss bis heute Abend warten. Es wäre doch toll, wenn du und Thies am Ende des Jahres beide ein Happy End in der Liebe hättet.«

»Abwarten.« Jana nahm sich noch einen Keks vom Teller. »Diese grünen Sterne machen echt süchtig!«

Jana schnitt Kartoffeln klein und gab die Stücke in eine große Schale, ehe sie Gurken- und Zwiebelstücke dazugab. In gut drei Stunden erwartete sie ihren Besuch. Bis dahin hatte sie noch eine Menge zu tun. Ein fertiger Krabbensalat stand bereits im Kühlschrank.

In den letzten Tagen war einiges passiert. Ayk hatte tatsächlich keinen Rückzieher mehr gemacht. Sie gaben ihren Gefühlen eine Chance und schauten, wie es sich zwischen ihnen entwickelte. Er hatte eingesehen, dass er seiner Schwester mehr Freiraum geben und ihr auch mehr zutrauen musste. Er hatte Felke sogar versprochen, nicht mehr sein ganzes Leben nach ihr auszurichten.

Felke machte einen Schritt nach dem anderen und kämpfte sich beharrlich zurück in ihr altes Leben. Sie hatte schon eine Therapeutin gefunden, die ihr half, ihre Pläne in die Tat umzusetzen. Vor zwei Tagen war sie sogar mit dem Ortsbus durch St. Peter-Ording gefahren. Dabei hatte sie einen Zwischenstopp im *MeerGlück* und bei *Bookbantje Truels* eingelegt. Und fürs nächste Jahr hatte sie auch Pläne.

Felke wollte wieder Auto fahren und im Frühjahr einen ersten Ausflug zum Strand wagen. Ayk bat sie zwar immer wieder, die Dinge nicht zu überstürzen, aber Felke sprach nun auch vorher mit ihrer Familie und hatte bis jetzt keine neue Krise erlitten.

Pütti und Jonne schwebten weiterhin auf Wolke sieben und hatten für ihren großen Tag im nächsten Jahr alles geplant.

Was das genau mit ihrem Bruder und Gesa war, konnte Jana nicht beurteilen. Vielleicht wussten es Thies und Gesa selbst nicht so genau – dafür wusste es ihre Mutter scheinbar umso besser. Für ihre Ohren war es Musik gewesen, als sie erfahren hatte, dass Thies und Gesa sich wieder trafen. Und wieder redete sie von kaum etwas anderem als von ihrem Enkelwunsch. Nur dass sie dieses Mal auch Jana nicht verschonte.

Nachdem Jana Eier und selbst gemachte Mayonnaise in die Schüssel hinzugegeben hatte, würzte sie den Salat und verrührte alles kräftig miteinander. Sie stellte die Schale zum Ziehen in den Kühlschrank und schlenderte gut gelaunt ins Bad, um eine heiße Dusche zu nehmen.

Gegen acht waren fast alle Gäste eingetrudelt. Die ersten waren Ayk und Felke gewesen. Jana hatte ihnen das Kapitänshaus gezeigt und sich gefreut, dass Felke besonders der große Kamin im Wohnzimmer und Oma Hansas Schaukelstuhl genauso gut gefielen wie ihr. Nach ihnen waren Pütti und Jonne eingetroffen. Pütti hatte Wort gehalten und eine Dose ihrer neuen Keks-Kreation mitgebracht.

Auf dem großen Wohnzimmertisch hatte Jana das Buffet aufgebaut. Neben Kartoffel- und Krabbensalat gab es Würstchen, verschiedene Brotsorten, Aufschnitt und Knabbereien.

Gegen halb neun klingelte es an der Tür. »Das werden Thies und Gesa sein.« Jana öffnete. »Moin! Kommt rein.«

»Moin!« Gesa überreichte Jana eine Sektflasche. »Für später.«

»Danke!« Jana umarmte sie zur Begrüßung. »Schön, dass du gekommen bist.«

Gesa lächelte sie an. »Ich habe schon gar nicht mehr dran geglaubt«, raunte sie ihr zu.

Die letzten Stunden des Jahres vergingen wie im Flug. Sie aßen und tranken das ein oder andere Glas Wein dazu. Jana drehte die Musik etwas lauter, als die Ersten zu tanzen begannen. Die Stimmung in dem Kapitänshaus war fröhlich und ausgelassen. Auch Felke hatte ihren Spaß, wenngleich sie das aufgedrehte Treiben in gebührendem Abstand beobachtete.

Jana sah auf die Uhr. »Eine Viertelstunde noch«, verkündete sie.

»Lasst uns auf den Deich gehen und das neue Jahr begrüßen«, schlug Pütti vor.

Ihre Idee wurde einstimmig angenommen.

In dicken Jacken, mit Mützen und Handschuhen vor der Kälte geschützt, schlenderten sie los. Der Weg war zum Glück nicht weit. Jana und Pütti trugen zwei Körbe, in die sie Sekt- und Orangensaftflaschen und Gläser gepackt hatten. Thies und Jonne leuchteten den Weg auf den dunklen Deich. Linker Hand blitzte wiederkehrend das Leuchtfeuer des Böhler Leuchtturms auf. Rechter Hand konnte man in der Ferne die Lichter der Seebrücke erkennen.

Um kurz vor Mitternacht verteilte Jana die Sektflöten. Thies ließ den ersten Korken einer Sektflasche knallen und schenkte ein. Felke und Gesa bevorzugten ein Glas Orangensaft ohne Sekt.

»Sind alle versorgt?«, fragte Thies, die zweite Sektflasche in Händen.

»Alle versorgt«, bestätigte Jonne.

»Noch zwei Minuten«, verkündete Pütti.

Jana beobachtete Ayk, der bei Felke stand und mit ihr sprach. Er hatte behutsam einen Arm um sie gelegt. Jonne streichelte liebevoll Püttis Hand, und Gesa hatte ihren Kopf auf Thies' Schulter gelegt. Jana konnte sich nicht daran erinnern, wann sie das letzte Mal so viel Frieden in ihrem Herzen gespürt hatte. Sie alle hatten sich dazu entschieden, ihrem Leben eine neue Wendung zu geben. Pütti und Jonne würden heiraten, Felke würde die Therapie beginnen, Gesa und Thies würden ihren Weg zusammen beschreiten – wie auch immer das am Ende aussehen mochte. Und auch Jana wusste genau, wo ihr Platz war. St. Peter-Ording war ihre Heimat, hier gehörte sie hin. Sie wusste nicht, was die Zukunft bringen würde, ob das *MeerGlück* weiterhin gut laufen und ihre Beziehung mit Ayk funktionieren würde. Doch das alles war in diesem Moment nicht so wichtig. Ihr Herz gehörte zu diesem kleinen Küstenort wie der Michel zu Hamburg, der Dom zu Köln und das Brandenburger Tor zu Berlin. Ihre Familie wohnte seit Generationen in St. Peter-Ording, und sie würde diese Linie fortführen.

Ayk schlang von hinten seine Arme um sie. »Na, bist zu startklar fürs nächste Jahr?«, flüsterte er in ihr Ohr.

Sie schloss die Augen und genoss seine Umarmung. »Für das neue Jahr und alle Jahre, die noch kommen werden.«

»Es ist Mitternacht!«, rief Thies.

»Frohes neues Jahr!«, antworteten alle gleichzeitig und lachten glücklich auf.

»Das wünsche ich dir auch.« Ayk zog Jana fest an sich und küsste sie.

Dann stießen sie mit den anderen an, umarmten einander und begrüßten zusammen das neue Jahr.

»Frohes neues Jahr!« Pütti sah sie aufmerksam an.

Jana erhob ihr Glas. »Für dich auch. Auf eine wunderschöne Hochzeit in diesem Jahr!«

»Auf ein gutes Jahr. Mögen wir alle so glücklich bleiben, wie wir es heute sind.«

Jana und Pütti tranken einen Schluck.

Nachdem sie Felke und den anderen ebenfalls alles Gute gewünscht hatte, schmiegte sich Jana wieder an Ayk. Aus der Ferne beobachteten sie alle gemeinsam das Feuerwerk, das auf dem Seebrückenvorplatz gezündet wurde. Der Wind trug das leise Knallen zu ihnen rüber.

Jana verfolgte, wie Raketen hoch in die Dunkelheit flogen und sich dann in ein Farbenmeer ergossen. Sie schaute nach oben. »Schau! Der Himmel ist voller Sterne«, sagte sie zu Ayk.

Doch er hatte nur Augen für sie.

It is not in the stars to hold our destiny but in ourselves.
(William Shakespeare, aus *Romeo und Julia*)

Püttis Rezepte für Körper und Seele

Ingwerplätzchen
(glutenfrei, weizenfrei, laktosefrei, milchfrei, sojafrei, nussfrei)

Zutaten:
250 g glutenfreies Mehl
ein halbes Päckchen Backpulver
1 Prise Salzwiesen
100 g Rohrzucker
1 Ei
200 g Margarine
1 EL frisch geriebener Ingwer
1 EL gehackter kandierter Ingwer
ein halber TL Ingwerpulver

Zubereitung:
Den frischen Ingwer dünn schälen und reiben. Dann den kandierten Ingwer fein hacken. Das Mehl mit dem Backpulver, Salz, Ingwerpulver und Zucker in einer Schüssel vermischen. Danach das Ei, die Margarine und den kandierten Ingwer hinzufügen. Alles mit den Händen zu einem Teig kneten.

Mit einem Tuch den Teig abdecken und für ca. 2 Stunden kaltstellen.
Den Backofen auf 200 Grad vorheizen. Währenddessen Backpapier auf ein Backblech legen und aus dem Teig gleich große Plätzchen formen. Die geformten Plätzchen auf das Backpapier legen und anschließend bei ca. 180 Grad eine Viertelstunde im Ofen backen.

Kleiner Tipp:
Hände leicht anfeuchten, damit sich die Plätzchen besser formen lassen.

Guten Appetit!

Besonderheit von Ingwer:
Ingwer ist eine wahre Vitamin-C-Bombe und zudem reich an Magnesium, Eisen, Kalzium, Kalium, Natrium und Phosphor. Ingwer wirkt antibakteriell und hemmt Viren. Außerdem kann Ingwer zu einer gesunden Darmflora beitragen.

Golden Milk Latte (Goldene Milch)

Zutaten:
500 ml (ungesüßte) Hafer-, Mandel- oder Kokosmilch
1 gestrichener TL Kurkuma oder Kurkuma Shot
ein halber TL Zimt
3 Kardamomkapseln
eine Prise Ingwerpulver
eine Prise Schwarzer Pfeffer
1 TL Honig

Zubereitung:
Hafer-, Mandel- oder Kokosmilch in einen Topf geben und auf ca. 80 Grad erhitzen. Nicht kochen!
Dann den Pfeffer, Honig, Zimt, Kardamom und Ingwer hinzugeben und mit einem Löffel gut verrühren.
Mit einem Milchaufschäumer kurz aufschäumen und warm servieren.

Kleiner Tipp:
Ich trinke den Golden Milk Latte am liebsten morgens auf nüchternen Magen zum Fitwerden. Die Milch eignet sich aber auch perfekt als Gute-Nacht-Getränk. Ich verfeinere sie gerne zusätzlich mit etwas Vanille oder rohem Kakao.

Guten Appetit!

Besonderheit von Kurkuma:
Golden Milk ist ein absolutes Wohlfühlgetränk. Kurkuma enthält viele Antioxidantien und Phytonährstoffe. Goldene Milch wirkt unter anderem entzündungshemmend.

Golden Milk Cake (Kurkuma-Kuchen)

Zutaten:

Kuchen:
100 g weiche Butter
50 g Zucker
1 Päckchen Vanillezucker
1 Päckchen Backpulver
250 g Mehl
eine Prise Salz
2 Prisen schwarzer Pfeffer
3 gestrichene TL Kurkuma
1 TL Zimt
ein halber TL gemahlener Ingwer
3 Eier
100 g Honig
150 ml Kokos-Drink

Topping:
200 ml Sahne
1 Päckchen Sahnesteif
1 Päckchen Vanillezucker
Beeren nach Geschmack (besonders gut schmecken Heidelbeeren)

Zubereitung:
Den Backofen auf 180 Grad vorheizen.

Zunächst die Butter, den Zucker und den Vanillezucker schaumig schlagen und dann mit Mehl, Backpulver, Salz, Pfeffer, Zimt, Kurkuma und gemahlenen Ingwer vermischen. Danach die Eier unterrühren.
Nach und nach den Kokos-Drink hinzufügen und gut verrühren.
Zum Schluss den Honig hinzugeben und weiterrühren.
Den Teig in eine gut ausgefettete Kastenform geben und danach ca. eine Stunde backen. Anschließend mit einem Holzstäbchen die Garprobe machen.
Den Kuchen aus der Kastenform auf ein Kuchengitter stürzen und erkalten lassen.
Ganz zum Schluss die Sahne mit Sahnesteif und Vanillezucker schlagen und den Kuchen damit und mit den Beeren garnieren.

Kleiner Tipp:
Der Kuchen ist durch das Kurkuma sehr geschmacksintensiv, deswegen sollte man sich an die besondere Gaumenfreude langsam herantasten. Ich rate euch, zunächst den Golden Milk Latte zu probieren und dann den Kuchen zu backen.

Guten Appetit!

Ashwagandha Latte

Zutaten:
250 ml (ungesüßte) Hafer-, Mandel-, Kokos-, Haselnuss-, oder Cashewmilch
1 TL Ashwagandha-Pulver
ein halber TL Zimt
eine Prise Kardamom
1 TL Honig

Zubereitung:
Die Milch in einen Topf geben und auf ca. 80 Grad erhitzen. Nicht kochen!
Dann Honig, Zimt, Kardamom und das Ashwagandha-Pulver hinzugeben und mit einem Löffel gut verrühren.
Mit einem Milchaufschäumer kurz aufschäumen und warm servieren.

Kleiner Tipp: Am besten eignet sich der Ashwagandha Latte als Gute-Nacht-Trunk.

Guten Appetit!

Besonderheit von Ashwagandha:
Ashwagandha soll das Stresshormon Cortisol reduzieren und den Hormonhaushalt regulieren. Außerdem hat Ashwagandha eine positive Wirkung auf die Nebenniere und

wird bei Nebennierenschwäche und chronischem Stress empfohlen. Schwangere und stillende Frauen sollten jedoch kein Ashwagandha zu sich nehmen.

Grüne Matcha-Weihnachtssterne

Zutaten:
300 g Mehl
15 g Matcha-Pulver
100 g Zucker
100 g Butter, etwas Wasser

Zubereitung:
Das Mehl, den Zucker und das Matcha-Pulver mit der Butter und dem Wasser zu einem glatten Teig kneten. Danach den Teig in ein Tuch wickeln und für 30 Minuten in den Kühlschrank legen.
Den Backofen auf 170 Grad vorheizen.
Den Teig aus dem Kühlschrank nehmen und nochmals durchkneten.
Eine Arbeitsfläche mit Mehl bestreuen und den Teig ausrollen. Dann die Sterne ausstechen und auf ein mit Backpapier ausgelegtes Blech legen.
Im Backofen ca. 10 Minuten backen. Danach abkühlen lassen.

Kleiner Tipp:
Die Sterne können mit weißer Schokolade und Streuseln verziert werden. Matcha kann so viel Koffein wie ein Espresso enthalten, daher sollten Schwangere, stillende Frauen und Kinder diese Kekse nicht zu sich nehmen.

Guten Appetit!

Besonderheit von Matcha:
Matcha ist nicht nur ein gesunder Wachmacher, sondern auch reich an Antioxidantien. Der Tee kann vor Zellschäden durch freie Radikale schützen und wirkt ausgleichend und konzentrationsfördernd. Grüner Tee ist außerdem eines der besten Getränke für die Herzgesundheit und kann sogar bei der Gewichtsabnahme helfen.

Janas Wohlfühllexikon der Düfte, Öle, Heilsteine und Gewürze

Düfte

Anis: Das milde Aroma von Anis wirkt ausgleichend und stabilisierend.

Bergamotte: Hilft bei Stress und Erschöpfungszuständen, löst Krämpfe und Ängste.

Fichtennadel: Der Duft belebt und wirkt gegen Schwächezustände, Stress und Nervosität.

Jasmin: Der ideale »Seelenumarmer«. Wirkt wunderbar gegen Stress.

Kamille: Wirkt beruhigend auf Körper und Geist.

Lavendel: Wirkt ausgleichend, entspannend und gleichzeitig belebend. Lavendel kann unterstützend beim Lösen von Verkrampfungen und Depressionen wirken. Ein paar Tropfen Lavendelöl auf dem Kopfkissen helfen, einen ruhigen Schlaf zu finden.

Rose: Der Duft wirkt gegen Angstzustände, Depressionen, Verspannungen und Lustlosigkeit.

Sandelholz: Wirkt harmonisierend und entkrampfend.

Vanille: Verströmt eine warme Atmosphäre und hebt die Stimmung.

Ylang-Ylang: Hilft bei der Entspannung sowie gegen nervöse Unruhe, Angstzustände und Schlafstörungen.

Zedernholz: Beruhigt die Nerven und fördert die Entspannung.

Öle

Eukalyptus: Wirkt motivierend und belebend. Eignet sich zum Einreiben bei rheumatischen Beschwerden und macht z.B. als Saunaaufguss die Atemwege frei.

Neroli: Hat einen starken Einfluss auf Geist und Seele. Es hilft dabei, Ängste abzubauen, hebt die Stimmung und lässt Ruhe einkehren. Das Öl eignet sich gut für ängstliche Menschen oder angstbringende Situationen. Beispielsweise ideal vor Prüfungen anzuwenden.

Pfefferminze: Sorgt für einen klaren Kopf bei geistiger Erschöpfung und Überarbeitung. Hat eine stark kühlende Wirkung und wird deswegen zum Einreiben bei Muskel- und Gelenkbeschwerden genommen.

Zirbelkiefer: Hat eine reinigende Wirkung. Das Öl nimmt unangenehme Gerüche und auch negative Energien auf. Es hilft auch, z.B. nach langer Krankheit wieder Energie zu schöpfen.

Zitrone: Belebende, aufmunternde Wirkung. Das ideale Öl, um die konzentrierte Arbeit am Schreibtisch zu fördern. In der kalten Jahreszeit haben sich einige Tropfen Zitronenöl in der Raumluft wegen der desinfizierenden Wirkung bewährt.

Heilsteine

Amethyst: Hilft gegen Schlafstörungen und schwächt Schmerzen ab. Hat einen positiven Einfluss auf Verletzungen der Gelenke.

Aquamarin: Stärkt den menschlichen Stoffwechsel und regt die Drüsen an. Der Meeresstein kann die Genesung von Atembeschwerden begünstigen und das Gedächtnis stärken. Außerdem stärkt er die Sehkraft und aktiviert das körpereigene Immunsystem gegen Allergien.

Bernstein: Fördert Fröhlichkeit und Kreativität. Sorgt für Sicherheit und notwendige Entschlusskraft.

Lapislazuli: Befreit die Atemwege und fördert das strategische Geschick.

Opal: Entfaltet enorme Kräfte auf der seelischen Ebene und unterstützt die Ausgeglichenheit.

Rosenquarz: Kann die Fruchtbarkeit steigern und sorgt dafür, dass sich Menschen zueinander hingezogen fühlen. Stärkt schöpferische Potenziale.

Rubin: Wirkt unterstützend im Liebesleben und bei der Persönlichkeitsentfaltung. Persönliche Wünsche werden stärker wahrgenommen, die sich positiv im Privaten und im Berufsleben auswirken.

Saphir: Wirkt beruhigend auf die Nerven und stärkt die Willenskraft seines Trägers.

Tigerauge: Einer der wichtigsten Heilsteine. Er verleiht Mut und Zuversicht. Außerdem beschützt er und gibt seinem Träger Sicherheit.

Gewürze

Anis: Antibakteriell, schmerzstillend, pilztötend und beruhigend. Löst festsitzenden Schleim aus den Bronchien und lindert neben Erkältungen auch Nasennebenhöhlenentzündungen. Ist verdauungsfördernd und leicht harntreibend.

Chili: Schmerzlindernd und fördert die Durchblutung. Hilft gegen kalte Füße und wirkt bei Erkältungen schleimlösend.

Fenchel: Antibiotisch, krampflösend und anregend. Wirkt bei Darmbeschwerden verdauungsfördernd und kann auch bei Menstruationsbeschwerden helfen.

Gewürznelken: Infektionshemmend, schmerzstillend und appetitanregend. Hemmt das Wachstum von Pilzen, Bakterien und Viren. Nelkenöl lindert Zahnschmerz und Entzündungen im Mund- und Rachenraum.

Ingwer: Antibakteriell, virustatisch und entzündungshemmend. Außerdem unterstützt Ingwer das Herz-Kreislauf-System und hilft bei Übelkeit.

Kardamom: Beruhigt den Magen, hilft gegen Verdauungsstörungen und wirkt gegen Blähungen.

Koriander: Unterstützt die Verdauung und ist krampfstillend. Außerdem wirkt Koriander anregend und zugleich beruhigend. Koriander lindert Allergien und dient als Vorbeugung von Verstopfungen.

Kümmel: Lindert Kopfschmerzen und ist desinfizierend. Er regt den Gallenfluss an und fördert die Durchblutung der Magenschleimhaut.

Kurkuma: Regt die Magensaftproduktion an, ihm wird eine krebshemmende Wirkung nachgesagt. Kurkuma fördert die Fettverdauung und ist gleichzeitig entzündungshemmend.

Muskatnuss: Lindert Muskel- und Gelenkschmerzen und ist zugleich stimmungsaufhellend. Außerdem wirkt Muskatnuss aphrodisierend und verdauungsfördernd.

Paprika: Steigert das Wohlbefinden und wirkt gegen Migräne und Schwächeanfälle.

Pfeffer: Schmerzlindernd. Regt den Stoffwechsel an, hilft gegen Blähungen, Sodbrennen und Magen- und Darmkrämpfe.

Rosmarin: Wirkt kreislaufunterstützend und zyklusregulierend. Zugleich sorgt Rosmarin für Entspannung, Schmerzlinderung und wirkt sich positiv auf die Wundheilung aus.

Safran: Wirkt gegen Asthma und Husten sowie Menstruationsbeschwerden. Außerdem wird ihm eine krebshemmende und aphrodisierende Wirkung nachgesagt.

Thymian: Lindert Verdauungsprobleme und unterstützt die Wundheilung. Wirkt bei Husten schleimlösend und beruhigt die Bronchien.

Vanille: Dient zur Stimmungsaufhellung, wirkt pilztötend und entzündungshemmend.

Zimt: Fördert die Durchblutung und wirkt sich stabilisierend auf die Psyche aus.

Danke

An die Agentur Schlück, ohne die es meine St.-Peter-Ording-Romane nicht geben würde!

An den HarperCollins Germany Verlag, der dafür sorgt, dass meine St. Peter-Ording-Romane in den Buchhandlungen von Flensburg bis zum Allgäu liegen.

An all die lieben Leute aus St. Peter-Ording, denen ich durch meine Bücher begegnen durfte.

Und natürlich an meine lieben Leser! Ihr haltet nun den bereits 9. (!) St. Peter-Ording-Roman in euren Händen. Ich hoffe, die Geschichte gefällt euch und ihr könnt euch damit in ein verschneites St. Peter-Ording träumen. Im nächsten Jahr gibt es dann den 10. (unglaublich!) St. Peter-Ording-Roman zu feiern. Ich freue mich schon darauf!

Und zum Schluss wie immer ... Wir sehen uns. Irgendwo. Aber ganz bestimmt am schönsten Strand der Welt – in St. Peter-Ording.

Tanja Janz im August 2020 (mit Blick auf den Ordinger Deich, über den sich die Spitze des Westerhever Leuchtturms erhebt)

Tanja Janz
Dünenwinter und Lichterglanz
€ 9,99, Taschenbuch
ISBN 978-3-95649-839-8

Winterzauber in St. Peter-Ording:
Wo sich Wünsche fast von alleine erfüllen

Die Hiobsbotschaft erreicht Alida kurz vor Weihnachten: Ihre TV-Sendung »Die Wohnexpertin« wird eingestellt. Alida ist geschockt. Ausgerechnet jetzt! In ihrer Verzweiflung schreibt sie einen Wunschzettel an den Weihnachtsmann, an dessen Erfüllung sie aber selbst nicht glaubt. Und dann stirbt auch noch ihre Großmutter. In deren Nachlass findet Alida geheime Liebesbriefe und ein Foto ihrer Oma als junge Frau mit einem unbekannten Mann, aufgenommen vor einem Pfahlbau in St. Peter-Ording. Alida macht sich auf den Weg, um den Mann zu finden. Noch ahnt sie nicht, dass der Küstenort einige Überraschungen für sie bereithält.

www.mira-taschenbuch.de

Tanja Janz
Strandrosensommer
€ 9,99, Taschenbuch
ISBN 978-3-95649-830-5

Pfahlbauten, kilometerweiter weißer Sandstrand, blühende Strandrosen und das Rauschen vom Meer – fast hätte Inga vergessen, wie schön es in St. Peter-Ording ist. Nachdem ihr Freund sich zur Selbstfindung nach Indien aus dem Staub gemacht hat, ist Inga ebenfalls reif für eine Auszeit. Sie besucht Tante Ditte, die auf einem wunderschönen alten Pferdehof an der nordfriesischen Küste lebt. Doch Inga macht eine böse Überraschung, denn der Hof steht kurz vor der Pleite. Der einzige Ausweg scheint eine zündende Geschäftsidee oder ein mittelgroßes finanzielles Wunder zu sein. Inga krempelt die Ärmel hoch – und das Glück ist mit den Fleißigen …

www.mira-taschenbuch.de

Tanja Janz
Das Muschelhaus am Deich
€ 9,99, Taschenbuch
ISBN 978-3-7457-0010-7

Die drei Freundinnen Kinka, Jenni und Kirsten haben sich nach ihrer Schulzeit im Nordseeinternat in St. Peter-Ording aus den Augen verloren. Doch nun, zwanzig Jahre später, bekommen sie eine Einladung zum Abi-Treffen. Sie beschließen, ihre Freundschaft neu aufleben zu lassen, und quartieren sich schon Tage vorher an ihrem einstigen Lieblingsort ein, dem Muschelhaus am Deich. Kinka freut sich auf die Zeit an der Küste, auf die wohlverdiente Auszeit, denn hinter ihr liegen schwere Monate. Doch am schönsten Strand der Welt an der friesischen Nordsee werden die Segel neu gesetzt, und Kinka stellt fest, dass das Leben noch einige Überraschungen für sie bereithält.

www.mira-taschenbuch.de